风流书呆——

著

梅花代码

②

广东旅游出版社
GUANGDONG TRAVEL & TOURISM PRESS
悦读书·悦旅行·悦享人生
中国·广州

白默翰

Bai Mo Han

魅丽文化

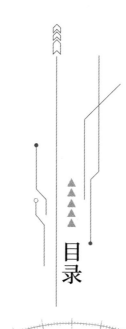

目录

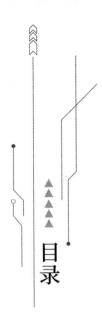

目录

卷五
下一站超模
（尾声）

⑥ 萌照危机 ▶▶▶▶

　　为了把最好的一对留到最后，邦妮将伊凡和周允晟的拍摄顺序调整到最后，这也是为了防止老板拍完周允晟就失去耐心撂挑子不干。

　　无论是男选手还是女选手在拍摄过程中都表现得很别扭。他们一个要装娇柔，一个要装阳刚，还要把那种感觉化为肢体语言表达出来，所以闹了许多笑话。邦妮和杰弗瑞完全忘了指导他们，自顾自笑破了肚皮。

　　轮到艾米丽的时候，她知道如果自己不拼一把很快就会被淘汰。她的分数被罗密欧这一搅和，毫无疑问会降至谷底。所以当她走到拍摄地点时，那种豪迈的步伐果真很有阳刚之气。她的造型也很独特，左眼蒙着眼罩，嘴唇上画了两撇小胡子，穿着潇洒帅气的海盗服。

　　她一只脚落地一只脚踩在凳子上，而男选手跪伏在她身边，双手交握做祈祷状，下巴被她用力捏住往上抬。两人的扮相其实并不完美，一眼就能看出是男女反串，但反串得很有滑稽感。看见这张照片的人不由自主便会笑起来。

　　古斯塔夫拍完照片后简单查看了一番，并未给予评价，但邦妮和杰弗瑞对此赞不绝口。到目前为止，艾米丽这一组是表现得最自然的。

　　终于轮到万众瞩目的一对上场了，拍摄完毕的男女选手们纷纷围拢过来给两人打气。现在的伊凡是女选手们公认的"男神"，而罗密欧是男选手们公认的"女神",这一对奇葩终于找准了他们的定位。

艾米丽阴森的目光在罗密欧精致的脸蛋上流连了片刻才挪开。她一直知道罗密欧长得很出众,在所有选手里能排在前几名,却没料到他能出众到这种程度,无论怎样奇怪的造型,他都能轻松驾驭,而且毫无违和感。模特界最需要的正是这种风格百变的人才。

当观众看见这样的罗密欧时,他们会有什么反应?她一点儿也不愿意去想。

"小欧,往中间站一站。"古斯塔夫微笑着开口。

伊凡把罗密欧朝中间推去。古斯塔夫的目光都粘在罗密欧身上了。灯光笼罩在少年瓷白的肌肤上,让他看上去像一块宝石。古斯塔夫端详片刻,又让他调整了几次位置才开始拍摄,至于伊凡有没有被灯光打到,会不会影响拍摄效果则完全不在古斯塔夫的考虑范围之内。古斯塔夫的视线里只能容得下一个人。

"你们试着坐下。不不不,伊凡,你不用搂着小欧,你们就待在各自的位置上,这样拍出来的照片会透出一股优雅而令人惆怅的疏离感。我很喜欢。"他边拍摄边指导。

邦妮撇嘴腹诽:老板,你其实只是不愿意看见伊凡和小欧靠太近吧?哪怕那是在摆造型。

"对,就是这样,保持住。小欧,看着我,眼神更温柔一些,更深沉一些。"他的指导很动人,大家都以为这是摄影师在拍摄当中找到灵感的常态,实际不是。

"小欧,对我微笑一下。"他加重嗓音。

周允晟对着相机微微一笑,敏锐的耳力捕捉到了他的讯息。

"对,就是这样。好精彩,小欧,你是在人间的天使,你太棒了!"他热烈地赞美着罗密欧,暗藏在公平表象下的偏心叫邦妮看得目瞪口呆。她见过古斯塔夫摄影时的状态,他很安静,就像一个冷眼旁观的过客，从骨子里透出一种疏离感，仿佛把全世界都排除在外。

她以为古斯塔夫的血液是冰冷的，却不知道他沸腾起来会这样。

这一幕值得纪念，她举起手机录影，几分钟后坏心地提醒道："古斯塔夫，他们只剩下一次机会了，你停下来让他们好好想一个更棒的造型。"

"只剩下一次机会了？"古斯塔夫皱眉，朝相机的显示屏一看才发现自己已经拍了二十九张照片，时间过得可真快。二十九张怎么够？就算是二十九亿张也不够啊！他扒了扒头发，面上不显，内心却很暴躁。

见罗密欧和伊凡凑在一起商量造型，他走过去大马金刀地坐在椅子上，说道："你们可以这样。小欧，过来，趴在我的腿上。"

摄影师或评委指导选手们如何摆造型并不是第一次，但向来沉默寡言，看上去很有距离感的古斯塔夫这样做就有些不同寻常了。男女选手们除了有些惊讶，很快就理解了他的心情。罗密欧这天太美了，用杰弗瑞的话来形容就是美出了银河系。

古斯塔夫是摄影师，众所周知，摄影师一生都在追寻美丽的事物，为了拍摄到心仪的景象，能苦苦等待几十个小时，只为了最动人的一瞬间。他对女装的罗密欧如此热情半点儿都不奇怪。

就是平日里对罗密欧并不友善的几个男选手，在经过这次的变装后都对罗密欧再也生不起敌意。因为看见他那张脸就会想起他化身"女神"的模样。

周允晟只犹豫了一秒钟就走过去，依言趴伏在古斯塔夫交叠起来的大长腿上。古斯塔夫洒了一些古龙水，味道十分好闻。

"噢，天哪，这才是真正的相依相偎的感觉，太有爱了！"一位女选手捂住几欲化掉的心。

其他几人点头附和。

伊凡领会了他的意思，也觉得这个造型很棒。至少比她和罗密欧之前想好的那个要有感觉得多。

"我明白了,谢谢古斯塔夫。"

"不用谢,这是最后一次机会,好好发挥。"古斯塔夫放开罗密欧,退回到摄影师的位置上。伊凡坐了下来,取代了古斯塔夫的位置。跟罗密欧迅速进入拍摄状态。

"小欧,把脸再侧过来一点,直视我的相机。对,就是这样。小欧,你的蓝色大眼睛如果能更湿润一点就好了,让我看见遍布你眼底的憧憬。OK,保持住!"古斯塔夫纠正了好一会儿才摁下快门,然后走过去拥抱少年。

"小欧,你表现得太棒了!"他语气低沉沙哑,仔细听还能察觉出几分虔诚之意。

周允晟不缺少疯狂的粉丝,在比赛结束之前也不想惹出任何麻烦,于是微笑着道谢,把它当成一句普通的恭维。

古斯塔夫对他的反应很失望,但为了不影响他比赛的心情也就没点破,只是再次拥抱了他一下,然后走到一边与邦妮和杰弗瑞查看这天拍摄的所有照片。

选手们赶紧跑回小隔间内换衣服,他们今天被折磨得够呛。

选手们顶着一脸大浓妆回到别墅,第一件事就是抢夺仅有的四个浴室。伊凡向来彪悍,推开几个大男人抢到了最豪华的一间,花了五分钟洗了一个澡,然后让闺密来洗。

浴室安装的是半透明的玻璃门,周允晟站在莲蓬头下冲澡时看见好几拨男选手在门口徘徊,贼眉鼠眼地打量着。当他们离开的时候,他依稀听见有人说罗密欧竟然真的是男人。

他们这是在怀疑自己的性别?就因为自己扮女人太漂亮?周允晟既好气又好笑。

洗完澡并吃完晚餐,女选手们聚在一起聊天,男选手们则待在健身房锻炼。周允晟的身体完全靠007来进行调整,没有必要锻炼,所以当他第一次走进健身房时，男选手们都很惊讶。

伊凡自然也在。她对腹肌和马甲线的追求一点也不比男人少。

"罗密欧，你怎么来了？"伊凡放下两个沉重的哑铃。

周允晟没回话，朝单杠走去。一名男选手正在做引体向上，这能锻炼出非常漂亮的手臂肌肉和背部肌肉。

周允晟走到他身边，握住单杠也开始做。两人一起一落像是在较劲，但渐渐地，那名身体强壮的男选手有些力不从心了，在做到第二十个的时候手一松掉了下来。这已经是他的极限。

但罗密欧还在继续，二十一、二十二、二十三……伊凡站在旁边帮他数数，数到第七十下的时候开始不安，规劝道："罗密欧，快下来，过量运动会伤害身体。"

她见过的最强壮的人每天也只能做一百个引体向上，而且还是十个一组分开做，做完累得连手指头都不能动弹。

罗密欧这样逞强放在平日没什么问题，但现在是比赛，扭到筋骨导致行动不便的话将会对他的比赛产生不可预估的影响。

伊凡数到一百零一的时候心都在打颤，警告道："罗密欧，别做了，快下来。以后我们还要比赛，你必须保持足够的体力。"

男选手们全部围拢过来，用看超人的目光盯着吊在单杠上丝毫不见痛苦之色的少年。他们绝对想象不出少年看似单薄的身体里究竟蕴藏着多么惊人的力量。

"不用阻止他，你没看见他做了一百多个却连汗水都没流一滴吗？他很强。"一名男选手安抚道。

伊凡这才发现罗密欧的表情自始至终都很平淡，既没有因为力竭而脸色涨得通红，也没有咬紧牙根苦苦支撑。

一直做到第一百五十下，周允晟才猛地使力在单杠上做了个支撑后回旋，然后稳稳落在地面上。男选手们纷纷鼓掌，有的还吹起了口哨。一次做一百五十个引体向上，罗密欧的体力足以与训练最严格的特种兵媲美。

周允晟拍了拍自己流畅而又紧实的肱二头肌，淡淡地说道："看见了吗？我是男人。"话音落地，他表情冷酷地离开。

伊凡这才恍然大悟，原来好友罗密欧扮女人还是受刺激了，真可爱。她叉腰大笑。男选手们既觉得尴尬又觉得好笑，对少年更多了许多认同感。

"当然，罗密欧，你是真男人！"一名男选手冲他的背影大喊，然后看向跟拍自己的摄像师，真诚地感叹道："他真棒，无论是长相还是性格都很棒，我已经开始欣赏他了。"

第二天的评委点评，毫无疑问是周允晟和伊凡这组获得了最佳硬照。艾米丽在这一期的表现还没播出，所以观众对她的恶感并不深，给她的照片打了个不错的分数，成功让她以第二名的成绩晋级。

身材最娇小的达芙妮被淘汰了，她当场崩溃大哭。

这一集节目播出以后，收视率果然再次狂飙，以至于ABC又给节目组追加了一大笔预算。海登施暴的场面虽然略有剪辑，但前因后果都交代得很清楚，观众对他的恶感简直能汇成浓浓的黑雾。艾米丽也被各种抨击，甚至有人给她起了个外号叫"黑寡妇"。

"海登和艾米丽是我见过的最恶心的一对情侣。谢天谢地黑寡妇干掉了她可怜的小雄蜘蛛，否则看见他们在一起的画面我一定会呕吐。"

"你们难道没发现吗？海登和艾米丽对罗密欧竟然没半点儿感激。如果不是罗密欧，他们根本不能参加挑战赛！世界上怎么会有如此冷酷的人？"

"我看海登是为了逃避高空取物的任务才会忽然发疯。他太卑鄙了，却没想到自己的女朋友会比自己卑鄙无数倍。不得不说，他们其实是绝配，分开挺可惜的。"

类似这样的嘲讽在《下一任超模》的官网上到处都能看见，曾经的人气王艾米丽终于退出了历史舞台，变成了人气垫底的存在。

而罗密欧的粉丝数量正以疯狂的速度增长，几乎每播出一集，他的粉丝群就会壮大一倍，成员来自各行各业、各种阶层和年龄段。他的魅力无与伦比。

他无私地帮助海登和艾米丽；他不惧怕任何挑战；他有精灵般的美貌，更有精灵般的歌喉；他是"男神"，现在却又成了许多人的"女神"；他因为被怀疑性别而一口气做了一百五十个引体向上。当别人以为他很脆弱的时候，他总会把自己最强大的一面展示出来。

总之无论他是男人还是女人，只要他是罗密欧，大家永远会爱他。

当然，伊凡的英俊也获得了广大观众的青睐，她的粉丝群里涌入了一大批向她示爱的小女生，场面非常火爆。

但最火爆的不是两位雌雄难辨的选手，而是古斯塔夫。他再次成为广大观众严重怀疑的对象。

"我说古斯塔夫别太偏心。看啊，古斯塔夫私底下给罗密欧起了个'小欧'的昵称，还不小心脱口而出。"

网友附上了几个截取的视频当证据。

"我同意！他对待罗密欧的态度明显跟对待其他选手不同。"这位网友也附上了一个自己剪辑的视频。

视频里的古斯塔夫正在为别的选手拍照，脸上几乎没什么特别的表情，就连目光也平静如水，从头至尾只说了一句话，那就是"好了，你们的拍摄结束了，下一对选手赶紧上场"。这句话重复了三次，除此，再无赘言。

他保持这种高冷的作风一直到罗密欧和伊凡登场，然后画风瞬间转变。这位网友很有创意，前面的配乐是钢琴指法练习，旋律重复而又单调。罗密欧"美出银河系"的脸蛋一出现在屏幕上，配乐立刻变成了时下最流行的甜歌。

在女歌手欢快的吟唱下，古斯塔夫忘情地呼喊着："宝贝，往中间站一站。

"宝贝，看着我，眼神更温柔一点，更深沉一点，就像我是你最爱的人。

"宝贝，对我微笑一下。

"宝贝，你是在人间的天使！

"宝贝，过来，趴在我的腿上。

"宝贝，你表现得太棒了！"

这些话放在拍摄当中不觉得如何，被这位网友单独剪辑出来并连贯性地放在一起，顿时有种浓浓的偏袒感，仿佛古斯塔夫眼里只有罗密欧一个人。

古斯塔夫粉丝群的人也制作了一个视频，把世界上顶尖的几位时装摄影师在拍摄当中的疯狂姿态剪辑在一起，激动时大喊大叫甚至拥抱模特的大有人在。他们试图用这些证据告诉别人：看啊，摄影师在拍摄当中都会这样疯狂。古斯塔夫对别的选手冷淡只是因为他们没法带给他灵感而已，并不是古斯塔夫对罗密欧一味的偏心，影响了比赛的公平性。

无论外界对选手们的评价如何，他们本身都没有渠道获得信息。他们每天都在重复着训练、挑战、挑战再训练的紧张而又忙碌的生活。艾米丽发现自己的分数果然越来越低，这让她每一次挑战都必须倾尽全力。她毕竟是女主，身上气运浓厚，意志力也非常坚韧，即便每一次都濒临被淘汰，也依靠实力或运气顺利晋级。

之后的好几期比赛，最佳硬照都在罗密欧和伊凡之间决出，其他选手总有一种在陪太子读书的感觉，不甘和嫉妒的情绪悄悄在心中堆积。

古斯塔夫担任了选手们的固定摄影师。他现在已经收集了许许多多"小猫"的照片和视频，并且每天都会不厌其烦地整理一遍。

邦妮的提议。并不是他自私自利不肯为了罗密欧做出让步，而是知道一旦自己辞职，哪怕罗密欧表现得再优秀，戴夫·艾奇逊也不会轻易放过罗密欧。戴夫·艾奇逊总是乐于用最卑鄙的手段去毁掉古斯塔夫在乎的一切。

"放心吧，罗密欧一定能做到。他往往在第一次拍摄中就能拍出精彩至极的照片，谁也赶不上他，甚至包括我和许多成名已久的超模。"见老板依然神色沉沉，邦妮拍打他的肩膀安慰道。

古斯塔夫用冷酷的目光回应她。他当然知道罗密欧绝不会被击垮，他的优秀远远超出所有人的想象。他只是担心罗密欧得知这个大麻烦是他招惹来的会不会生气？在古斯塔夫的纠结中，两辆汽车先后抵达别墅。邦妮无意让其他选手了解更多情况，把少年叫进一个单独的房间，让摄像师把镜头打开，然后简单交代了事情始末，并将网络社交圈里已经红得发紫的两组照片摆放在桌上。

古斯塔夫捂脸，不敢面对。

约翰气愤极了，给他来了一个特写，重点是他红得滴血的耳朵。

实际上，周允晟并不觉得愤怒或者慌张，反而很兴奋。他看似洒脱的性格中隐藏着好斗的因子，从来就喜欢挑战高难度。他甚至觉得邦妮还可以把五次机会削减成三次。

他拿起鲁尼的照片欣赏了好几分钟才开口："它很可爱，叫什么名字？"

"它叫鲁尼。我觉得你比它更可爱。"古斯塔夫见邦妮狠狠瞪了自己一眼，连忙端正态度说道，"给你惹来这么大的麻烦真是抱歉。但是我相信你一定能做到。"

周允晟装作苦涩地笑了笑："我并没有选择的余地不是吗？只有这样才能向大家证明我的实力，也证明您的公正。为了所有相信我并支持我的人，我接受你们的决议。"

"你能这样想真是太好了。"邦妮站起来拥抱少年。

古斯塔夫也给了他一个结结实实的拥抱，他的心尖被轻轻触动了一下。

几人达成共识后就把选手们召集起来宣布刚才的决定。

"出于某些特别的原因，我们决定削减罗密欧硬照拍摄的镜头数。也就是说，你们依然享有三十次机会，而他只有五次，如果在这五次中没能拍到精彩的硬照而落到最后一名，节目组会无条件将他淘汰。"

邦妮话音刚落，选手们中间就发出了欢呼声，艾米丽更是举手问道："评委们做出这个决定是不是因为罗密欧在比赛中使用了不入流的竞争手段？如果是，应该让他退赛而不是再给五次机会。这个决定本身就不公平。"

古斯塔夫冰冷的目光狠狠剜了她一眼，邦妮也严厉地朝她看去，一字一顿地开口："我邦妮，可以用自己的人格和性命担保，罗密欧在比赛中没有使用任何不入流的手段，节目组和评委更没有为他开过后门，他能走到现在，靠的全是自己的实力。某些人认为我们做出这样的决定才算公平，然而在我看来，用如此卑劣的手段去扼杀一位才华横溢、本应该光芒四射的未来之星简直是一种犯罪。我们的社会已经堕落到容不下有才之士的地步，这让我感到非常痛心！"

她移开落在艾米丽身上的目光，慢慢朝别的选手看去，继续道："如果你们赢得了比赛，你们不应该感到骄傲，而应该感到羞愧，因为你们依靠的不是自己的实力，而是夺取别人的优势。就像一个健全的人与一个瘸腿的人进行短跑比赛，即使健全的人首先冲到终点，得到的也不是欢呼而是嘲讽！这严重违背了公平竞赛的原则。"

她说完用力将少年抱进怀里拍抚，笃定地道："罗密欧，做出这样的决定不是我的本意，但我相信你一定能坚持到最后。我支持你！"

"谢谢。"周允晟回抱她，眼里泛出真实的笑意。

古斯塔夫不能与少年进行更多的交流，甚至连一个拥抱也不可以给。他现在只能尽量远离他，不再给人攻击他的借口。他双手插在裤兜里，看似淡然，实则拳头捏得"咔咔"作响。

伊凡也走上去拥抱少年，紧接着是与罗密欧关系渐渐好起来的一名男选手。其他选手面红耳赤地站在原地。

他们被邦妮的话臊得抬不起头来。别人不知道，但是那些参与其中的人明白，罗密欧确实没有使用任何不入流的竞争手段，他能走到现在依靠的全是自己强大的实力。当他进入拍摄状态，那种霸道而无孔不入的魅力叫人完全无法抗拒。

哪怕只剩下五个镜头，他一样能拍出精彩至极的照片。所以这次再输给他的话，他们将会受到所有观众的嘲讽，那样场面会更加令人难堪。刚才还幸灾乐祸的几个人这会儿完全笑不出来了。

邦妮离开以后将这段视频发布在官网上，她力挺罗密欧的那段话得到了许多人的认同。罗密欧的优秀有目共睹，如果给他机会，他一定能攀爬到最光辉的顶点。因为某些人卑劣的嫉妒心理就要将如此才华横溢的少年扼杀掉，这是所谓的公平？简直可笑！

舆论风向开始迅速朝罗密欧倾斜，他本就没有丝毫折损的粉丝数量竟然又增加了一倍。大众往往更愿意同情弱者。虽然他算不上弱者，但谁都看得出他受到了不公正的待遇。

让做出该项决定的 ABC 高层下台的声音在网络上比比皆是。

古斯塔夫最终还是在个人主页上就此事做出了回应。他并没有长篇累牍地进行解释来安抚粉丝，只简单写道："人心之黑暗令我倍感失望。"

大家都看得出来，他这是在谴责粉丝对罗密欧的打压。人生在世，谁没有几个特别要好的朋友或特别欣赏的人物？这有什么大不了的？为何有人要用如此卑劣的手段去伤害对方？

罗密欧的粉丝对他的怨气总算是少了一点，他的粉丝则开始感到恐慌，并意识到自己的行为或许太过分了。偶像的引导作用是强大的，闹得沸沸扬扬的退赛风波忽然之间就平息了，节目组收到了很多观众的道歉信。

但决议已经下达就没有收回的道理，罗密欧依然只有五次拍摄机会，并且拍摄过程全程直播，不再给任何人质疑的机会。由于放送时间只有五十分钟，邦妮把挑战赛的环节去掉了，转而增加硬照拍摄的难度。

这可是直播啊，一举一动观众立即就能看见，如果选手出了大丑，节目组也没有办法通过剪辑的方式替选手遮掩。这让选手们紧张得直冒冷汗。

古斯塔夫不再担任摄影师甚至不再出现在摄影棚里，邦妮一个人站在空地上，面对表情僵硬的选手们。

"原本这次的拍摄是由两名选手搭档合作，为彼此挑选服装、造型和拍摄场地。但是你们知道，罗密欧只有五个镜头的机会，这对他的搭档而言非常不利，所以我改变了拍摄主题……"

"不，就按照两人合作的方式拍摄吧。我与罗密欧搭档。"伊凡忽然举手说道。

摄像师们纷纷把镜头对准她，电视机前的观众瞬间被挑起情绪。

邦妮知道改成直播的话她将面临许多突如其来的挑战，没想到第一个向她发起挑战的人会是伊凡。但她预感到接下来的情况是她乐于看见的。

伊凡搂住好友的肩膀，面无表情地说道："五个镜头足够了。罗密欧能走多远，我也跟着走多远。如果他因为那些离谱的事被淘汰，我也不想待在这样的节目里。"

——姑娘，你说话真直接！

提出这个离谱决议的邦妮感到自己的脸蛋火辣辣地疼，虽然她的初衷是保住罗密欧。

观众纷纷为伊凡的直率和义气点赞，然后对 ABC 高层和古斯塔夫的粉丝大加嘲讽。这两拨人现在在网络上特别招人恨，连带着古斯塔夫的人气也下降不少。

谁都不知道，古斯塔夫非但没感到沮丧，反而对此乐见其成。他恨不得所有人都去支持罗密欧，至于自己的粉丝，抱歉，他现在根本不在乎他们的想法。他要为自己而活。

邦妮咳了咳，再次确认道："你考虑清楚了吗？五个镜头，再没有更多了。"

"这有什么好考虑的？我只愿意跟罗密欧搭档。"伊凡撇嘴。

周允晟轻笑起来，给了伊凡一个结结实实的拥抱。

"那好吧，就按原计划进行拍摄。看见那面涂鸦墙了吗？那里有三种风格的涂鸦，你们组好队后就来我这里抽签，根据抽到的涂鸦风格选择服装和造型，然后站在涂鸦墙前拍照。谁能把涂鸦墙跟自己完美地融合成一体，谁就是这一期的第一名。"

选手齐齐转头回望，发现摄影棚内果然竖起了一面巨大的涂鸦墙，墙体被颜料分成三块，一块是童话风格，上面描绘着色彩斑斓的蘑菇、误入仙境的爱丽丝和各种可爱的动物，看上去十分梦幻。

一面是抽象风格，各种绚烂的色彩交织在一起，给人凌乱、狂暴、热血的感觉。

最后一面最简单，几乎没什么风格，只是分为黑白两个色系，左边是黑色右边是白色，中间用黑白两色交融的巨大的英文单词连接在一起。

选手们定定地看了几眼，心里各有打算。

邦妮拿出一个小布袋，让两两站在一起的选手们派出一个代表来抽签。艾米丽那一组抽到了童话风格的涂鸦，她愉悦地笑了，看来选中了自己满意的墙体。

周允晟把伊凡推出去抽签，抽到什么对他而言都无所谓。也许别人会觉得五个镜头少得可怜，对他来说已经足够。他大脑的计算功能比起007来毫不逊色，只需看一眼场地就能给出最佳的拍摄计划，细节可以无限缩小到一根头发丝的位置。五张照片该怎么拍，拍出来是什么效果他比摄影师知道得更清楚。

伊凡抽到了黑白色的墙体。她觉得太单调了，不太好发挥，转回头冲好友耸肩。

"没关系，能拍好的。"周允晟搂住她的肩膀，用力揉乱她火红色的头发。

两人来到服装间，周允晟并未多看，直接挑了两套款式简单的西装，一套纯黑色，一套纯白色，白色西装内里搭配黑色衬衫，黑色西装内里搭配白色衬衫，领带的色调跟西装相同而跟衬衫相反。

伊凡的心比太平洋还宽，好友挑衣服的时候她就拿出游戏机来玩游戏，不时问一句"好了吗"。其他两组选手却因为意见不合争吵起来。艾米丽个性非常强势，一定要搭档无条件地服从自己，这导致两人的争吵逐步升级。

邦妮连忙带着工作人员跑过去调解，这精彩的一幕让观众看得津津有味，等他们回神的时候，或者说等其他两组选手回神的时候，伊凡和周允晟已经做好造型站在涂鸦墙前准备拍摄。

周允晟让造型师把伊凡火红色的头发染成了黑色，他自己的头发本身就是白色，并不需要多做处理。

伊凡的五官再次被硬化，眉毛描得又粗又黑并微微上挑，看上去十分邪气。她本身的性格就很洒脱，或者说风流不羁也不过分，再穿上纯黑色的西装打上领带，往白色那面墙前一站，简直俊美得夺人眼球。

而罗密欧的俊美毫无侵略性，就像他穿着的纯白色西装，干净剔透赏心悦目。他背靠黑色墙体，双手插在裤兜里，双腿交叠站姿慵懒，略微上扬的下巴和半开半合的眼睑带出几分漫不经心的感觉。

伊凡也是背靠墙壁双手插兜，表情是与慵懒和散漫截然相反的犀利冷酷，同样的站姿却透出一股强大的气场。

两人站在泾渭分明的黑白世界中，奇异地把彼此的气息交融在一起，那画面看上去无比精致、纯粹、优雅。

"一击即中！"摄影师迅速摁下快门，激动地大喊。所谓的极简就是极美，这才是时尚永恒的主题。

电视机前的观众已经被两人迷得神魂颠倒。观众们是第一次直观地看见罗密欧拍摄当中的状态。几乎不用想，摄影师刚摁完快门，他们就已经摆出了下一个动作，那样自然随性。

两人慢慢走近，一个一百八十三厘米，一个一百八十二厘米，站在一起几乎看不出身高差距。他们头贴得很近，小声地说着什么，伊凡把手臂搭在罗密欧的肩上，露出灿烂的笑容，罗密欧只是微微弯了弯海蓝色的眼睛，但瞳仁中自然流溢的愉悦光彩同样扣人心弦。

两人一个热烈，一个沉静；一个似骄阳，一个似明月，在黑白色背景的陪衬下像阴与阳的两个半圆，是彼此不可或缺的存在。

"完美！你们是我见过的最完美的搭档！爱死你们了！"摄影师一边摁快门一边疯狂地大喊。

两人自然地变换着动作，摄影师"咔嚓咔嚓"摁着快门，五张照片拍完也只花了一分钟时间不到。

"我终于知道古斯塔夫那家伙为什么对罗密欧这样欣赏了。知道吗？他是镜头的宠儿，无论从哪一个角度拍摄都完美得令人心惊。我在拍摄他时激动得血液都在沸腾，根本不想停下来。我要邀请他当我的专属模特，绝对不能让他被古斯塔夫抢走！"

摄影师转回头对跟拍自己的摄像师赞叹。他点击电脑，把刚才拍到的五张照片展示给观众，那种白与黑、刚与柔、冰与火互相交融的惊心动魄的感觉立刻冲击了所有人的眼球。

而这位摄影师在摄影圈内的名气比古斯塔夫更大。他认为古斯塔夫对罗密欧是一种创作者对缪斯的痴迷。这让要求罗密欧退赛的古斯塔夫的粉丝们更感难堪。

"上帝啊，我们犯了一个巨大的错误，让偶像失去了灵感的源泉。也许从今以后他都不会再摄影了！我现在开始害怕了！"一名粉丝抱着脑袋哭。

还有更多的人比她揪心。罗密欧用实际行动打了所有认为他在作弊的人一巴掌。三十个镜头，算了吧，他只需要五个，不，其实只要一个，就能把别的选手甩出好几条大街。

观众这才想起来，似乎罗密欧每一次获得第一名的硬照都是他刚摆出来的第一个造型。每次都是一击必中一举夺冠，他的实力太强大了！

两人精彩至极的表现让另外两组选手倍感压力。他们开始对自己的选择产生怀疑，想着是不是该换一套衣服，换一个造型。他们手脚僵硬表情生涩，让摄影师频频气得跳脚，不得不数次走上前矫正他们的姿势，并提醒他们灯光在哪里。

"天哪，拍摄他们的感觉跟拍摄罗密欧的感觉简直是地狱与天堂的差别。古斯塔夫，可怜的古斯塔夫，难怪他在拍摄别人的时候总是板着脸。"摄影师喋喋不休地抱怨着，而电视机前的观众再一次理解了古斯塔夫的心情，也清晰地认识到其他选手与罗密欧之间存在多么巨大的差距。

罗密欧依靠作弊才走到今天？滑天下之大稽！

拍摄终于结束，节目组立即把选手们的照片发布出来让大家评分。以往他们会挑出最优秀的一张，这次为了彰显赛制的公平和透明度，把所有照片都贴了上去。

罗密欧和伊凡只有可怜巴巴的五张，另外两个小组分别有三十张。但这个时候看的可不是数量，而是质量，观众对罗密欧和伊凡各种喜爱，对另外两组选手各种嫌弃。

毫无疑问，第一名依然是罗密欧和伊凡。另外两组选手输得心服口服，也尴尬至极。之前他们觉得节目组削减罗密欧的拍摄次数的决定不能更妙，现在则考虑着要不要给罗密欧求情。至少罗密欧恢复正常拍摄后不会显得他们输得太难看。

　　"我不管公不公平，只知道人都会有失误的时候。五次机会，万一他哪天状态不佳一次都没抓住呢？我觉得这样就很好。"艾米丽一句话打消了大家的念头，也让观众对她恨进了骨子里。

　　"坏女人，你怎么还不被淘汰？大家集体给她打零分让她赶紧滚！"这条留言获得了不少人点赞，他们受够了心理阴暗的艾米丽。当然也有一部分利己主义者觉得她很有个性，给她打了十分。

　　这次被淘汰的是一名男选手，他是艾米丽的搭档，被艾米丽推出来承受评委们的毒舌。他下台的时候挨个拥抱了所有人，却拒绝了艾米丽，这让她尴尬得脸都红了。

　　由于录播改为直播，选手们在别墅内的生活状况将不会出现在当期节目中，而是统一剪辑成花絮在决赛前一周播出，也就是说原本定好的三周结束比赛变成了四周，选手们多出了一周的休息时间。

⑦ 摘得桂冠 ▶▶▶▶

休息结束后，比赛再次开始，目前还剩下五名选手。邦妮把他们带进摄影棚，警告道："这是决赛前的最后一次淘汰赛，我们今天有可能淘汰一名选手，也有可能淘汰两名选手，这全看你们的表现。这次淘汰赛的决定权不在观众手里，也不在评委们手里，而是由我们的客户决定。作为模特，拍出让客户满意的照片才是最重要的。"

她将客户介绍给了大家。一个长着络腮胡子的高壮男人把产品介绍给大家。

他是 MONTO 的销售总监，这次带公司最新研发的神行者系列平板电脑来做推介。神行者是一款性能极其强大的电脑，自带许多最先进的软件，尤其是文件和图片处理功能，可以说是世界 IT 技术的先锋。从"神行者"三个字足以看出他们对自家产品的信心。

总监先生简单介绍了一番，补充道："所以你们今天的任务是为我的电脑拍摄宣传海报，我给你们每人三十分钟，在这三十分钟里，你们可以无限制地拍照，然后挑出一张最好的拿来给我评审。"

无限制拍照，也就是说不用再局限于三十个镜头了。这绝对是个好消息！不等选手们欢呼雀跃，总监先生立刻浇了一瓢冷水："但是你们的服装师、造型师、摄影师、灯光师、修图师，都由你们自己担任。不会有任何人为你们的照片的好坏负责，除了它。"

他拿起手中造型时尚的平板电脑，展示给观众看，继续道："你们拍出照片后如果觉得不满意，可以用我们的产品进行后期制作。它强大的图片处理功能一定会让你们大开眼界。"

"可我是电脑小白怎么办？我连文字处理软件都不会用。"伊凡相当坦白。

"别担心，你们后期修图的时候我会派给你们每人一个技术员，他负责教导你们该如何使用软件。"总监先生等的就是这句话。当选手们修图时，技术员与他们的交流可以再次把自家产品的强大功能推介出去，宣传效果一定很棒。

选手们点头表示知道了，约翰对准偶像来了个特写，偶像盯着平板电脑的眼神十分灼热，像岩浆一样。

"我喜欢电子产品，尤其是平板电脑。"周允晟冲摄像机微微一笑。

站在他身旁的艾米丽忽然举手说道："节目组不是对罗密欧进行制裁了吗？那么他的时间应该减半才对。"

电视机前的"罗粉"气炸了，恨不得把艾米丽拖出来暴打一顿。

邦妮正想开口，总监先生说话了："节目组是节目组，赞助商是赞助商。我不管你们觉不觉得公平，我只知道我的产品必须挑选出最优秀的宣传海报，所以给每个人的机会都一样。如果你们想打击对手，请不要拿我的产品开玩笑，我是来工作的，不是来给人当工具利用的！"

他毫不客气的责难令艾米丽面红耳赤，羞愤欲死。其余选手掩嘴低笑，周允晟则淡淡瞥了她一眼，仿佛她只是个跳梁小丑。

邦妮丝毫没有站出来圆场的打算，等大家笑够了才把人领到拍摄场地。

"背景就是这个？一块白布？"伊凡难以置信地看着遍布摄影棚各个角落的五块白布。这么单调的背景，让他们怎么发挥？

"后期修图的时候你们自己想办法。给一些提示，只要有一台性能强大的电脑，就算你们想在地球上拍出宇宙大战的效果也不是不可能的。"邦妮神秘地眨眼。

"这是让我们用图片处理软件把背景添加上去。别担心，软件里肯定会有让你满意的背景效果。"周允晟凑在伊凡耳边低语。总监先生明显听见了这番话，对他微笑着点头。

邦妮一弹指，倒计时开始了，选手们尖叫着冲进服装间。周允晟挑了一件灰色V领休闲毛衣、一条雪白的休闲裤、一双黑白灰混搭的板鞋，头发稍稍拨弄了一下，让它显得蓬松而富有弹性，然后来到白色布景前与灯光师交谈。说是让选手自己当灯光师，其实只需把自己想要的效果告诉工作人员就可以了，拍摄当中他们会帮忙搞定。

这款电脑总共有五个颜色——黑、白、蓝、黄、橙。周允晟让灯光师将蓝色光晕投射在白布上，然后是黄色光晕、橙色光晕、白色光晕、淡灰色光晕，颜色转换间只听得见他"咔嚓咔嚓"摁快门的声音。

"他这是在干什么？照片里必须出现模特和产品，这点他应该知道吧？"总监先生很担忧。来之前他可是向古斯塔夫打了包票，一定会好好照顾罗密欧，但罗密欧对着一团光晕拍来拍去，他都不知道该怎么帮。

"别担心，他不会弄砸的。"邦妮大大咧咧地摆手，眯着眼睛欣赏少年裸露出来的雪白的肩头。

总监先生耸耸肩膀，不再说话。

周允晟拍完彩色光幕就把相机固定在架子上，开始拍摄自己。他并没有摆什么造型，只是站得笔直，把手臂伸长，用掌心托住一台白色的平板电脑，手腕施加巧劲让它像个篮球一样以某个边角为支点转动起来，相机设定了每一秒钟拍摄一次，密集的灯光闪过，他换了一台黑色的平板电脑重复之前的拍摄过程。

工作人员傻傻地站在那里，看着他拍摄了五组这样的照片，颇为摸不着头脑。

总监先生指了一下自己的太阳穴，显然很怀疑罗密欧的脑子是不是有问题。谁都看得出来，这些照片平凡无奇，哪怕用他那精灵一般的美貌也无法挽救。

电视机前的观众纷纷捂脸，呻吟道："罗密欧，快醒醒吧，你这样拍是没用的！拿出你以往的气势来，秒杀他们，否则等待你的只有被淘汰的命运！"

其余选手没空围观罗密欧，但能通过工作人员的议论知道他发挥失常了，心里的紧张感顿时消减大半。当然，这里面并不包括伊凡，她又蹦又跳地冲罗密欧挥手，希望他赶紧补救，却只换来一个淡淡的眼神。

艾米丽已经洞察了古斯塔夫对罗密欧的青睐，觉得如果自己不拼一把，冠军的头衔一定会落在罗密欧手里，所以只披了一件宽大的浴袍就出来了。

当她开始拍摄时，现场发出一片惊呼声，引得邦妮和总监先生连忙过去查看。

"我的上帝啊。"邦妮不得不为艾米丽的大胆惊叹。艾米丽让造型师把自己的头发吹得十分卷曲蓬松，披散在肩头恰好遮住胸前的两点，然后什么都没穿，就那样全裸着盘腿坐在布景前，双手夹住一台橙色的平板电脑，用它遮挡最私密的部位。

她全身的皮肤都涂了一层古铜色的亮粉，灯光一打给人一种雕塑般坚硬厚重的感觉。

"她很有想法。"总监先生竖起大拇指。

拍摄间隙的艾米丽看见这一幕，志得意满地笑了。电视机前的观众被她性感的胴体吸引，完全把之前对她的厌恶抛到了脑后。

三十分钟的拍摄时间结束，总监先生又给了大家十五分钟的修图时间。他们可以把自己最满意的照片挑出来进行修改，譬如在布景上加几个特效之类的。MONTO 的技术员走到他们身边提供帮助。

"这款软件的功能很强大，我来教你……"被指派给周允晟的技术员说着说着就消音了，目瞪口呆地看着少年纤细的手指在键盘上一阵飞舞，把所有照片糅合在一起制作出令人目眩神迷的效果。他的专业技术丝毫不逊色于 MONTO 顶尖的程序员。

技术员意图教导他的举动简直是多此一举。图片处理完以后，技术员呆呆看了半晌才挤出一句话："罗密欧，你赢定了。"

艾米丽把照片的底色稍微调暗，让自己的肌肤显得更有质感，然后拒绝了技术员所有的修图建议。她觉得自己已经足够完美，再添加任何东西都是多余的。

技术员耸耸肩不再说话。

十五分钟过后，选手们依次上前提交作品。总监先生适时给出最中肯的评价。轮到艾米丽时，他盯着照片看了很久，不停用手指摩挲下颌，表情有些微妙。电视机前的观众认为他一定是被艾米丽迷住了，因为他们也一样。

艾米丽简直性感得让人喷血！

周允晟是最后一个提交作品。他把自己的平板电脑交上去，总监先生盯着屏幕上单手托举电脑的少年，不知该说什么才好。这张照片能排第一，倒数第一！看来他要对不起老朋友了，罗密欧似乎没老朋友形容的那样优秀。

"老板，您应该点击播放。这是一张合成动态照。"被指派给少年的技术员忍不住提醒。

总监先生惊讶地瞪圆了眼睛，在一干最基础的精修照片里忽然出现一张合成动态图，无论效果如何，在技术上就足以碾压所有对手。

邦妮先他一步点击了播放键。少年还是静止的，脸上带着沁人心脾的月光般的微笑，而他掌心里的电脑旋转起来，机壳不停变换着斑斓的色彩，少年背后出现无数的光点，分明只有五色，交会在一起，却制造出了世间万色，有如井喷的彩带、灿烂的烟火、爆炸的星河，少年的极静更衬托出电脑和背景的极致绚丽。画面时尚、动感且让人耳目一新。

总监先生忍不住发出"哇哦"的赞叹声，眼睛瞪得圆鼓鼓地问道："这是你帮他做的？"

"不不不，是他自己做的，他的电脑技术比我还好。"

约翰立即把少年制作图片的视频播放给总监先生看，导演也将画面切换给电视机前的观众。只见他盘腿坐在地上，一边制图一边跟技术员交流："你们这款软件太棒了，独有的完美数字图像处理引擎让图像处理质量和还原能力高人一等，处理速度更是快人一步。我想要什么效果，它都能帮我实现，太棒了！"

他一边解说，一边慢慢把单调的照片弄成绚烂至极的作品。约翰还适时给技术员一个特写，技术员目瞪口呆的表情很有趣。

电视机前的观众完全服了，恨不得膜拜罗密欧。有人中肯地评价道："罗密欧是在用拍玄幻大片的技术拍照片，完全是大材小用！罗密欧还有多少才华没展示出来？哪天你们告诉我他是超人我也不会惊讶！"

总监先生看见这段视频简直笑得见牙不见眼，毫无疑问，这正是他理想中的广告片，一个镜头都无须剪辑就可以让电视台播放出去。

"太妙了！太精彩了！"他盯着照片赞不绝口。

"那么你可以宣布这一期的冠军了吗？"邦妮微笑着问道。

"当然可以。"总监先生再次挨个点评大家的照片，指出自己不满意的地方，说到艾米丽的时候语气有些古怪，"艾米丽这张照片太美了，拿到它之后我都舍不得挪开视线。"

摄像机对准艾米丽，她得意地笑了笑。

"但是，"总监先生忽然转了话锋，"我恨不得把她手里的平板电脑夺过来扔出去，或者具有透视眼的功能可以直接把平板电脑忽略，然后把她美丽的胴体欣赏个够。她拿着的平板电脑是什么玩意儿？竟然遮挡了如此美妙的风景，让我感到大为恼火！"

邦妮低头忍笑，能理解总监先生的心情。

电视机前的绝大部分男观众与他产生了深刻的共鸣，也觉得那台电脑很碍事。

"所以，我要判艾米丽淘汰。"总监先生为自己热情洋溢的赞美下了结语。

选手们集体蒙了，艾米丽更是惊讶得说不出话来，直过了半分钟才愤怒地质问："为什么？我的照片既然拍得这么好，为什么要判我淘汰？"

邦妮拍手吸引大家的注意力，一字一顿地说道："忘了之前我如何教导你们的吗？身为一个模特，你只是陪衬而不是主角，你要推介的是产品或服装，而不是你自己。艾米丽，你把需要推介的产品拍成了令人倍感多余、恨不得扔出去的存在，你觉得你还有资格获得冠军吗？海报售卖的可不是你的肉体！"

总监先生深有同感，附和道："对，如果你拍摄的是成人杂志的封面照，我一定把冠军的头衔给你。"

其余选手发出窃笑声，电视机前的观众这才明白个中缘由，纷纷点头表示同意。还有的男观众立即就给节目组发来短信，说艾米丽一定会是最优秀的成人杂志的封面女郎，她的身材太性感了，去当模特简直是浪费。

这些言论一出，注定艾米丽这辈子都无法走上高端时装品牌的T台，她已经被打上了低俗和卖弄色情的烙印。

艾米丽连一句像样的反驳都找不出。她确实存了用肉体博取未来的心思。如果她能早点想起邦妮曾经的教导，绝对不会走这冒险的一步。

她羞愧得无地自容，慢慢蹲下去抱头哭泣。选手们谁都没想着去安慰她，纷纷把脸别开了。

　　最终这一期节目只淘汰了艾米丽一个，观众极力推荐她去给成人杂志拍摄写真，一定会卖得很火。

　　当他们使劲把艾米丽往尘埃里踩的时候，罗密欧的格调却越走越高，技术达人、文艺小清新、画手、艺术家等称号一个又一个地冠在他头上。

　　他才华横溢得令人瞩目。

　　倒数第二期是选手们的生活集锦，在播放节目的同时，他们正在接受艰苦的训练，为最终的决赛做准备。

　　既然是超模大赛，自然要在 T 台上决胜负。节目组请来了国际最著名的时装设计师之一威尔森，把他即将发布的秋冬系列服装放在节目组的 T 台上展出。这一系列服装的灵感取自军装，线条笔挺硬朗，色调偏冷，余下的两名女选手、两名男选手都需要展示出自己最坚硬阳刚的一面，要走出最英姿飒爽的台步。

　　这是威尔森对他们提出的基本要求。

　　直播开始了，邦妮来到威尔森身边，询问他最看好哪位选手。

　　"我比较看好伊凡。她是少见的具有男子气概的女模，是这一系列服装最好的诠释者。相反，对观众最喜爱的罗密欧，我却是最担心的。他还没成年，容貌雌雄莫辨，身材也略微消瘦，我担心他把我的男装穿出女装的效果。"

　　邦妮点头表示理解。

　　摄像师为了节目效果，立即在后台捕捉罗密欧的身影，然后发出小小的抽气声。

　　向来如月光般温柔的少年此刻把头发全部一丝不苟地梳理到脑后，露出俊美至极的五官。他海蓝色的眼睛微微眯起，嘴唇自然上翘，脸庞却不含一丝暖意，反透出一股凉薄感。他穿着一件深棕色的军装式大衣，一根皮带勒出腰线，更显出他完美的倒三角身材和修长笔直的腿，一双锃亮的军靴刺得人眼花。

他迈步走过来，那种略带纯真的冷酷感就像军刀一样劈开人的眼球，令人无法招架。他亦正亦邪，可以柔软也可以坚硬，能轻易驾驭任何风格的服装。

威尔森惊讶地半张着嘴。电视机前的观众已经醉了，捧着酡红的脸蛋发出毫不矜持的尖叫。

音乐声响起，杰弗瑞让选手们排好队，依次走出去。少年每一步都走得那样坚定从容，像一把移动的军刀，有着锋利无匹的气势。

现场观众完全忘了反应，只知道张大嘴仰视他，脑袋随着他一寸一寸地移动，当他消失在漆黑的舞台后竟觉得怅然若失。他身上穿的衣服帅气极了，哪怕是女生也想给自己添置一件，因为它能勾勒出纤细的腰肢和挺翘的臀部。

每一次当少年换一套衣服出现在 T 台上时，观众的掌声总是最热烈的，像一拨又一拨浪潮席卷而来，却无法撼动他坚毅的眉眼。

秀场内的温度接近沸腾，威尔森毫不犹豫地选择了去挽罗密欧的胳膊，带领他向大家致谢。

回到安静的摄影棚时，四位选手的脸蛋还是红红的，像喝醉了酒。他们太享受万众瞩目的感觉了。

邦妮让他们互相报出最有可能夺冠的人选，他们想了想，纷纷说出罗密欧的名字，八张最佳硬照的辉煌战绩，在场没有人能与他争锋，哪怕行走于 T 台上，他也是最耀眼的存在。

"罗密欧，你觉得谁会夺冠？"邦妮故意刁难。

"无论是谁，我都会为他感到高兴。"周允晟回避了这个问题，并与伊凡紧紧拥抱在一起。

邦妮点头，让导播将观众投票显示出来，先用最低票淘汰了两个选手，当只剩下伊凡和罗密欧时卖了一个关子，说要插播广告。

"我可以打你吗？"伊凡真诚地询问。

杰弗瑞和尤里卡笑岔了气，周允晟揉乱她一丝不苟的红发。

邦妮做了个怕怕的表情，嘟嘴道："好吧，刚才是开玩笑，我们的下一任超模是——罗密欧！祝贺你！"

演播厅里飘下无数彩带，伊凡丝毫不觉得失望，流着热泪把愣怔中的少年举起来转圈，另外两名选手走过去将他们紧紧抱住。

这是一段足够铭记终生的经历，他们感到非常满足。

当晚，《下一任超模》的收视率突破了ABC的历史纪录，所有人都认为罗密欧有资格获得这项桂冠。他的优秀有目共睹，他一定能成为时尚圈最闪耀的星星。

而本该立于时尚圈顶端的艾米丽，十年后却成为各种成人杂志的封面女郎，名字与"色情低俗"捆绑在一起，想洗白都毫无办法。

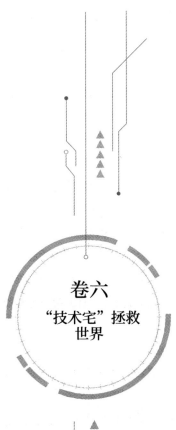

卷六

"技术宅"拯救世界

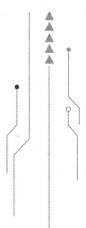

① 研制疫苗 ▶▶▶▶▶

　　周允晟还未睁眼就听见耳边不停有人大喊："博士，你怎么样了？你还好吗？快来人啊，博士受伤了！"话音落地便"噔噔噔"地跑了出去。

　　确定身边没人后，周允晟缓缓靠坐起来打量周围的环境。这明显是一间实验室，靠墙安置着三个巨大的储物架，每一个储物格里都摆放着玻璃器皿，用来浸泡人体器官或奇形怪状的动植物。

　　空气中飘浮着一股消毒液、化学药物、人体腐烂混合在一起的臭味，令人作呕，相隔不远的地方还传来一阵阵爆炸声，似乎有一场战斗正在发生。

　　很明显，这不是一个和平的环境，所以他应该尽快了解原身的处境以便应对。周允晟立即点开 007 翻阅资料，然后笑了。

　　很好，这里是末世，而原身是一个年轻的医学博士，名叫白默翰，被 C 国最大的 B 基地供养起来以研究丧尸病毒的解药。他拿人体做实验，每一天死在他手里的普通人或异能者不计其数，是实验室里人人惧怕也人人憎恨的存在。

　　但谁也没想到的是，他做实验是为了尽快研究出能解救全世界人类的疫苗。而且他只懂得医学研究，半点人情世故也不通，所以无意间得罪了很多人。

　　他注定不得好死，而且还死了两次。

这是一个末世世界，主角叫雷川，末世前是特种部队的兵王，末世后触发了雷系、火系、治愈系异能，可以说是当时顶尖的高手。他为人正直、严谨、无私，带领自己的一帮兄弟前去投靠 C 国最大的 B 基地，路上顺带救了很多人。

他没有隐藏自己的异能，以为这样可以带给大家更多安全保障，却没料到有人起了歹心，为了获得 B 基地常住人口的资格，将他拥有治愈系异能且不怕丧尸病毒感染的消息卖给了白默翰的研究所。

白默翰欣喜若狂，马上将此事通报上层，要求他们把雷川抓起来做实验体。B 基地的高层本就忌惮雷川，听闻此事正中下怀，一面派给雷川一个高难度的任务，一面买通他的好友在任务中偷袭他。

雷川受了重伤，本可以马上自愈，却又被好友注射了白默翰研究出来的巨毒药剂，一下就陷入了昏迷，等他再醒过来的时候已经成了白默翰的一个实验品，每天遭受惨无人道的折磨。

就这样过了五年，当他渐渐绝望之时，一直挺他的下属郭泽瑞单枪匹马地闯入研究所意图救他出去。

研究所里有异能高手护卫，郭泽瑞根本不可能成功。他被十几个异能者包围，当着雷川的面被轰杀成渣，从而强烈刺激了雷川的神经。雷川拼尽最后一丝力气引爆了脑中的晶核，与所有人同归于尽。

然后他重生了，郭泽瑞也重生了，两人所向披靡，在共患难中积累了深厚的情谊。几年后，两人建立了比 B 基地更庞大的势力，给炼狱一般的末世带来了新的希望。

他们重生之后当然不会放过仇人，所以白默翰再次被炮灰。他死前没有怨恨，只有遗憾，他的疫苗仅差一个分子式就能研制成功，如果再给他一点时间，他就能让这个世界恢复本来的面貌。花儿重新变得娇艳欲滴，天空重新变得碧蓝如洗，河流重新变得清澈纯净，人类重新变得健康理智……

——所以说，我的任务是拯救世界？

想到这里，周允晟立即跳下病床朝隔壁的实验室跑去。他醒来的时机很不凑巧，这天正好是郭泽瑞单枪匹马杀进实验室的那一天。他乔装成实验人员，却被过目不忘的白博士一眼看出，然后被护卫们包围。

厮杀中白博士撞到额头昏过去，原本这一昏就应该昏到雷川重生后，但周允晟的灵魂之力非常强大，硬生生让白博士提前醒了过来。

快点，再快点，晚了雷川就要自爆，而白博士的血清疫苗蛋白只差一个分子式就能研制成功，周允晟绝不会让他的心血白费。

周允晟刚跑到实验室门口，就看见一个人影被几团烈火、冰刃、藤蔓、土刺之类的东西轰杀成渣，而坚固的全透明实验室里面，雷川正躺在实验台上眼睁睁地看着这一幕。他眼球开始充血，肌肉开始膨胀，显然是要自爆了。

周允晟边跑边把白默翰的身体数据调节到极限。白默翰是精神系异能者，平时忙于研究，并不怎么修炼，身边又有许多高阶异能者保护，所以实力平平。但经过007的调整，实力有如坐火箭，立刻就冲破最高阶，达到了王者之境。

如果要安抚雷川爆裂的晶核，非王者之境的精神异能者不可。

雷川周身出现一道道紫色的闪电，像细小的游龙将他裹成一团，实验台被摧毁，他却还悬浮在半空，且周身的能量越来越狂暴，把所有高阶异能者都压趴下，更有研究所的普通技术员早已七窍流血僵死在地。

用天外陨石提炼而成的比钻石还要坚硬的玻璃开始出现裂痕，几秒钟后裂痕变成蜘蛛网，最终轰然碎裂。异能者们想躲无处躲，想跑无处跑，只能趴在地上绝望地等死。

当他们看见白博士用白色光晕般的精神力包裹住自己慢慢朝雷川靠近时，惊骇的心情简直难以用语言描述。这是传说中王者之境的异能者才能达到的程度，将异能外放形成包裹自己的磁场，在这个磁场内，他举世无敌。

现在还没有人类能修炼到这个程度，而他们之所以知道是因为基地曾围剿过一只王者之境的丧尸，用尽了五个弹药库的弹药和二十八个十阶异能者的生命也没法重伤它，还让它顺利逃脱不知去向。

一个王者之境的异能者，其强大实力抵得上百万人的军团。他们有救了！

所有人眼里都放射出希望的光芒，而现实也没让他们失望，白色的光团裹住了紫色的光团，将它狂暴的能量逼回雷川体内，能量流互相撞击的"噼啪"声足足响了几十分钟。

刺目的光团终于退去，周允晟猝不及防地喷出一口鲜血。他经历了好几个世界，收集的能量非常庞大，但为了扭转雷川重生的命运，付出了难以想象的代价，莫说前几个世界积累的能量被抽空，连灵魂都受到了伤害。

世界与世界之间也存在差距。之前几个世界都很和平，并没有异能、丧尸、末世等超出常规的设定，所以在主神的评级中只能算得上 F 级，而这个世界凶险万分，更有许多超出常规的足以毁灭世界的能量体，所以评级在 B 级以上。

十几个 F 级世界的能量加起来，也未必比得上一个 B 级，所以周允晟在这个世界虽然能做到自保，但要左右世界的走向绝无可能。之前为了遏制雷川自爆就已经花费了他全部的力量，现在世界意识正试图将雷川送去重生，而他为了抵御这股意识，不得不抽取灵魂中的力量以平衡几欲扭转的时空。

如果不这样做，他的灵魂很有可能会被扭曲的时空乱流抛到别处，受到难以估量的伤害，更甚者会被主神发现继而抹杀。所以，他现在有些骑虎难下，放弃任务的话除了灵魂受到重创，什么都得不到。

他一定要坚持下去，至少坚持到成功研制出疫苗的那一天！至于寻找挚友，他已经有心无力了。世界意识每分每秒都在消耗他的灵魂，他在这个世界停留的时间不会太长。

雷川是个正直的军人，虽然重生后黑化了，但还是致力于拯救人类。看见白默翰成功研制出疫苗，重生后的他必定不会再杀白默翰，反而会继续让白默翰研究。

主角到死都没能研制出抗丧尸病毒疫苗，这也算间接地改变了他们的命运，可以让周允晟获得这个世界的能量。如此浩瀚的能量不但足以修补灵魂，还能让他的实力跨上一个新台阶。所以，这个任务他一定要不计代价地做下去。

这样想着，他又喷出一口鲜血，然后缓缓倒下。

一群异能者这才缓过劲来，连滚带爬地奔到他身边察看情况。

"不要毁了我的实验体，研制出疫苗的希望全都在他身上，听见了吗？"他紧紧握住护卫队队长的手，慎重交代，鲜血一口接一口地喷出，仿佛下一刻就会血尽而亡。

"听见了白博士，我们不会动他的。我这就送您去医务室，您别说话了！"护卫队队长小心翼翼地将他抱起来，疾步跑出去。

余下的人在地上蹲坐了十几分钟才艰难地爬起来收拾残局。他们没在雷川身上发泄怒气，而是把他放入恒温箱内保存。白博士是王者之境的异能者，谁敢动他的东西？

雷川站在恒温箱旁边，惊愕不已地盯着自己的身体，一名异能者从恒温箱旁走过，穿透了他。他试着握拳，感觉很真实，又试着去触碰东西，却摸到一团空气。他想走出大门，猛然被看不见的能量膜弹了回来。

他这才肯定，自己变成了鬼魂，而且是被困在实验室里无法离开的鬼魂，但他的身体还活着，心跳仪和呼吸机显示一切正常。

异能者和丧尸一样，大脑里都有晶核，都能提供修炼所需的能量，但不知什么缘故，人类晶核的能量不如丧尸的纯净，吸收起来有爆体的危险。所以，除非必要，没人会去抢夺别的异能者的晶核。

王者之境的晶核又不一样，即便能量驳杂不纯，让许多异能者分别吸收之后也足以供养出一个高阶异能者军团，或许还有可能再缔造出一个王者之境的高手。

B基地的高层收到消息后眼里闪烁着贪婪的光芒。

周允晟怎么可能考虑不到这一点？他早就利用007黑进了医疗所的仪器，篡改了自己的脑部CT光片。当高层们匆忙赶到时，看见的正是唉声叹气的医务人员。

"首长，白博士的晶核已经被震碎了，您看。"医生指着颅骨内一团雾气般的阴影说道。

"被震碎了？"高层们大失所望。

晶核碎裂后会被人体自然吸收，这人从此就是个普通人，再没有任何异能。就算他们现在把白博士的大脑挖开，得到的也是一堆废料，庞大的能量早在这之前就已经消散在空气中了。

"你们一定要尽力救治白博士，他是我们基地乃至全人类的希望。"高层们说了一些冠冕堂皇的话，陆续离开，假装昏迷的周允晟这才悠悠转醒。

眼前一片模糊，看什么都像蒙了一层水雾，有种扭曲变形的感觉，周允晟把手掌置于眼前挥动两下，这才确定刚被007修复好的高度近视又回来了。异能可以改善体质，但要达到脱胎换骨的程度，得修炼到六级以上。白博士是五级异能者，所以近视眼没法得到改善，平日里总戴着一副镜片比啤酒瓶底还厚的眼镜。

周允晟才恢复正常视力没多久，一夜又回到"解放前"。他大脑内的晶核虽然没碎，可也出现了很多裂痕，再要修复必须花费大量的时间和能量。但世界意识每分每秒都在与他对抗，他目前连自保的能力都没有，何谈其他？

所以他必须尽快把疫苗研制出来，否则灵魂会被耗干。这样想着，他不顾医生的劝阻，匆忙回到研究所。

能量碰撞造成的破坏已经被异能者们修复，新的技术员正在替雷川清洗身体。之前因为自爆，他的肉体差点被撑裂，即便有治愈系异能在不停修复，短时间内依然保持着血肉模糊、肠穿肚烂的状态。

"博士，您怎么就来了？您的身体没关系吗？"护卫队队长正在凝视雷川，听见脚步声回头一看，露出惊讶的表情。

"我的身体没有问题。"周允晟边说边戴上眼镜，披上白大褂，走到雷川身边，从他的颈动脉里抽了几毫升血液。在白默翰的记忆中，雷川的血液才是攻克丧尸病毒的关键，他血液中的白细胞具有极其强大的吞噬能力，连丧尸病毒也照吞不误。

如果他破解了白细胞变异的分子式，人类就有救了。

周允晟的时间不多，肩上更扛着整个世界的压力，即便之前从未进行过医学方面的研究，也不得不硬着头皮上。好在他拥有白博士的全部记忆，又拥有超高的智商和007的辅助，稍微花点时间整理整理也能继续研究下去。

他将血液放入仪器内进行细胞离析，坐下，打开白博士的电脑，用最快的速度浏览里面的研究资料。情况没他想象的糟糕，白博士已经得出了正确的组合公式，现在唯一要做的就是等待电脑运算出结果。

血清蛋白分子有无数种组合方式，要找出其中最正确的组合规律无异于大海捞针，即便白博士已经得出了公式，计算机也要花费几年甚至几十年的时间才能运算出来。好在周允晟是个黑客，大脑的运算能力不亚于这个时代最先进的电脑，又有007助阵，半年的时间应该足够了。

看完所有资料，他松了口气。

在他不知道的四次元空间内，雷川正一拳一拳照着他的门面轰击。他阳刚俊美的脸庞因为怨恨而彻底扭曲，看上去不像个人，像只发狂的猛兽。看见白博士的一瞬间，他反射性地举起手，想给对方一道淬火的雷霆，然后想起自己只是个毫无攻击力的鬼魂，便用这样幼稚的方式发泄。

"畜生！"他朝白默翰脸上吐了一口唾沫，布满红血丝的眼睛里充斥着足以毁灭世界的恨意。如果有来生，他绝对会让研究所的人都下地狱。

周允晟忽然觉得脸上冰凉一片，忍不住用手摸了摸。

就在这时，一名女研究员推着一个冷冻箱进来，问道："博士，疫苗已经培养出来了，您要不要试一试？"

这支疫苗是白默翰根据自己的运算研制出来的，有可能成功，也有可能失败。在它培养出来之前，雷川自爆毁了研究所，也就不知道它功效如何。如果疫苗有效，周允晟立即就可以脱离这个坑死人不偿命的世界。

"去安全实验室。"他把电脑锁上，匆匆走出大门。

雷川试着跟过去，惊讶地发现那层阻碍他离开的能量膜消失了，只要待在白默翰十米范围之内就能活动自如。白默翰仿佛是禁锢他的那条锁链，这让他的恨意越发深重，以前他受这人摆布，离魂后还不得自由，老天为什么要如此折磨他？为什么不干脆让他死了？

如果这就是他无私助人的回报，来生他宁愿当一个冷血无情的人。

一行人来到安全实验室。用陨石提炼而成的钢化玻璃隔离出一个十平方米的空间，空间内关押着一个被丧尸病毒感染，正面临异变的人类。他的眼睑发青，肤色惨白，口角流出浓黄色的涎水，若不是瞳仁放射出一丝清明的光线，看上去与丧尸无异。

"感染多长时间了？"周允晟扶了扶鼻梁上的镜框。

"感染四个小时了，估计还能再坚持两个小时。"一名技术员低头翻看记录。

"给他注射。"周允晟摆手，立即就有冰系异能者取出冷冻箱内的疫苗，全身包裹着厚厚的冰层走进去为那人注射，末了立即退出房门。

那人不停地吞咽口水，仿佛很饥饿的样子，几分钟之后皮肤开始出现一条条裂痕，黑红的血液喷涌而出，洒了满地。他哀号，惨叫，不停撕扯自己。又是几分钟过去，惨叫声终于停止，地上只留下一摊腐臭冲天的黑红色肉泥。

那惨不忍睹的死状让所有人不寒而栗。甚至有人怀疑：这果真是抗丧尸病毒疫苗吗？不是一种比丧尸病毒更可怕的东西？白博士到底在研究什么？

他们用怀疑的目光偷觑着白博士的脸色。

雷川更是直接对准男人的脸狠狠打了一拳，骂道："畜生，你一定会遭报应的！"

以前的白默翰压根不管别人对他的看法是好是坏，但现在的周允晟不能不管。他的力量全部用来对抗世界意识，根本没有自保的能力，如果身边的人对他心存疑虑，试图像郭泽瑞那样将他击杀以换取正义，那么他的任务就会前功尽弃，灵魂也白白受创。

他必须确保身边的人对他足够忠心，所以洗脑是很有必要的。他看向目光恻然的护卫队队长，问道："你觉得我很残忍？"

护卫队队长默然。他一直就觉得白博士不是个好人，若不是首长指派，他绝对不愿意待在白博士身边。他甚至为今天的刺杀失败而感到惋惜。

周允晟不需要他的回答，扶了扶眼镜框继续道："你还记得末世前的地球是什么样吗？记得新鲜食物的香气吗？记得碧水蓝天的澄净吗？记得孩童无忧无虑的笑脸吗？我所做的一切都是为了把我们失去的美好东西全部找回来。

护卫队队长张了张嘴，终究没说话。但他的答案是什么大家都知道。

周允晟负手离开，缓缓说道："我认为我行走在正确的道路上，为此付出任何代价都在所不惜。很多年以后，当花儿变得芬芳，天空变得湛蓝，河流变得清澈，人类也会变得健康。"

他的脚步声很有规律，每隔一秒就踩踏在平滑的地板上，发出"咚咚"的声响。这声响如此沉稳，如此笃定，就仿佛他果真行走在通往真理与希望的道路上。

护卫队队长愣了许久才哑声问道："博士，您真的能研制出疫苗？"

周允晟摆手，语气还是那样平淡："你们应该选择相信我，因为我坚定不移地相信着自己。"

如果不是特别有毅力的人，根本不可能修炼到王者之境的程度。白博士是真正意义上的强者，无论是身体还是心灵。他说能做到，那么就一定是真的。

护卫队队长吐出一口浊气，看着他的背影轻松地笑了。技术人员们眼里燃烧起两团名为奋斗的火焰。

雷川不再击打男人的头部，沉默地跟随在他身后，过了好几分钟，俊美的脸庞才重新被怨恨扭曲，冷笑道："差点就被你这畜生骗过去了。不要用如此伟大的借口来遮掩你变态的私欲！你的研究成果只会让人类毁灭得更快，你是个彻头彻尾的反人类的疯子！"

雷川跟随在白默翰身边已经有两个月了，情绪从恨不得撕碎对方的暴怒变成了如今的淡定。他想看看白默翰所谓的拯救全人类的事业到底能不能成功。他坚定地认为白默翰是个心理变态，所谓的医学研究不过是为了满足自己种种毁灭性的幻想。

正是因为有他这样的人存在，世界末日才会到来。他们比丧尸更肮脏，更应该被彻底消灭。如果能回到自己的身体，逃出研究所，他一定要让这里的所有人付出代价。

因为仇恨，他对白默翰特别关注，每天都跟在白默翰身边观察他的一举一动。他发现白默翰对生活常识一窍不通，甚至连方便面都不会泡。白默翰每天只睡两三个小时，为了节约时间连衣服都不愿意脱,实验一旦有了进展会连续几天几夜不睡。

白默翰就像个铁人,工作强度大到常人难以想象。

眼下他正通过显微镜观察一个培养皿,几分钟后将培养皿放进恒温箱,朝洗手间走去。他关紧隔间的门,翻开马桶盖圈,弯腰,屈膝,喷出一大口鲜血,飞溅的血液将马桶内的清水染成了红色。

他从放置在旁边的水桶内舀了一瓢水,把鲜红的液体冲进管道,然后用藏在水箱里的一块抹布擦拭四周散落的血滴,直至把隔间打扫得一切如常才走出去清洗双手。

他的表情是那样淡然,就仿佛自己喷出的不是一大口鲜血,而是一团唾液。雷川站在他身边,用复杂的目光盯着他苍白至极的侧脸。

雷川知道为了阻止自己自爆,这个人一定付出了常人难以想象的代价。自己的身体险些被震得四分五裂,他肯定也好不到哪里去,但自己有治愈系异能,他连看医生都不肯,否则也不会如此费尽心机地遮掩。

雷川想起他曾说过的话——我行走在正确的道路上,为此付出任何代价都在所不惜。

这所谓的任何代价,也包括他自己吗?

想到这里,雷川讽刺地笑了,告诫自己千万别被魔鬼迷惑,千万别忘了对方用手术刀切割自己的肉体时的剧痛。

周允晟压下身体和灵魂双重受创的剧痛,一步一挪回到实验室。他不能让任何人发现白默翰真实的身体状况,他没有时间待在医疗所进行治疗,如果不尽快研制出疫苗,他剩余下来的能量不足以让他回到星海空间。

在灵魂严重受创的情况下却不能回到星海空间,后果是非常严重的,他很有可能会被这个世界的意识抛到时空乱流中,不用主神出手,他就会被一串串狂暴的数据轰成渣。所以这个任务只许成功不许失败。

周允晟刚走到实验室门口,就听一名女研究员惊惶地喊道:“白博士，给1号实验体注射的休眠剂药效应该早就过去了，他却一直没醒。他是不是出问题了？"

因为雷川实力强悍，白默翰为了确保他老老实实地待在实验台上，会定时给他注射休眠剂，每注射一次至少能让他休眠一个半月。离上次注射已经过去两个多月了，他却一直没睁眼。

周允晟心里"咯噔"一下，快步走到雷川身边查看他的瞳孔，没有反应，但心跳和呼吸都很正常，难道他脑死亡了？或者潜意识里陷入了沉睡？那自己研究出疫苗又有什么用？雷川压根不会知道！等自己耗不住离开，就是雷川重生的时候，他照样会像原来那样用最残忍的方法杀掉白默翰，一切还是没有改变。

周允晟捂脸，默默为自己掬一把同情的眼泪。

不，雷川的治愈系异能那样强大，他绝不会脑死亡。他只是不愿意醒来罢了。像他这样的强者，就算陷入沉睡，也总会留下一丝对外界的感知，这种警惕性是根植于骨子里的，绝不会轻易改变。就赌这一把，我的赌运一向不错！

周允晟如是安慰自己，这才镇定下来。

雷川看着他通红的眼眶，看着他流露出的一丝哀戚之色，心尖颤动了一下，那样轻微，连他自己都没发现。

1号实验体一直未能苏醒，但只要他还活着，血液一直保持新鲜，研究人员也不会太过关注。周允晟每天都会为1号实验体仔细擦拭一遍身体，争取把负无穷的好感度稍微刷上去一点点，也算是为将来的白默翰尽一份心力。他有预感，当雷川重生的时候，他会被世界意识排斥出去，真正的白默翰会回来。

此时此刻，他正用洁白的毛巾擦拭雷川的手臂，虔诚而又专注的表情就像是在对待一件价值连城的宝物。雷川站在他对面，目光越来越复杂。

这个人的身体状况一天比一天更糟糕，这天他又吐血了，雷川甚至能在鲜红的血液中发现固体状的肉块，那似乎是他咳出来的内脏。他的身体已经全面衰竭，那种五内翻腾的剧痛感不是常人能够忍受的，但他平静的表情依然没变，甚至连眉头都没皱一下，只是在走出洗手间时摔倒在地上。

在他支撑着身体艰难爬起来的过程中，雷川伸出一只手臂想去搀扶他，然后被自己下意识的举动震住了。雷川烦躁、郁怒，情绪剧烈起伏，一个人躲在角落沉思良久才又回到他身边。

雷川看着他将自己的身体清理干净，看着他认真观察培养皿，看着他与研究员商谈实验过程，看着他和衣睡在冰凉的地板上。

就这样过了很多天，雷川越来越心平气和。

实验室里的三台电脑日夜不停地计算着，进度条由原来的百分之五十达到了百分之八十，每一个路过电脑的研究员都会忍不住停下来，用充满希望的眼神盯着那根进度条，就仿佛当它达到满格的时候会施展出神奇的魔法，把炼狱般的世界恢复成原本美丽的模样。

雷川也形成了这样的习惯。此时他正笔直地站在电脑前，一动不动地盯着上面不停跳动的数据。听见白默翰的脚步声，他立即退让到一旁，生怕挡了白默翰的视线，反应过来后自嘲一笑。

周允晟俯身去看计算机运行到哪一步。就在昨天，007因为能量耗干已经停止了运行，若要重新启动，除非将灵魂力量输入进去。但世界意识对他的排斥越来越强烈，他只能勉强保住这具身体，实在没有多余的能量补充给007。

所以要运算出正确的结果，他就只能依靠这三台电脑。好在之前007超高速的运算帮了大忙，想来再过两个月就能得出结果。

周允晟直起身，吐出一口浊气。就在这时，头顶的灯光忽然闪烁两下然后彻底熄灭，三台电脑发出"嗡嗡"的声响，屏幕由蓝变黑。

"停电了！为什么会停电？不是说了实验室绝对不能停电吗？上面的人都是干什么的？"一名研究员愤怒地大吼。

虽然这几台电脑是末世里能找到的最先进的电脑，但由于使用的年限太长，许多功能都出现了问题，其中最大一个问题就是断电后无法保存数据。白默翰曾一再要求基地上层要保证实验室的供电，他们答应是答应了，却明显没把这事放在心上。

　　早不停晚不停，偏偏在快要计算出结果的时候停，这意味着之前好几年的计算全部白费了，一切又要重新开始。而这个世界早就满目疮痍，遍体鳞伤，还能等待多久谁也说不准。

　　一股浓缩到极致几欲凝成实体的悲哀情绪在研究所内蔓延，一名女研究员啜泣起来，紧接着又是一人止不住地痛哭，很快，绝望的哭声连成一片。他们艰苦奋斗了一千多个日日夜夜，牺牲了那么多同胞，换来的却只是眼前的漆黑。

　　此时此刻，雷川忘了那些仇恨，竟因为他们的绝望而感到心情沉痛。不再是躺在床上的实验体，而是飘浮在空中的旁观者，他似乎能更理智地去看待周围的一切。

　　护卫队队长飞快地跑过来，解释道："一只十一级的丧尸忽然闯入基地，破坏了电机房。等绞杀了这只丧尸，技工才能进行抢修，所以上面也不知道什么时候能来电。"

　　异能满级为十二级，往上是王者之境，再往上或许还有圣者之境、神者之境，刨除传说中的三个境界，十一、十二级的丧尸可算是当世顶尖的存在，若要击杀它也不知要耗费多少人命和时间。

　　漫长的等待似乎遥遥无期，研究员们的哭声越发显得绝望。

　　周允晟是唯一保持冷静的人，快速开口："基地里还有没有雷系异能者？能否调派一两个过来？"

　　护卫队队长苦笑着摇头："雷系异能者万中无一，我们基地只有雷川一个，他目前正躺在实验台上。"

　　周允晟沉默了，苍白的脸色哪怕在黑暗中也无法隐藏。雷川本以为自己会幸灾乐祸，当目光触及他单薄如纸的身影时，却莫名觉得胸口憋闷。雷川别开头，不想再看他。

"替我找纸笔和蜡烛来，我自己算。"周允晟摸索着坐下。

自己算是什么概念？一个血清蛋白分子式用电脑都要好几分钟才能算出来，用人脑估计要几天几夜。而那三台电脑的验算包含了几千万甚至几亿个分子式，人脑根本无法具备那样强大的运算能力。

大家都以为白博士疯魔了。一名女研究员忘了哭泣，劝阻道："博士，您知道计算机断电前验算到哪一个步骤了吗？不知道的话您怎么算？您的脸色越来越差，还是趁这段时间好好休息一下吧。"

"我知道，断电前我刚好在看电脑。你们回去休息吧，我来算。我自己的身体我有分寸。"周允晟摆手，接过护卫队队长递来的蜡烛和纸笔。

昏黄的烛光照亮了他坚毅的脸庞，大家苦劝不住，只得陆续离开。

雷川站得笔直，盯着男人黑漆漆的头顶冷笑道："你有分寸？你有个鬼！"

"白博士，您接连两天没怎么睡觉了，还是回去躺一下吧，没准等您睁眼的时候就来电了。"护卫队队长本来已经离开，想了想又走回来，低声劝慰道。

"这个世界等不起，幸存的人类等不起，我更等不起。"周允晟边在纸上写出一连串公式，边头也不抬地答道。

护卫队队长无奈，只能站在一旁盯着他，三个小时后支撑不住，摇摇晃晃地走了。

雷川环抱双臂，木然地看着男人在纸上写写画画。他是鬼魂，不知道疲累，男人仿佛也不知道疲累，这一算就算了三天三夜。当灯光重新亮起，他抬头去看，直过了好几分钟才僵硬而又缓慢地站起来去开电脑。他现在迟钝得像个机器人。

研究员们闻讯赶来，屏住呼吸去看渐渐恢复开机画面的电脑屏幕。

周允晟调出运算程式，发现进度条果然归零了，那一片空白是如此刺目，叫所有人都红了眼眶，更有人发出困兽般的悲鸣。

周允晟却连眉头都没皱一下，将自己计算出的结果代入程序。电脑立即根据事先输入的公式运算起来。有了结果再去验证对错，那速度要快得多。

大家惊愕万分地发现空白进度条正以肉眼可见的速度攀升，十分钟后终于停留在了百分之八十三的位置，然后三台电脑又开始正常验算，屏幕上不停跳跃出各种各样的分子式。

他们分明记得，在断电前，进度条显示的是百分之八十。也就是说白博士仅凭自己的大脑就运算出了百分之三的分子式，而且完全正确，这是怎样恐怖的运算能力？他还是人吗？

大家这才恍然忆起，白博士是王者之境的精神系异能者，运算能力堪比电脑似乎并不是多么难以接受的事。

研究员们用狂热崇拜的目光朝白博士看去，之前那些压抑、绝望的心情，此时此刻都离他们远去。他们的领导者是那样强大，一定能把所有美好的愿景都变为现实，他们要做的就是紧紧跟随他的脚步。

护卫队队长从惊愕中回神，柔声说道："白博士，您辛苦了，这里交给他们，您赶紧回去休息吧。"

周允晟点头，面色如常地朝自己的休息室走去。反锁房门，脱掉白大褂和眼镜，他趴伏在洗漱台上急促喘气，喘着喘着忽然喷出一口鲜血，把洗漱台和镜子全部染成了红色。

站在他身边的雷川被吓了一跳，忍不住大声嘶吼："你怎么了？你有没有事？你需要赶紧去医疗所看一看！再这样下去你就要死了！"

这个人是那样狠，对别人狠，对自己更狠。他所谓的不惜一切代价也包括了自己的生命吧？

雷川试图去抱他，去扛他，去揪他的衣领，摸到的却只有一团空气。到最后，雷川只能揪着自己的头发，眼睁睁地看着这个人用平淡的表情把四溅的鲜血收拾干净，然后晕倒在冰冷的地板砖上。

"快来人啊，白默翰晕倒了！"雷川急忙跑到外面的走廊上，冲路过的每一个人大喊大叫，但是谁都没有理他，反而放轻了脚步，生怕吵到白博士休息。

"你们的头儿就要死了，你们赶紧去救他！听见了吗？他就要死了！"他跑遍了研究所的每一个角落，声嘶力竭地吼着，寄希望于某个人或许能看见他，听见他的声音。

他明明是鬼魂，不会感到疲惫和饥饿，但当他回到白博士的休息间，看见依然倒在地板砖上不知生死的人时，忽然觉得疲惫至极。

他伸出手想要探一探这个人的鼻息，却发现自己的皮肤根本没有触觉。他用布满红血丝的眼睛一眨不眨地盯着这人的胸膛，希望能看见一丝起伏。

但是眼前的人太虚弱了，那起伏似乎有，似乎又没有，让雷川的心脏也跟着一紧一缩。雷川觉得浑身都没了力气，顺着墙根滑坐在地上，将脸深深埋在双膝之间。

一人一魂就这样静静迎来了黎明。

周允晟咳嗽了两声，在剧烈的头痛中苏醒，这是用脑过度的后遗症。如果是全盛时期的他，白默翰给出的公式他不用一天时间就能算出来。

该死的 B 级世界！他在内心狠狠咒骂时刻意图将自己排斥出去的世界意识，然后跟跟跄跄地爬起来，用水桶内剩余的水将洗漱间打扫干净。

他发现衣服上也沾了血迹，将它们团成一团塞到床底，换了一套干净衣服，对着镜子照了照，确定没有任何不妥才打开门朝实验室走去。

"我不在的时候有没有异常？"他询问坐在电脑前的研究员。

研究员立即起身九十度鞠躬，用崇敬的语气说道："报告博士，没有任何不妥，目前进度条已经上升到百分之八十三点五了。"

"很好，你继续盯着。"周允晟拍了拍他的肩膀，走到恒温箱前检查1号实验体的状况，从其颈动脉里抽出十毫升血液，与丧尸病毒混合后放在显微镜下观察。

他沉浸在工作中，把周围的一切都忘了。

雷川对准他的耳朵大声怒吼："你是人！不是神！你也需要吃饭睡觉！你三天三夜没吃没睡了，你还记得吗？你以为晕死在地板砖上一晚就算睡觉？你早晚会把自己的小命弄没！"

但那人什么都听不见，依然一动不动地盯着显微镜，脊背微微弯曲，甚至能透过布料看见突兀的蝴蝶骨和脊椎骨，单薄瘦弱得仿佛一折就断。

如果脱掉衣服，雷川敢打赌，他身上的肉比外面的丧尸还少。雷川记得他上一次洗澡是一个月前，这在水资源匮乏的末世是很常见的，雷川当时还被他根根分明的肋骨吓了一跳。如今又过了一个月，他不知节制地消耗着自己的生命，那些肋骨恐怕更吓人了。

雷川像一只困兽徘徊在男人身边，不时照他的后脑勺来上一拳，却丝毫没发现这击打中再不含怨恨，唯余满满的无奈和担忧。

在日日夜夜的相处中，他渐渐明白了男人愿意为之付出生命的究竟是怎样美好的未来。男人的抽屉里放着一张相片，在盛开的薰衣草花田里，穿着淡紫色公主裙的小女孩迎着金黄的阳光灿烂地笑，头顶是碧蓝如洗的天空，背后是郁郁葱葱的森林。

他每天都会拿出照片端详，脸上带着前所未有的明媚微笑。在这静谧而又温存的片刻中，雷川也会忍不住跟着他一起微笑。

雷川折腾累了，缓缓走到男人身边，盯着他漆黑的头顶发呆。就在这时，一名研究员走过来通知白博士去参加研讨会。

周允晟露出不耐烦的表情，却还是带领护卫队队长朝会议室走去。每个月，上层都会召开一次研讨会，或检查工作进度，或增减项目开销，他不去的话没准会被别的项目小组使绊子。而且周允晟渐渐感觉到，上层对他的研究似乎产生了怀疑。

果然，这个月的预算比上个月减少了百分之二十，这对实验进行到关键阶段的周允晟来说是一个致命打击。

"我的研究才是最重要的，你们削减谁的开支也不能削减我的。再过两个月，我就能培养出疫苗，这是最关键的时刻，你们不能拖我的后腿。"他合上预算表冷冷地说道。

"再过两个月，再过两个月，白博士，你每次开会都这么说，谁又看见成果了？"与白默翰地位相当的另一名医学家吴汉元开口质问。

他把一沓资料扔到周允晟面前，得意地笑道："白博士，好好看看吧，这才是人类真正的救星，专门吞吃丧尸的丧尸。"

吴汉元才是真正的具有反人类倾向的医学家，在末世前，他就偷偷进行动物杂交实验，制造出了很多怪物，并以此为乐。末世后他简直像来到天堂，越发肆无忌惮。

周允晟飞快看完资料，眼底凝结了厚厚一层寒霜。

"地球因为丧尸肆虐而陷入绝境，你们不想着消灭丧尸拯救幸存者，反倒弄出比丧尸更可怕的怪物，你们的行为无异于饮鸩止渴，早晚会把自己害死！"他缓缓开口。

"白博士，你瞎操心了。我研制出的芯片只要植入丧尸脑内，它们就会完全听从我的指挥，我叫它们往东就往东，叫它们往西就往西，它们绝不会对人类造成危害。我已经在领导的监督下做过好几次成功的实验，白博士要是有顾虑，也可以来看看。"

周允晟勉强压下怒火，点头同意了。现在说什么都是空的，只有让这些蠢货得到惨痛的教训，他们才会明白什么叫自作孽不可活。

为了白默翰的心愿，也为了得到这个世界的能量修补灵魂，他必须让这人的实验失败。

会议结束后，穿着白大褂的科学家们陆续离开。走到楼梯拐角的周允晟被吴汉元伸手拦住。

"白博士，大家的工作都是拯救人类，你的研究几年不见成果，我的研究却接近成功，不如你把你的项目关闭过来帮帮我？我的项目小组还缺一个副组长。"

白默翰是研究所的负责人，吴汉元这话有羞辱他的意思，也有挤掉他往上爬的意思。他的研究项目很受上层青睐，连带他这个人也得到不少重视，所获得的资源比过去不知多出多少倍。反观白默翰的小组，资源越来越少，连上次供电也是最晚才来。

周允晟被气笑了，缓缓说道："我与你有本质上的不同。我致力于消灭丧尸，而你致力于让这种怪物越来越多。你真的是在拯救人类而不是毁灭人类？吴汉元，多行不义必自毙，你早晚会遭报应的。"

吴汉元冲他仓促离去的背影大喊："我会遭报应，那你呢？你手里的人命可不比我少！"

周允晟微微一顿，很快又继续前行，见护卫队队长不时偷觑自己的面色，平淡地开口："你放心，我已经遭报应了，但是我所承受的一切都是值得的，早晚有一天你们会明白。"

护卫队队长敛目不语。

雷川跟随在他身边，眉头皱得死紧。他知道这人所谓的遭报应是什么，这人的身体已经是强弩之末。

几天后，吴汉元打算进行一次大型实验，为了炫耀，特意把基地领导和其他几个研究小组的负责人都请来参观。

巨大的陨石钢化玻璃围成的房间内关押着十几只丧尸，它们的级别都在七级以上，其中甚至有一只十级水系丧尸，正不停用水箭攻击玻璃面板，试图逃出去。

所幸这些玻璃非常坚固，就算再来两只十级丧尸也能坚持好几个小时不碎裂。

"你的变异丧尸准备好了吗？"基地首领看向吴汉元，眼底透出野心勃勃的光芒。如果他能组建一支丧尸军团，那么这个地球将成为他的天下。

"准备好了，马上放它出来。这是我手里的王牌，等级不明，战斗力却堪比十一级的丧尸。"吴汉元点击操控台上的一个蓝色按钮，玻璃房内缓缓升起一扇侧门，一只肌肉虬结、身材魁梧、身后拖着粗长蜥蜴尾巴的丧尸像离弦的箭一般弹跳出来，压在一只丧尸身上疯狂啃噬。

众人看清它的长相，不约而同地倒抽一口凉气。这丧尸已经完全失去了人类的面貌，浑身覆盖着鳞甲，皮肤是鲜艳的绿色，还长着霉斑，巨大的嘴巴占据了五官的三分之一，尖利的牙齿一直蔓延到耳根处。

它一张嘴就咬掉其中一只丧尸的脑袋，仰着脖子将它吞吃下去，然后凶猛地袭向其他几只丧尸。实验室内顿时血肉横飞，惨叫连连。

这简直是一面倒的屠杀，如果组建了这样一支丧尸军团，基地必然可以所向披靡，横扫末世。领导们互相对视，满意地颔首。

吴汉元颇为自得地扶了扶眼镜框。

雷川面无表情地盯着这一切，平静了很久的内心再次翻腾起滔天的怒火。在丧尸的步步紧逼下，人类的生存空间本就越来越小，这些人却还研究出比丧尸更可怕的怪物，他们难道就没想过这些怪物一旦失控将会出现怎样的后果？一群只有野心没有智商的蠢货！

周允晟此刻也在心里大骂基地上层们是蠢货。想用一块芯片操控这样的怪物，谁给他们的信心？哪怕身为顶尖黑客的他，也不敢保证自己一定能研制出百分百受控的芯片。

他指尖积蓄起一丝魂力输入007，待它启动后立即下达了入侵芯片篡改程序的命令，然后运转起白默翰大脑内的晶核，将晶核内残存的最后一丝精神力凝聚成无形的锥刺，照着陨石玻璃上的某个点连续轰击，直轰击出一个微不可见的小洞才停下来。

身为鬼魂，雷川能够看见三次元空间内看不见的事物。他发现白默翰身体里散出一股亮白色的能量，往陨石玻璃上狠狠刺了很多下。他打算干什么？

这个念头刚一浮现，实验室内的变异丧尸就忽然发狂了。它迅速杀掉最后一只十级丧尸，随后用力捶打陨石玻璃，冲观察它的人类发出愤怒的嘶吼。

基地上层们忍不住退后一步，脸上露出惊骇的神色。

"没事，它出不来的。它刚吃了很多丧尸，情绪正处于兴奋状态，等它消化完了就会安静下来。"吴汉元连忙解释。

但很遗憾，这只丧尸根本无法安静下来，在它狂暴的攻击下，陨石钢化玻璃竟然出现了蜘蛛网一般的纹路。

"不好，玻璃要碎了，大家快躲开！"

这一声提醒得太晚，玻璃说碎就碎，丝毫不给众人反应的时间。变异丧尸弹跳而出，张开腥臭的大嘴一口咬断了吴汉元的喉咙，温热的鲜血喷溅得到处都是，前所未有的新鲜香甜的滋味更刺激了变异丧尸的狂性。

它甩掉吴汉元的尸体，朝基地上层们攻去，随行的高阶异能者连忙组成人墙格挡。

周允晟早在刺破玻璃之后就悄然退到最外围。他无意将事态闹大，免得波及自己的研究，于是点了点007，引爆了丧尸脑内的芯片。

"轰"的一声闷响，刚才还凶猛异常的变异丧尸猝不及防地倒下，后脑勺出现一个碗口大的洞，依稀可见碎成粉末的蓝色晶核随着黑红的血液缓缓流出。

这就是所谓的人类的救星？如果他们真组建了这样一支军团，没准被灭掉的会是人类自己！基地上层们心有余悸地咬牙。

而周允晟早在混乱结束之前就带领自己的研究小组离开，行走间，脑内的晶核终于一点点碎成粉末，悄无声息地被脑髓吸收掉。从此以后，他只是一个手无缚鸡之力的普通人。

雷川曾听研究员们私底下议论过，说白博士用震碎晶核的代价阻止了1号实验体的自爆，从一个王者之境的异能者变成了普通人。他们常常因为这个唏嘘不已，但雷川知道，白默翰的晶核并没有碎，雷川能看见他的身体总是发出白色的光点，那是精神系异能者的特征。

但是现在，他看见那些光点像黎明前的繁星，一颗一颗消失无踪，当走到实验室门口的时候，白默翰周身的光芒彻底暗淡下去，变成了一个完完全全的普通人。但白默翰的表情一如既往地平静，就仿佛什么都没发生。

雷川听见有人在感叹，说幸好实验失败了，否则人类又多了一个天敌，今后大家还怎么活下去？

为了阻止一场实验就拿自己王者之境的晶核去换，有必要吗？值得吗？他简直没办法理解白默翰的脑回路。

由于强行启动了007，周允晟的灵魂不可避免地受到伤害。他强压下五内翻腾的剧痛感，匆忙朝休息室走去，正准备关紧房门，一只大手撑在了门框上。

"博士，我帮您弄来了两台备用发电机，以后我们实验室再也不怕停电了。"护卫队队长高兴地说道。

"那太好了，谢谢你。"周允晟的语气十分自然，但笼在袖子里的手紧握成拳，手背上暴出条条青筋。他快压抑不住了。

护卫队队长腼腆地摆手，已经转身走出去两三步，似想起什么又跑回来，飞快地撑住门板："博士，我还帮您弄来了一批新的烧杯和培养皿……"

话未说完，一股浓稠的鲜血飞溅在他的脸上，然后一只苍白的手拽住他的衣领，将他拉入房间，反锁上房门。

幸好门口没人！周允晟一边暗自庆幸，一边捂住不停喷血的嘴。这具身体快要不行了，他有预感，至多两个月，甚至一个月，就是他离开的时候。

"博……博士，您怎么了？"护卫队队长抹脸，发现这不是单纯的鲜血，还夹杂着细碎的内脏，不禁吓得语无伦次。

周允晟脱掉外套卷成一团，将血液全部吐在上面，直过了好几分钟才缓过劲来，慢慢走到床沿坐下，摆手道："我没事。"

"你这也叫没事？你都快要死了！"雷川冲着他的耳朵大吼，颤抖着手去捂他的嘴，鲜血穿透掌心落在已经被染成暗红色的白大褂上，那场面触目惊心。分明是没有五感的鬼魂，雷川却觉得那些鲜血像岩浆一样，带给他难以承受的烧灼感。

雷川的眼眶绯红，眼球充血，他想用双手去掐男人纤细的脖子，猛力摇晃男人的脑袋让男人清醒清醒，刚伸出手却怕碰碎了对方，只能颓然地坐在男人身边，发出无奈至极的叹息。

护卫队队长难以置信地摇头："您这个样子怎么可能没事？博士，我立刻带您去看医生。"

"对，赶紧带他去！"雷川站起来催促，可惜谁也听不见。

周允晟苦笑着摆手："没用，我的身体谁也治不了。与其死在病床上，我宁愿死在实验室里。实验快要成功了，除了我，没人有能力把基因链组合出来，我一定会撑到最后。这件事你不要告诉任何人，以免引起不必要的恐慌。"

护卫队队长连连摇头，心情无比沉痛。原来在所有人眼里无坚不摧的博士，竟然已经如此孱弱了吗？护卫队队长难以接受他的离开，不知不觉间，对他的厌恶感已经全然被深深的崇敬所取代。

周允晟用锐利的目光直视他，一字一顿缓缓地说道："还记得我曾经说过的话吗？为了达成目标，我会不惜一切代价，包括牺牲我自己。你不要难过，每个人都会有这么一天的。"

护卫队队长红着眼眶摇头，几滴泪水掉落在洁白的地板砖上，发出微弱的声响。许久之后，他咬着牙闷声开口："博士，这不是您应该承受的报应！"

周允晟摆手苦笑，因为强忍呕血的欲望，蹙着眉说不出话。

护卫队队长默默帮他收拾着房间，从床底下翻出五六件染满血迹的衣服时，指尖都是颤抖的。他用行李袋把衣服装好，趁大家不注意的时候迅速拿走销毁。

周允晟反锁上房门，漱了漱口，躺在床上直接睡了过去。

雷川目光幽深地盯着他苍白的脸庞，想替他盖上被子，却发现自己无能为力。雷川静静坐在他身边，脑子里想了很多，又仿佛什么都没想。

由于实验失败，基地领导取缔了吴汉元的研究小组，其他几个小组瓜分了他的资源。周允晟的实验室获得了一批先进设备和几个业务精湛的研究人员，或多或少推进了实验进度。

两个月后，一名女研究员推着冷藏箱走进实验室，嗓音都在发颤："博士，疫苗已经成熟了，您要不要现在就看看效果？"

各自忙碌的研究员们像木偶般僵住，用希冀却又仓皇的目光盯着银灰色的箱子。他们迫切地想知道这支疫苗的效果，又害怕知道。

周允晟慢慢脱掉橡胶手套，朝隔壁的安全实验室走去。大家立即跟上。

玻璃房内关押着一名昏迷中的人类。他已经感染丧尸病毒四个小时了，牙齿和指甲都发生了不同程度的变异，再过一两个小时，他就会完全失去理智，成为彻头彻尾的怪物。

"给他注射。"周允晟摆手，立即就有一名冰系异能者直接从冷藏箱内取出疫苗，走进去给那人注射。

众人屏住呼吸地等待了十分钟，对方一直没有反应。难道实验失败了？研究员们止不住地心生绝望。白博士是 C 国生物科技界第一人，连他的研究都失败了，谁还能找出正确的配方？人类还有希望吗？

全球几十亿丧尸，每天还不断有幸存者变成丧尸，单靠杀戮什么时候才是尽头？他们仿佛看见了暗无天日的未来。

"药效没那么快，再等等。"周允晟一如既往地平静。在这大半年里，他每天都在飞速吸收白默翰的知识，目前在生物科技方面的造诣早已超越了对方。他知道白默翰得出的公式是正确的，也知道自己组建的分子式绝对没有问题。

大家慌乱无措的心情立即安定下来。

雷川笔直地站在男人身边，时而看看实验室内的感染者，时而看看男人苍白的侧脸，心绪似海潮一般起伏不定。

又等待了半个小时，一名研究员惊呼道："他的肤色好像变浅了。之前是青灰色，现在是蜡黄色。"

"没错，脸上有血色了。我进去看看。"护卫队队长是金系异能者，在身体表面布上了一层钢铁，打开门走进去查看。

他握住感染者的手，发现乌黑尖锐的指甲已经恢复成正常的颜色和形状，本已经放大的瞳孔重新凝聚起来，牙齿不再生长，口中不再分泌浓黄腥臭的唾液。感染者明显是在好转，虽然还处于昏迷状态，但呼吸和心跳越来越有力。

在他翻查感染者的时候，大家也都注意到了这些变化，脸上露出狂喜的神色。

周允晟淡淡地开口："把他转移到普通病房，注意绑上安全带以免情况出现反复。"

他冷静自持的态度具有强大的感染力，大家飞快从忘我的喜悦中挣脱出来，训练有素地将感染者放置在移动病床上推走。

经过连续七十二小时的观察，这名感染者终于摆脱了丧尸病毒的控制。当他醒过来的时候还以为自己是在做梦，接连问了好几次这是哪儿，是不是天堂。

研究人员们根本没空理会他，大家紧紧拥抱在一起，嘴里发出愉悦的笑声，眼里却流下汩汩泪水。因为他们的成功，整个世界都会因此而改变！

周允晟负手站在门口，表情一如既往地平静。他没有加入大家的狂欢，而是选择默默离去。他顺着楼梯一层一层往上爬，累了就坐下来休息一会儿，然后接着往上爬。

雷川亦步亦趋地跟随在他身边，说道："你想去哪儿？如果我有身体，我就能背你上去。实验成功了，你应该去看医生，而不是一个人乱走。"

他已经习惯了对着这个男人自言自语。

周允晟终于爬到顶楼，推开吱嘎作响的陈旧铁门走出去，在阳台边找了块干净的空地坐下。

现在是傍晚，艳红的夕阳已经半沉在高楼大厦后方，漫天都是被晚霞染红的云朵，铺了一层又一层，连绵不绝，仿佛延伸到了世界的尽头。

疫苗研制成功的消息已经被人宣扬出去，基地里到处都能听见人们惊喜的欢呼声，更有人因为极致的喜悦而放声大哭。

雷川走到阳台边，垂头看着底下三三两两聚在一起拥抱庆祝的人，说道："你不过来看看吗？基地很久没这么热闹了，像过年一样。说起来，我都不记得过年是什么滋味了。"

他微笑着回头，然后愣住了。

只见男人已经摘掉厚厚的眼镜，用平静的目光遥望天边的晚霞，两行晶莹剔透的泪水顺着苍白的皮肤蜿蜒而下，形成一滴泪珠挂在尖尖的下颌上。

雷川从未见过男人露出平静之外的表情，哪怕他一口一口地呕着血，行止间也似云淡风轻。他的心志比任何人都要坚定，雷川本以为他绝不会为了任何事而动容，直到现在才发现，他也有感性脆弱的时候。他噙着泪水的眼睛比天边燃烧着的云霞还要瑰丽动人。

雷川看呆了，不受控制地走过去，摊开掌心去接那几欲坠落的泪珠。

"啪嗒"一声，泪珠穿透掌心落在地上，很快就被地表残留的温度蒸发。雷川反复握拳，觉得被穿透的那一处在隐隐作痛。

周允晟抹掉泪水，戴上眼镜，站起身朝铁门走去。他待在实验室里大半年没见光，眼睛一时受不了，刺痛得很，而且末世的空气腥臭难闻，实在不宜放风。

他刚走到实验室门口，就见一名研究员跑过来快速说道："博士，领导叫我们去开会，大家都到了，就等您了。"

周允晟自然知道基地上层会说些什么，眼里流露出一丝讥嘲之色。

研究小组的人员全部到齐了，领导对大家的功绩表示赞扬，并颁发了丰厚的奖品，杂七杂八扯了半天，末了才警告大家绝对不准把相关资料泄露出去。他们打算靠疫苗扼制住 C 国大大小小的势力，以满足自己对权力的极致追求。

大家沉默了，不敢表露内心的真实想法。笔直站在周允晟身后的雷川冷笑出声。他早已经把这些野心家看透了。

"我反对。我的疫苗不是你们施展统治手段的工具。我要求你们把疫苗的资料共享给全球所有幸存者。按照你们自私自利的做法，人类什么时候才能得到解救？你们违背了我研制疫苗的初衷，我坚决反对！"周允晟拍案而起，不等领导们说些冠冕堂皇的理由就自顾自离开。

大家对他正直无私的做法钦佩至极，但是敢公然跟他离开的人没有几个。

护卫队队长犹豫了一会儿，冲领导们行了个军礼，坚定不移地追随博士而去。

回到实验室，护卫队队长忧心忡忡地开口："博士，您刚才太冲动了。谨防机密泄露，上面绝对不会放过您，您赶紧跟我离开吧，凭您的才华，到了别的基地一定会有更好的发展。"

"不用了，我没有时间了。"周允晟打开电脑，把资料压缩并传送给所有与B基地联网的基地。

传送进度条缓缓上升，接收到这份资料的基地如何狂喜失态，雷川几乎能想象到。这就是白默翰的事业，伟大而又无私，让他除了敬佩，再也找不到别的词能够诠释此刻的心情。

雷川坐到他身边，手悬在半空，许久之后终于试探地去摸他苍白的脸颊、高挺的鼻梁、冰冷的镜框、薄薄的唇瓣。他的动作那样舒缓而又轻柔，仿佛害怕碰碎了对方。

进度条终于达到了百分之百，周允晟长出口气，打开恒温箱，把沉睡中的1号实验体拉出来。他不得不承认身为主角，对方具有俊美无俦的外表和强健无比的体魄，哪怕沉睡了大半年，容颜也丝毫无损。

他猝不及防紧紧抱住了雷川。

"你在干什么？"雷川哑声问道。虽然他是个鬼魂，但有触感。他烦躁而又困惑。

周允晟定定看了雷川良久，临走前想确认这人究竟是不是他的挚友。这人带给他的感觉很特别。

熟悉的战栗感并没有通过灵魂传导过来。

周允晟直起身叹息，头也不回地对护卫队队长交代道："我死以后你把他运出去。冷藏室的最上层放着一支淡蓝色的试管，是我提炼而成的精神药剂，也许能把他从沉睡中唤醒。他在这里待得够久了，也该离开了。"

护卫队队长已经蒙了，半天没答话。

雷川从惊讶和羞赧中挣脱，气急败坏地吼道："你还没死呢，别胡说八道！要走就跟我一块儿走，谁知道你的药剂有没有效？你想推卸责任吗？白默翰，别忘了当初是你千方百计地把我弄进来的，你这个浑蛋！"

他像一头困兽围着男人不停转圈，却没料到一支冰箭忽然射至，穿透他的身体狠狠扎进了男人的后心。

护卫队队长回头一看，忍不住露出惊骇的表情。偷袭者是基地十一级的冰系异能高手，他奉命前来收割白默翰的人头。有完整的资料，有经验丰富的研究人员，有精密的仪器，白默翰已经没有利用价值了，既然他不肯听话，不如直接除掉。

周允晟捂着胸口跌落在地，嘴里喷出大口大口鲜血，同时更有一股强大的力量将他的灵魂从身体里拉出来。他知道自己是时候离开了。

"不！白默翰，你不能死！我要你跟我们一起走！白默翰，你听见了吗？"看见男人渐渐紧闭的双眼，一股巨大的恐慌感和绝望感袭上心头，雷川暴怒了，灵魂发出极其刺目的紫色光芒。

"轰"的一声巨响，存放珍贵资料的B基地实验室转瞬间化为灰烬。基地上层妄图用疫苗控制整个C国乃至世界的野心也成了一个天大的笑话。

② 齐齐重生 ▶▶▶▶

　　周允晟是被一阵剧痛唤醒的，仿佛有什么东西在他的四肢百骸里钻来钻去，贪婪地吞吃掉他的血肉。经历过那么多艰险，保护自己已经成为一种本能，他立即运转魂力，将心脏等重要器官包裹起来。剧痛感一瞬间减轻很多。

　　这里不是他的星海空间，在死亡的刹那，有一股极其强大的力量包裹住他并将他往扭曲的时空乱流里拽去。那力量非常狂暴，却没有伤害他一丝一毫，反而匀出一些温养他受创的灵魂。

　　这是一个非常空旷简陋的房间，没有任何装饰或家具，唯一的生活用品是垫在身下的一个沙发垫子。潮水般的记忆迅速涌入脑海，令灵魂受创的周允晟忍不住发出痛苦的呻吟。

　　他竟然以白默翰的身份再次回到了这个世界，主角们重生后的世界。依照之前白默翰的记忆，命运依然没有改变，两位主角听说一支军队正准备护送白博士去 B 基地便巧妙地混了进来，成为军队的主力。他们杀死了之前曾出卖雷川的所有人，如今正准备对被重重保护的白博士动手。

　　就在昨天，郭泽瑞设计绞杀了负责护送白博士的军队。他本可以一枪了结白博士的性命，但由于仇恨太深，不愿意让白博士死得痛快，于是悄然将几粒血丝藤的种子撒进了白博士的饮食里。

　　血丝藤是一种状如血丝的植物，最大的不过直径几毫米，最小的比人类的微血管还要细。它们暗藏在泥土中，碰见路过的动物或人类，就会悄悄扎破他们的皮肤寄生进去，顺着血管蔓延至全身，每日靠吸食宿主的血肉过活，直至把宿主吸成风干的皮囊才会融入泥土寻找下一个宿主。

如果把这种植物砍断，它不会死亡，而是会长成两截新的植株，繁殖能力非常强悍，唯有火烧才能彻底将其消灭。被寄生的人类必须在最短的时间里找到木系异能者将它拔除，否则必死无疑。

当然，人类连丧尸都能灭杀，这种植物虽然可怕，但也不是全无对策。医学家发明了一种药剂，能够让血液散发出血丝藤厌恶的气味，服下药剂后血丝藤断然不敢靠近，就算已经寄生了，也会顺着喉咙钻出来。

这种药剂的发明者不是别人，恰恰就是白默翰，但很可惜，时光已经倒流，这种药剂目前还没问世。

周允晟反复在脑海中查找有关于雷川和郭泽瑞的记忆，终于确定这两人的确重生了，而且对白默翰恨之入骨。在不经意间，他们看白默翰的目光里充满了杀意。

所以说雷川果然脑死亡了，并不知道白默翰研制出抗丧尸病毒疫苗的事，否则他那样顾全大局的人绝不会在这个时候对白默翰下手。

唉，一切功夫都白费了！周允晟狠狠皱紧眉头。现在，他的任务还是和上次一样，拯救世界，但难度直接上升到了 S 级别。首先他要拔除体内的血丝藤以保住性命，其次要弄一瓶雷川的鲜血冷藏起来，然后要在两位主角的围杀下带着鲜血逃往 B 基地，最后按照老套路研制出疫苗。

最后一个步骤对他来说等同于信手拈来，前三个步骤却难如登天。

他没有木系异能可以操控血丝藤，更不能向队伍里的其他人求救，因为这些人大多是郭泽瑞和雷川的部下，都等着弄死他。为今之计只能抽取魂力把血丝藤驱逐掉。

这意味着他刚恢复少许的灵魂又会变得千疮百孔，更意味着他的精神系异能永远无法得到提升。精神力大小决定了异能的强弱，而灵魂力量与精神力量说到底其实是一码事。灵魂都受创，就算触发了异能，那也是鸡肋般的存在，无论吸收多少晶核都如泥牛入海，悄无声息。

据他所知，这个世界并不存在能直接修补灵魂的宝物，也就是说他在这里等同于手无缚鸡之力的普通人。试问一个普通人如何从这么多高阶异能者的包围下逃出去，还要顺利弄到雷川的血液？

由于郭泽瑞和雷川都是重生者，很早就开始储备粮食、武器、人脉，提前知道了晶核能够修炼的秘密，如今末世才刚爆发半年，他们就已经是四级的异能者，与别人拉开了整整五六年的差距。就算是当世顶尖的异能者，也伤不了雷川一根汗毛。

可以说他们现在想弄死谁，那只是动动手指的事。

轮回那么多次，这是周允晟感觉最憋屈的一次。但无论如何，他都得想办法完成任务以获得足够的能量修补灵魂。

这样想着，他开始运转魂力，把遍布在体内的血丝藤一点点逼出来。在时空乱流里获得的补给终于消耗殆尽，血丝藤也被逼到喉头，好在他事先保护好了心脏等重要器官，否则就算逼出血丝藤也活不了多久。

但血肉被吞噬所造成的伤害依然不小，他觉得浑身似被卡车碾压一般疼痛，熟悉的腥甜感觉从齿缝中溢出。

恰在这时，房门忽然被撞开，一个高大的身影如风一般扑向他，嘴里激动地喊着："博士，您怎么了？"

白默翰的眼镜在逃亡中被弄碎了，好在这个时候他的视力还没差到半瞎的程度，当来人离自己只有一两米远的时候周允晟终于辨认出对方的身份，高度戒备的精神一瞬间松懈下去。

他推开意欲拥抱自己的高大男人，趴伏在地上发出狼狈的呕吐声，一连串鲜血淅淅沥沥地落在地板上，形成一团血泊，更有细小如蠕虫的东西在血泊里挣扎蠕动，向近在咫尺的温热活物伸出触角。

"站远点，是血丝藤！"他边咳嗽边迅速拉着男人后退。

男人闻言心里一惊，立即运转异能形成一块金属隔板，挡住了血丝藤狂涌过来的蛛网一般的触角。对付这种植物绝对不能砍断，砍得越多它们繁殖得越多，唯有火攻才是逃出它们的网罗的办法。

但房间里只有他们两人，哪来的火系异能者？

男人的异能还未达到全身金属化的级别，只能堪堪造出一层金属膜裹紧双腿，抱着博士往门外跑去。

这是一个套房，三室一厅，白默翰被安排在最里间的卧室，其余房间住着雷川的下属和他们在路上救助的幸存者。

郭泽瑞和雷川告诉下属们白默翰是拿人体做实验的邪恶科学家，是世界末日的罪魁祸首，让他们无论听见什么动静都不要管白默翰的死活。而幸存者们被丧尸吓怕了，除非必要绝对不敢乱跑。

所以直到破门声传来很久，也没人出来查看。

男人抱着不停咯血的博士朝大门跑去。他也是军人，也隶属于B基地，却并没有参与护送白博士的任务。好在他重生过来的时候正在外面搜集物资，离白博士一行并不遥远，立即开了一辆军用吉普车日夜兼程地往此处赶。

这里是一个高档小区，安保措施很到位。这个小区此前被雷川及其属下清理干净了，专门用来收容幸存者，以便从中挑选得用的下属。这一世他们要组建自己的势力，人才是不可或缺的。男人脱掉军装换上便服，装成普通幸存者，费了许多功夫才混进来。

听说B基地的军队全灭，现在护送白博士的是雷川和郭泽瑞率领的特种部队，而且雷川和郭泽瑞已经是四级异能者，早就知道晶核能修炼的秘密，他心里顿时就"咯噔"一下。

男人是重生者，发现情况与记忆中完全不符，未免想得多了些，当晚就挑选了正对白博士的房间的屋子住下，用红外望远镜观察白博士的情况，发现白博士趴伏在地上不停咯血，那场景让他想起了上一世白博士濒死时的状态，当下什么都顾不得了，立刻跑过来查看。

雷川及其属下对白博士不怀好意，但幸存者们知道白博士是C国顶尖的医学家，这次去B基地是为了进行抗丧尸病毒疫苗的研究。他们把他看作C国的希望，自然不愿意看见他遇害，更有其他几个基地的武装力量潜伏在周围，试图将白博士掠走。这也是郭泽瑞采用血丝藤暗杀白博士的根本原因。

只要把白博士救出这间屋子，众目睽睽之下雷川不会再对白博士下手，他就有时间筹划该怎么带白博士逃出去。

男人想了很多，却只花了几个眨眼的工夫。他跑出遍布血丝藤的房间，刚准备加速就猛然停住了，眼里流露出深深的忌惮之色。

雷川正笔直地挡在他前进的道路上，一双眼睛布满血丝，以至于瞳仁反射出赤红的光芒，看上去像丧失理智的野兽一般恐怖。他直勾勾地盯着不停咯血的男人，额角浮现几条青筋，下颌因为紧咬的牙关而显得如雕塑般僵硬，可见情绪正濒临怎样狂暴的边缘。

他浑身弥漫着一股既阴森又炽烈的气息，一字一顿缓缓开口："把他交给我！"

周允晟用力攀住男人的脖颈，漆黑的眼里除了戒备再无其他情绪。暗杀的计划失败了，雷川这是要亲自动手？

雷川与他防备的目光匆匆对视了一下，本就阴沉的面色越发难看。

"把他还给我！"他上前几步欲要抢夺人，却发现一层绵密的丝线般的物体从房间内涌出，缓缓攀爬上他的脚背。

他迅速从脑海中翻找出之前的记忆，这是郭泽瑞种进白默翰体内的血丝藤！本就赤红的眼里爆射出凶光，他一把火将这些丑陋不堪的怪物烧成灰烬，然后关紧身后的房门，沉声道："放下他！"

男人不是雷川的对手，害怕打斗中伤及白博士，不得不妥协。

一名穿着特种作战服的军人听见老大的声音，连忙打开房门查看情况。雷川占用了他的房间，把闲杂人等全部赶了出去。

白默翰房间里的床和沙发都被这些人挪用了，柔软的铺着雪白褥子的大床看上去非常舒适。男人小心翼翼地把白博士放在床上，本想去洗手间拿一条毛巾替白博士清理身体，见雷川堵在门口眼睛赤红地盯着，又立即打消了念头。

他不敢离开白博士一步。很明显，不仅仅他重生了，连雷川也重生了，或许还有郭泽瑞，否则在素昧平生的前提下他们不会如此处心积虑地安排这场谋杀。至于白博士，肯定不是重生的，不然不会毫无防备地跟随在雷川和郭泽瑞身边。

男人把枕巾卸掉，轻柔地擦拭着白博士染血的嘴角和脖颈。

周允晟的脑仁剧痛，被血丝藤穿透的肌肉组织更是渗出大量鲜血。他不得不继续抽取魂力修补身体，也就加剧了头疼的症状。这简直形成了一个恶性循环，越虚弱就越要靠魂力修复，越抽取魂力也就越虚弱。再这样下去，他可能活不了几天了。

这样想着，周允晟口里又喷出一大股鲜血，把男人刚擦拭干净的嘴角和脖颈再次弄脏。

男人眼眶绯红，心痛如绞，呼唤白博士的声音带上了明显的哽咽。

雷川疾走两步，伸出手想触碰白博士，却被男人用力抓住手腕，男人咬牙切齿地低吼："滚开，别碰他！如果你敢动手，我不介意喊破你们的阴谋。虽然B基地的人已经被你们杀了，但据我所知还有其他几个基地的人跟着你们。他们知道白博士的价值，绝对不会袖手旁观的！"

这点力量不足以阻止雷川，但他没敢再动。他惊痛万分地发现白默翰正边咯血边努力蜷缩起身体，朝男人背后躲去，看向他的目光是那样陌生、冰冷、戒备。

"不要害怕，我只是想帮你治疗。我有治愈系异能。"雷川从未向任何人展露的异能就这样轻而易举地对白默翰和盘托出，他紧张地等待着白默翰的反应，连手心都开始冒汗。他以为白默翰会露出欣喜的神色，然后接受自己的靠近。他太了解白默翰了，为了找到对抗丧尸病毒的方法，白默翰不会放过任何可能性，哪怕要与魔鬼亲近，白默翰也不会害怕。

雷川在实验室里待得太久，忘了最关键的一点，治愈系异能者虽然稀少，却并非没有。当初白默翰会对他感兴趣是因为他的治愈系异能最特殊，连感染了丧尸病毒的人都能救回来。

他说得含混不清，白默翰便只当他是普通的治愈系异能者，并不会冒着生命危险靠近。况且现在人已经换成了周允晟，就更不会自投罗网。

"你们想杀我，为什么？我白默翰长年待在实验室或手术间里，自认为没有做过什么伤天害理的事。"周允晟边咯血边虚弱地开口。他不会暴露自己重生者的身份，那只会加剧雷川和郭泽瑞对他的仇恨，毕竟现在的白默翰双手十分干净，未曾拿任何人做过实验，换成杀人如麻的白默翰则全然不同。

雷川哑然，一股深深的无力感袭上心头。若是能早点重生，他绝对不会让事情进行到这一步。通过翻找记忆，他知道郭泽瑞一定也是重生的，否则不会在末世前告诉他要收集物资、购买武器、储备军力。

郭泽瑞引导他前去狙击保护白默翰的军队，告诉他白默翰是专门做人体实验的变态，丧尸这种怪物就是其实验下的产物。郭泽瑞说要杀掉白默翰以防他制造出更多怪物。

相处了八九年的兄弟和一个陌生人，雷川当然会选择相信兄弟。他暗中绞杀了保护白默翰的军队，同意了郭泽瑞在白默翰体内种植血丝藤的计划。

当他睁开眼，接收完所有记忆的那一刻，惶恐得无以复加。白默翰捂着胸口倒下的那一幕反复在脑海中回放，令他心脏绞痛，眼睛赤红，反复拉扯的神经几欲崩断。

然而此前的种种焦灼和沉痛感，都比不上白默翰防备的眼神更为伤人，一瞬间就把他剧烈跳动的心脏切割成碎片。

"我……"他的喉头堵塞得厉害，刚吐出一个字就再也发不出声音了。

"你怎么知道是我们要杀你？血丝藤到处都有，没准是你在野外休息的时候无意间沾染的。"

郭泽瑞出现在门口，语气十分不耐烦，末了看向护在白默翰身前的男人问道："你是谁？跟他是什么关系？为什么混进我们的队伍？"

"这里不是你们的基地，所有幸存者都有权利入住。"男人避而不答，这附近还有其他基地的武装力量，他笃定雷川和郭泽瑞不会闹出大动静。

郭泽瑞冷笑一声不再追问。他以为男人是木系异能者，帮白默翰拔除了体内的血丝藤，而老大听到动静过来善后。

这间房里还住着别的幸存者，郭泽瑞怕老大暴起杀人弄得人心浮动，悄悄拉扯他的衣袖。

雷川拂开他，蹲下身说道："我不会杀你，你不用防备我！"看见白默翰艰难地支撑起身体往床角躲，雷川赤红的眼睛里闪过一道暗光，抬手就甩出一个紫色的电球，将护卫他的男人放倒，然后强硬地握住他细瘦的手腕，将纯净的治愈系异能导入他的身体。

被血丝藤钻得千疮百孔的身体飞快得到修复。但灵魂受创造成的伤害是无法靠异能弥补的，周允晟感觉好点之后立即甩开雷川，从贴身的衣兜里掏出一支银色的手枪对准他。

"谢谢你的治疗，但请你马上出去，否则我就开枪了。"

雷川举起双手慢慢退后，面无表情，内心却剧烈翻腾。他曾日日夜夜地守护在白默翰身边，也曾无休无止地对白默翰自言自语，为白默翰放弃了所有仇恨，甚至期待苏醒后与白默翰握手言和。

然而眼前的一切绝对不是他想象中的场景，白默翰不应该惧怕他、防备他，甚至仇恨他。他似乎来得太晚了。

嫌弃雷川退后的步伐太慢，周允晟抖了抖枪柄，再次威胁道："请你们立刻出去！"既然雷川和郭泽瑞不打算现在就撕破脸，就代表他还有逃跑的机会，尤其老天待他不薄，还给他送了一个帮手。

郭泽瑞冷笑，拉着老大出去了，"砰"的一声摔上房门。

周允晟立即收好手枪，把躺在地上浑身麻痹的男人拖上床安置好。两人精疲力竭，遍体鳞伤，一时间都没说话。

雷川把郭泽瑞带到自己的房间，开门见山地命令道："以后不准再动白默翰！他不是你说的那种没有人性的科学家。"

"不是，老大，你不知道……"郭泽瑞想解释，却不知该怎么叙述自己是重生者这么离奇的事，老大一定会以为他精神出问题了。

"我知道，甚至比你知道得更清楚，我也是重生的，就在刚刚。"雷川打断了他的话。

郭泽瑞傻了，呆愣了一分钟才急促地开口："老大，既然你也是重生的就更应该亲手杀了白默翰，为什么还不准我动他？难道你得了斯德哥尔摩综合征？"

雷川许久没有说话。他的确得了斯德哥尔摩综合征，还病得不轻。白默翰用手术刀将他里里外外切割的痛苦记忆，全部被那一天傍晚，男人遥望晚霞默默流泪的画面所取代。白默翰充满希冀和欢欣之色的眼眸比热烈燃烧的云霞还要瑰丽。在那一刻，雷川想替白默翰擦掉泪水，肩并肩，与他一起畅想更美好、更纯净的未来。

在白默翰死去的一瞬间，他觉得自己的整个世界和理念也都崩塌了。他不顾一切地想毁掉那个画面，让一切重来。但是当一切果真重来的时候，他恨不得杀了自己。

"你死之后又过了半年，白默翰研制出了抗丧尸病毒疫苗。"最终，他只简单地给出了一个理由，但这个理由已经足够了。

郭泽瑞无比震惊，盯着自己微微颤抖的双手发愣。就是这双手，险些毁了全人类的希望！幸好那个木系异能者及时赶到，幸好！

"大哥，我不动他。但是你不会又去给他当实验品吧？"郭泽瑞忽然发现自己陷入了进退两难的境地。他当然希望白默翰能研究出疫苗，但是也不希望对方把自己的大哥绑在实验台上切割。

"其实研制疫苗只需要我的血液，所以定时给他提供鲜血就可以了。这点我有分寸，你不用担心。"雷川摆手将兄弟遣退，放出精神力探往白默翰的房间。

也许是因为重生的关系，他的精神力极其强大，已经能够覆盖方圆百米。他习惯了时时刻刻待在白默翰身边，只不过离开几分钟就觉得坐立难安，心慌意乱。

好不容易缓过劲来，周允晟这才半坐起身，问道："你是谁？我们认识？"

男人也坐起来，往博士背后垫了两个软枕，让他靠得更舒服，垂眸道："我们并不认识。"

跟随白博士五六年之久，他深知博士是个过目不忘的天才，但凡见过一面的人就绝对不会忘记，于是含混道："您曾帮我的亲人做过一台手术，很成功，我们一家都很感谢您。"

周允晟不再细问。白博士跟他一样记忆力超群，即便十年前动过的手术，到现在还能记得任何一个细节，问得多了这人也就穿帮了。他知道这人与现在的白默翰并没有关系，他们应该在两年后才认识，这人正是白默翰的护卫队队长，而且看样子也是个重生者。

临死前正是这人把自己抱在怀里，神情那样悲痛欲绝，周允晟知道他对自己绝对是忠心不二的。

"博士，我叫赵凌峰，如果您相信我，请让我跟随在您身边保护您。"男人微微弯腰，做出恭敬臣服的姿态。他的心早就被无私无畏的白博士收服了，上一世他没能保护好白博士，这一世绝不会让任何人伤害这个人。

周允晟沉默片刻后点头道："我相信你。"

赵凌峰没想到这么快就能取得博士的信任，惊喜之下抬头看去。

周允晟指了指他清澈见底的瞳仁，平静地开口："你的眼睛里没有恶意。虽然现在是末世，到处都是吃人的丧尸和良知凋敝的人类，今天对你掏心挖肺的人，明天就能掏你的心挖你的肺，但我更愿意相信这个世界还保留着一片净土，每个人的心里也保留着一片净土。你好，我是白默翰，从今以后我们怕是要相依为命了。"

他伸出手苦笑。

赵凌峰连忙握住他的手轻轻摇晃几下，脸上浮现两团激动的红晕。这人果然是他的博士，看上去冷漠疏离，实际上内心比任何人都要柔软。

"博士，您的脸色很差，这里有几颗晶核，您赶紧吸收吧。"赵凌峰从贴身的衣兜里掏出几颗透明晶核。

一级丧尸的晶核都是透明的，任何属性的异能者都能吸收，虽然能量微小，但是当身体极度疲乏的时候能用来迅速补充体力。眼下晶核的秘密已经被宣扬出去，每一个异能者都会随身携带几颗以备不时之需。

"你怎么知道我是异能者？"周允晟没有去接，反而低声询问。

赵凌峰愣怔了一瞬，僵笑道："我猜的。白博士，您这么优秀，应该不是普通人才对。"

周允晟越发肯定他是重生者，于是不再追问，将其中一颗晶核握在掌心里进行吸收。很遗憾，由于灵魂受创，这些能量甫一进入身体带给他的不是舒适感，而是经脉受到冲击的疼痛感。他已经"废柴"到连一级晶核都难以消化的程度了。

将晶核还给赵凌峰，他摇头道："你留着吧，这些晶核我怕是用不上了。"

"怎么会？"赵凌峰的心脏紧缩。

"刚才强行用精神力把血丝藤从体内逼出来，我脑内的晶核已经被震碎了。"他平静地解释。

除非是木系异能者，否则被血丝藤寄生的异能者大多对这种情况束手无策。有人曾试过运转异能把血丝藤逼出，但体内活跃的能量反而刺激了血丝藤的食欲，让异能者被吸干的速度更快。要想在血丝藤把身体吸干之前把它逼出来，所需要的能量必须是快速的、爆炸式的，其冲击力不亚于一场自爆。没有谁会愿意冒着失去异能乃至生命的危险这样干，除非逼不得已。

赵凌峰简直没法接受这个噩耗。他脸色惨白，眼眶赤红，一边摇头一边掉泪，咬牙道："不应该是这样的。博士，您本应该是世界上最强大的人，比任何人都强大，不应该是这样的！您不应该遭受这么多苦痛！"

此时此刻，他简直把雷川和郭泽瑞恨进了骨子里。但他们比他重生的时间早，已经掌握了巨大的优势，他拿他们毫无办法。

看见一个牛高马大的男人在自己面前哭得像个孩子，周允晟真不知道该做什么反应。他迟疑地伸出手，拍拍男人的肩，叹息道："没关系，不要为我难过，因为我本人一点儿也不觉得难过。我最重要的财富并不是这颗晶核，而是我的大脑和双手。只要这两样东西还在，失去任何别的东西，我都不会惋惜。别哭了，会好起来的。丧尸不是怪物，他们只是感染了一种病毒，只要找到攻克这种病毒的疫苗，末世早晚有一天会过去的。"

赵凌峰想起博士的惨死，想起他所承受的种种折磨，不但没停止哭泣，反而越发悲痛。

周允晟无奈，只得强撑起身体去洗手间拿了一条毛巾，给这只"大型忠犬"擦眼泪。

隔壁的房间里，雷川捂住脸，以颓唐的姿态靠在椅背上，不停责问自己为何来得这样晚，只要再提前一刻钟，他的博士必不用遭受这样的痛苦。他孱弱的样子，呕血的样子，脸颊苍白消瘦的样子简直让雷川无法忍受，每看一眼都觉得有一把小刀正在切割自己的心脏。

门忽然被打开，刚离去不久的郭泽瑞一脸好奇地问道："老大，刚才差点忘了，你是怎么过来的？"

"不关你事！"雷川踹开书桌，走过去冲他的肚皮狠狠轰了一拳。要不是欠了这小子一条命，他绝对不会轻易放过这小子。

郭泽瑞差点被打得吐血，却没心思关心自己，一手捂着肚子，一手指着老大赤红的眼睛和满脸的泪水，惊讶万分地问道："老大，你怎么哭了？谁惹你伤心了？"

"说了不关你的事，滚！"雷川摔上房门，抬手一摸才发现自己早已经泪流满面。他的记忆还停留在博士死的那一刻，满心的悲痛正无处宣泄，却又猛然发现自己再次把博士的身体弄得千疮百孔，几乎濒死。

那感觉就像差点亲手毁灭世界一般叫雷川后怕、惶恐、窒息。雷川想立刻去到博士身边，告诉他自己错了，今后一定会让他免受任何伤害，却也知道凭他的聪明机警，日后再也不会相信自己。

他和郭泽瑞相继除掉了博士身边的人，最后动手的那天甚至没刻意压制心中的杀意，博士不可能毫无所觉，所以当博士被血丝藤寄生后才会第一个怀疑他们。

这就是所谓的"自作孽不可活"。雷川捂脸，发出困兽一般的低吼。

同一时间，赵凌峰也哭够了，红着脸说道："博士，雷川和郭泽瑞想杀您，护送您的军队说是被丧尸围剿了，十有八九是他们动的手。我们不能再跟他们在一块儿，得赶紧想办法离开。"

"我知道。只是我很好奇，我跟他们究竟有什么仇怨，他们要这样处心积虑地谋杀我？"周允晟按揉隐隐作痛的太阳穴，将一个懵懂无知的书呆子形象演绎得淋漓尽致。

赵凌峰对他越发怜惜，低声道："世界上就有那么些丧心病狂的人，专以杀人为乐。博士您不用深究，免得费神。"等他把博士安全带走，早晚有一天还要回来绑了雷川给博士当实验体。

周允晟点头，算是接受了这个说法。

雷川气得牙根都在发痒。丧心病狂？以杀人为乐？赵凌峰为了抹黑他还真敢说！凭什么都是重生的，凭什么一起陪伴博士度过最后的岁月，他成了杀人凶手，赵凌峰却可以时时刻刻护在博士左右？

雷川嫉妒得眼睛都红了，想立刻走过去把赵凌峰狠揍一顿，却也知道自己目前什么都不能做，否则会让博士对他的误会更深。

他加派人手守住了房门，生怕赵凌峰连夜带着博士逃走。

翌日大早，同屋的特种兵陆续起床，准备吃过早饭就出去杀丧尸，搜集物资。普通幸存者们为了不被抛下，包揽了所有家务。他们烧水、煮饭、打扫屋子，个个都很忙碌。

雷川救了他们，却不会像上一世那样什么都替他们着想，要吃饱，自己出去杀丧尸找食物，杀得多了还可以把晶核攒起来与他交换日用品。这种做法逼走了一大帮想吃白饭的人，也留下了许多务实的人。

由于雷川准备充分，事先囤积了大批资源，这些特种兵的伙食很不错，不但有白米饭吃，还有肉罐头和腌菜。

其余的幸存者就只能一人一包方便面，这在末世到来半年后也算得上极为不错的待遇，所以没人觉得不公平。

周允晟走出房门，坐在餐桌边发呆。鼻端缭绕着饭菜的香气，让饿了好几天的他肠胃绞痛，但是身边跟随着一个知根知底的重生者，他不可能自己去找负责后勤的人要食物。因为他之前的饭食都是由政府拨给他的一个私人助理负责的，白默翰本人是个连方便面都不会泡的奇葩，除了洗澡穿衣，生活自理能力基本为零。

那私人助理昨天被郭泽瑞杀掉了，这会儿没人会管白默翰的死活，周允晟要是冷了、饿了，只能寄希望于赵凌峰足够细心。

赵凌峰毕竟是跟随在他身边五六年的老人，果然没让他失望，立即就去找人要食物。

"身体好点了吗？"一道沙哑的嗓音忽然从身后传来，周允晟不用回头也知道来人是雷川。他立即掏出手枪，绷直脊背。

"别怕，我不会伤害你。"雷川举起双手做了个投降的动作，然后小心翼翼地慢慢在他身边坐下。

郭泽瑞跟着落座，用古怪的目光打量白默翰。重生前郭泽瑞曾向人打听实验室内的情况，那些人把白默翰描述成一个彻头彻尾的科学怪人，说他的实验很可怕，能把好端端的人变成怪物，还揣测说没准丧尸就是白默翰搞出来的。

这种流言听得多了，郭泽瑞也就深信不疑，哪料到这人还真把抗丧尸病毒疫苗给弄出来了，那他岂不是救星？

科学怪人一瞬间变成救星，连老大这个受害者都对他佩服得五体投地，叫郭泽瑞一时间无法接受这种巨大的落差。而且昨晚他差点把这人给干掉，那感觉真是……

他拍抚胸口，喘了一口粗气，现在想起来还是觉得后怕不已。

"你吃饭了吗？"雷川柔声询问，末了忽然低笑起来。他差点忘了，这人是个"生活白痴"，做实验入迷的时候甚至要助手把饭喂到嘴里，否则非得把自己饿死。他还记得有一次，一个新来的研究员给了博士一包未开封的方便面，博士拿起来捏了捏，好奇地问道："这是方便面？怎么跟我吃的不一样？不是软的吗？"

当时实验室里的所有人都笑了，雷川更是笑岔了气。谁能想到聪明绝顶的白博士私底下竟然如此缺乏常识？现在想来，那些跟随在他身边的时光竟成了末世里为数不多的美好记忆。

"给我一盒饭，多加一个肉罐头。"雷川冲路过的幸存者说道。

那人不敢怠慢，立即装了一盒饭，盖上两个滚水泡过的肉罐头。食物的香气扑面而来，让周允晟克制不住地吞咽起口水。

但古话说得好，"无事献殷勤，非奸即盗"。他不相信昨天还意欲将他挫骨扬灰的两个人，今天就能与他冰释前嫌，之所以示好，不过为了遮掩他们险恶的用心罢了。

他伸出左手将饭盒推得远远的，右手始终握着枪。

"你们的食物我不敢用。"

一句简单的陈述让雷川温柔的表情变成了隐痛，他狠狠瞪了郭泽瑞一眼。郭泽瑞立即举起双手无辜地说道："不是我。白博士，你误会了，我们真没想害你。你要是不信我把这饭吃两口？"话音落地郭泽瑞就要去扒拉饭，却被雷川抢了过去，把白米饭和肉罐头各吃了两口，然后稳稳推到白博士的眼皮子底下。

周允晟依然举着手枪，对香喷喷的食物看也不看一眼。

雷川真是拿白博士毫无办法。这人性格究竟有多么倔强他太清楚了，但凡这人认定的事，就会一往无前地走下去，无论付出多大的代价都不改初衷。因为这份倔强，他毫不在意地消磨着自己的生命；因为这份倔强，他用王者之境的晶核去换取他认定的正义；因为这份倔强，他被杀死在实验室里。

雷川痛恨他的倔强，也更疼惜他的倔强，拿起饭盒，试图像曾经那些研究员那样把饭一口一口喂进他的嘴里，却被匆忙赶回来的赵凌峰用力握住手腕。赵凌峰厉声诘问："你想干什么？这次又在饭菜里加了什么东西？"

　　这人有完没完？！雷川恨不得把饭盒扣到他脸上，却怕波及博士，硬生生忍住了。

　　"你跑到哪儿去了？害博士一大早饿着肚子等你？"雷川知道这人也是重生的，对博士忠心耿耿，所以才能暂时容忍他的存在。

　　"不知谁交代下面的人不准给博士发放食物，我只能回去拿我自己的东西。"赵凌峰冷笑。昨天既然已经撕破了脸，他也没必要跟这些人虚与委蛇。这房间里还有别的基地的人，正好让他们看看白博士并非自愿跟在雷川身边。如此，他也能找几个帮手把博士救出去。

　　雷川闻言脸色立刻黑了，郭泽瑞一边呻吟一边捂脸。昨天他以为白博士必死无疑，就吩咐下面的人不要给他发放食物，省得浪费。

　　"我说这些人，竟敢私下里贪污军用物资，我这就去教训他们！"赶在老大发飙之前，他火烧屁股一般跑了。

　　"抱歉，队伍刚刚组建，人心有些不齐，我向你保证这些情况以后再也不会发生。白博士，你是 C 国最优秀的科学家，人类未来的希望就握在你手里，我保护你还来不及，怎么会伤害你呢？请你相信我，再给我一次机会。"雷川苦涩地开口。

　　周允晟内心冷笑，暗道雷川果然黑化得厉害，说起这些冠冕堂皇的话比 B 基地那些蠢货还顺溜。如果按照原本的命运轨迹，白默翰昨晚会死得十分凄惨。上一世雷川从不杀害平民，这一世却杀人不眨眼，但凡阻碍他前进的人都会被他无情地铲除。

　　不过周允晟可以理解他的转变。换作自己，黑化的程度只会比雷川更甚。理解是一码事，相信又是另一码事，他绝不会被这人的一两句话蛊惑，于是装作充耳不闻的样子。

　　赵凌峰路上很赶，没来得及搜集物资，混进小区的时候还舍了很多好东西用来打听消息，眼下只拿来一包苏打饼干和一瓶矿泉水，吃完这顿也不知下一顿在何处。

周允晟看出了他的窘迫，把手枪收起来，吃完小半包饼干，将剩下的大半推给他，说道："你吃吧，你是异能者，需要保存更多体力。"

"我不饿，博士，您身体不好，多吃点。"赵凌峰取出一片饼干硬塞进博士嘴里。上一世，博士连续几天做实验不肯停歇的时候他和几个助手就是这样轮流给他喂饭。这人什么都行，就是不会照顾自己。

周允晟无法，将那片饼干嚼了，然后取出一大摞饼干如法炮制地往赵凌峰嘴里塞。他不是冷血动物，谁对他好，他就会加倍回报。

"博士，您是个好人。"赵凌峰感动得一塌糊涂，一边努力嚼饼干，一边用杀人的目光瞪视雷川。

焉知雷川同样也想杀了他。这人陪伴在博士身边五六年还不够？为什么重生了还要跟他抢？最可恶的是他现在竟然还妄想带博士逃离自己身边，真是不知死活！雷川隐去眼底的一丝杀意，说道："你是金系异能者，等会儿跟我们一起出去搜集物资。我的军队只提供保护，不提供食物，你想吃饱饭就得出力。"

赵凌峰还未答话，周允晟先摇头否定："不，他不会跟你们一起出去。"

"为什么？"与博士说话时，雷川的语气不自觉柔和许多。

"只要是我的人，跟你们出去一趟就不会再回来，护卫队、研究员、私人助理，都是这样。"周允晟用平静的语气说道。

雷川哑然，脸颊火辣辣的，像被人狠扇了几巴掌。要是早点儿回来，他与博士何至于闹到这种无可挽回的地步？杀了护卫队就好，研究员和私人助理他绝不会去碰。他知道这些人都是博士精心栽培的人才，为研究提供了莫大的支持，现在回想，被杀的人里似乎有好几个熟悉至极的面孔，他们本应该陪伴博士走到最后。

——为什么偏偏重生在这种时候？老天爷玩我！

雷川恨不得招一道雷把自己劈了。他僵硬地开口："那些人不是我杀的，他们被丧尸围困，我带去的人太少，没能救他们出来。博士，我……"

不等雷川说完，周允晟站起身朝房间走去，赵凌峰连忙反锁房门，以杜绝闲杂人等。

唉，这都是什么事？！雷川烦躁地扒拉头发，像困兽般在房门口徘徊，被兄弟催促了好几次才依依不舍地离开。之前必须寸步不离地跟着博士，现在猛然可以自由行动了，他却很不习惯，真想把博士放在随时随地都能触碰的地方。

当然，临走前他不忘增派人手看住房门，怕赵凌峰带着博士跑了。

周允晟确定门外没人才对护卫队队长低声嘱咐道："我们必须逃走，但在不明情况的前提下跟另外几拨人离开也不行。我们单独行动，办法我来想，你先别联系任何人。等会儿你跟别的幸存者组建的异能小队一起出去，避开雷川的人帮我找几块坏掉的电路板和磁铁回来，我要组装一些东西。"

赵凌峰对博士的崇拜已经达到了盲目的程度，哪怕博士现在是个普通人，他也会毫无保留地相信他。

"博士，您放心，我一定把您要的东西找回来。雷川的人要是给您食物您千万别拿，我包里还有一根火腿肠、一块巧克力，您饿了只管吃，不用留给我。房门锁死了，谁来找也别开……"

赵凌峰再三交代一番，这才去找其他异能者。

赵凌峰走后分别有几拨人前来敲周允晟的房门，他都握着手枪没作声。这些人要么是好奇心重的普通人，要么是其他几个基地的探子。他们想与博士接上头，以便劝说他跟随他们离开。

雷川和郭泽瑞恨不得将白默翰除之而后快，在别人眼里，他却是一块瑰宝，是最有希望研制出抗丧尸病毒疫苗的人。雷川和郭泽瑞虽然建立了自由平等的基地，收容了大量幸存者，重新为这个满目疮痍的世界建立起了新秩序，但他们杀了白默翰，从另一种意义上来说也等于扼杀了这个世界的希望。

所以在周允晟眼里，他们不是什么拯救者，而是破坏者，他必须想办法离开这两人的势力范围。其他几个基地的情况周允晟还不了解，不会贸然前去投靠，先带着赵凌峰找个地方安顿，然后慢慢打探口碑比较好、势力比较强的基地。实在不行的话他就像上辈子那样去投靠B基地，至于疫苗研制成功后自己会不会被杀掉已经无所谓了，反正任务已经完成。

一想到完成任务，周允晟就想起了雷川的血液。现在的雷川应该算得上C国顶尖的高手，要把他制服并弄到足够的鲜血恐怕还没人能办到，就算侥幸办到了，凭雷川强大的治愈系异能，伤口也会在几秒钟内愈合，根本不会流多少血。而黑化后的雷川会展开怎样疯狂的报复，谁也预料不到。

所以周允晟要想在离开前带走雷川的一瓶鲜血冷藏，简直是做梦。

周允晟捂脸叹息一阵，不得不选择放弃。他记得白默翰是用提炼出来的剧毒药剂放倒雷川的，没准可以借鉴一下。所以还是得赶紧投靠一个基地以获得实验室，在实验室里，他才能找到曾经那种无所不能的感觉。

周允晟思忖间又有人来敲门试探，立即举枪对准门板，却没出声。不久后那人离开了。这些人不间断的拜访并没有让周允晟觉得不耐，恰恰相反，他很欢迎他们持续不断地来敲门，这样雷川的人才会投鼠忌器不敢动他。

雷川率领自己的属下前去清理一个大型超市。超市周围挤满了丧尸，远远看去密密麻麻的一片，齐齐张嘴叫时吹出一股腥臭无比的罡风，叫人打从心里感到畏惧。

这要是在上辈子，雷川绝对不敢贸然前来，但重生后，他陡然发现自己把身为鬼魂时所具备的能力也一并带来了。

他能像精神系异能者那样放出意识覆盖一大片区域，能看见异能者身上散发出的光点以判断他们的异能及其强弱程度，甚至能感知到空间异能者隐藏在四次元内的空间。如果再给他一段时间修炼，他甚至能用精神力直接从他们的空间内拿取物资。

强大无匹的精神力也让他的异能在短时间内暴涨，昨天还只是四级巅峰的异能者，今天就已经是六级初阶。他有预感，自己早晚有一天能跨越王者之境、圣者之境，甚至是神者之境。

但这并没有带给他欣喜若狂的感觉，反而让他的心情沉痛。

博士本来也应该成为王者之境的强者，而且还是C国顶尖的强者，却因为他的偏听偏信而毁掉了这一切。他感觉自己的能力就像从博士身上偷来的一样，让他羞愧、郁躁。若非始作俑者是他的好兄弟，还为了救他豁出一条性命，他一定会让对方付出惨痛的代价。

郭泽瑞忽然觉得脖子凉凉的，迟疑道："老大，丧尸太多了，贸然杀过去恐怕会被包饺子，这个超市还是别进去了吧。其他几个基地的人一直跟着我们，我们若是伤亡惨重，他们绝对会趁火打劫。"

"没事，你们留在这里，我去开路。"雷川抬手招来一个巨大的雷霆，将超市门口密密麻麻的丧尸全部轰成渣，一阵风吹过，隐约可见黑色的残渣里掉落许多明亮闪烁的晶核。

一群人全部看傻眼了，等回过神来的时候老大已经单枪匹马地杀进去，开出一条铺满灰烬的道路。

"我的天，老大又变强了，兄弟们快上！"郭泽瑞欣喜若狂，连忙领着大家冲进去，几个空间异能者一挥手就把散落一地的晶核全部收起来。

这一趟，雷川收获颇丰，回到基地的时候心情舒畅了很多。他挑着好东西给博士打包了一份，兴冲冲地前去敲门。

周允晟认出了雷川的声音，自然不会开门。他坐在正对门口的椅子上，举起手枪瞄准。热武器对三四级的异能者还是能造成致命的伤害，等他们修炼到五级巅峰，这玩意儿在他们眼里就像水枪一样。

雷川的意识覆盖住博士的房间，发现博士明明在里面却不肯应门，而且举着手枪满脸戒备，可见早已把自己列为黑名单上的头号人物。他就像大冬天里被人浇了一瓢凉水，整个人都冻住了，心脏越缩越紧，难受得无以复加。

"博士，我给你带了些东西，就放在门口，等我走了你自己收进去。"他放下巨大的行李袋，冲门口的两个属下打了个手势。二人点头，表示不会让博士以外的人把东西拿走。

脚步声渐渐远去，周允晟这才放下手枪，呼出一口气。雷川这人黑化得厉害，对待仇敌绝对是不死不休的态度，他目前表现得越心平气和，越让周允晟感到紧张，这种性命被人拽在掌心里的感觉已经很久没体验过了。

此后的很多天，雷川都会亲自送来一包物资，然后把前一天的带走，丝毫没露出不耐烦的神色。赵凌峰找来许多电路板、磁铁、导线、铜丝等物，见博士垂着脑袋，鼻尖几乎贴在电路板上才能看得清楚，又出门给他找了一块放大镜和一副度数不怎么合适的眼镜。

周允晟如获至宝，等白天异能者们都出去的时候就把电路板等东西拿出来捣鼓。他一直没跟赵凌峰说具体的逃跑计划，因为忽然想到这里是末世，耳目灵敏的人遍地都是，更有隔着好几面墙都能监听自如的精神系异能者。他和赵凌峰的一言一行必须慎之又慎。

这天，等雷川带着属下出外搜集物资时，周允晟才拿出做好的成品摊放在桌面上。这是十几个指甲盖大小的金属纽扣，所幸赵凌峰是金系异能者，周允晟想要什么样的部件对方都能造出来，外形还很别致，是以这些金属纽扣的性能远远超出了他之前的预料。

拿起改造好的一个多功能掌上游戏机，他按下启动键，这些金属纽扣忽然伸出八只细细的钢丝足，在桌面上灵活走动，看上去像十几只蜘蛛，摁下暂停键又恢复了纽扣的原貌。他反复操控了很多次，确定没有问题才终于放下一块心头大石。

翌日，雷川终于把附近区域的物资都搜集带走，准备出发前往蜀州。赵凌峰带领博士朝自己的吉普车走去。他的车停在车队最后面，这正合周允晟心意。周允晟每路过一辆车就撒下一粒纽扣，走到赵凌峰的吉普车前正好把纽扣撒完。

不等两人拉开车门，雷川走过来，微笑着道："博士，你跟我坐一辆车。"

"不。"周允晟掏出手枪，语气平淡地拒绝。

让博士跟赵凌峰一道，路上但凡出点意外，两人就会趁机逃跑，雷川怎么可能放心？他不再纵容博士，抬手轻轻往那枪口一触，钢铁铸成的枪口就熔化了，像软软的糖条一般垂下，却丝毫未曾烫伤博士的手指。

这样精准的掌控力只有五级以上的异能者才能做到。赵凌峰瞪大眼，表情既愤恨又无奈。

周允晟很懂得"识时务者为俊杰"的道理，扶着眼镜框说道："凌峰必须跟我一车。"

"可以。"雷川磨了磨发痒的牙根。

一行人坐上车队最前面的汽车，缓缓朝蜀州进发。由于人多，郭泽瑞、赵凌峰和几个大兵塞在后排座上，雷川和博士挤在副驾驶位上。

　　两人一个一百九十三厘米，一个一百八十三厘米，个头都不小，所幸博士身体瘦弱，才匀出了一些自由活动的空间。雷川脊背挺得笔直，面无表情地看着前方，实则心里又是紧张又是兴奋。这是他第一次以实体的状态与博士挨这么近，他想找点话题与博士交流，刚张开口，却见博士拿出一个粉红色的掌上游戏机低头摆弄起来。屏幕上出现十几个黑点，博士操控它们走到相应的位置。雷川看了半天也没看出这是什么游戏，微笑着问道："博士，你还会玩游戏？我以为你除了做实验什么都不会。"

　　周允晟连个正眼也没给他，继续摆弄掌上游戏机。

　　由于路面状况越来越差，车队的行驶速度也越来越慢，眼看快要驶出城镇的范围，车载通信器忽然响了。

　　"老大，不好了，后面的十六台车全部不能启动了。你快来看看。"

　　十六台车同时不能启动，这绝对不是意外。由于队伍里还有别的基地的势力，雷川丝毫不敢掉以轻心，立即带领郭泽瑞下车查看。

　　发现博士也想跟来，他启动中央集控门锁，警告道："乖乖待在车上。这玻璃是防弹的，不会有危险。"末了留下两个人看守。

　　他的队伍里招揽了几个技术很过硬的修理工，但检查了大半天愣是找不出问题。此处虽然是城郊，丧尸的数量也不少，若他们不能尽快把车修好，后果不堪设想。

　　看守博士的两个大兵也有些急了，确定博士不能从车内打开车门后立即过去支援。

　　等人全部走了，周允晟这才掏出一根钢丝，顺着车窗的缝隙插入车门内捣鼓几秒，车锁应声打开。

　　赵凌峰眼睛一亮，立即下车把博士牢牢护着，掌心射出一根带着倒钩的钢索，钩住最近一栋建筑的顶楼，像蜘蛛侠一般急速升上去，沿着紧紧挨在一起的建筑物跳跃奔逃，越去越远。几分钟后，同时熄火的车辆又同时点燃，像有人操控一样。

雷川暗道"不好"，跑回自己的车一看，博士果然离开了。他怒急攻心，一拳把车门砸出一个大洞，嘶吼道："还愣着干什么？去找人！赶紧出发！"

大家被他赤红的眼睛和扭曲的面容吓了一跳。他们从未见过老大如此狂躁的一面，不像个人，倒像只失控的野兽。

郭泽瑞立即调遣车辆往各大要道追去，其他几个基地的人本就是冲着白博士来的，见他跑了自然不再跟随，也都四散开来，寄希望于先一步找到博士。

跑出几千米后，赵凌峰这才放下博士，在路边挑了一辆性能完好的车，朝与蜀州相反的方向驶去。

晚上的丧尸比白天的丧尸活跃，速度更快，力气也更大。赵凌峰身边带着博士，自然不会赶夜路，见天色有些暗了就在路边停下，一边清理丧尸一边护着博士跑进一家玩具店躲起来。

这家店的防盗门做得比别家牢固，虽然被丧尸撞得歪歪扭扭，但还能坚持几个晚上。

店面总共才二十平方米大，靠墙的位置放了两排货架，空间一目了然。赵凌峰四下里看了看，确定没有丧尸潜伏才低声说道："博士，我出去找水和食物，您安心待在这里，我很快就回来。"末了，他从包里掏出一把手枪塞进博士手里。

周允晟点头："我不会乱跑，你快去快回注意安全，找不到食物也不要勉强，饿一晚上没关系。"

赵凌峰又想哭了，觉得博士跟着自己总是受苦。说到底还是他能力太差，若是他能早些重生，绝对不会让雷川和郭泽瑞碰博士的一根头发。

男人一步三回头地走了，周允晟这才选了一块干净的空地坐下，盯着货架上的一辆黄色玩具小车发呆。大约十分钟后，他的脊背缓缓爬上一股凉意，某种极度危险的预感令他头皮发麻，骨头发寒。

他悄然握紧手枪，还来不及查看，就听一阵呼啸的风声从耳后传来。他迅速侧身躲避，却依然没能躲过，手臂被某种锋利的东西切开，手枪也被打落在地。

下一秒就会丧命的预感让他爆发出惊人的力量，攀住货架以最快的速度爬上去，他低头一看，见一只泰迪犬正仰着脖子，露出锋利的牙齿冲他低声吠叫，也引来了路边游荡的丧尸。

这只泰迪犬已经感染病毒变成了丧尸犬，嘴巴完全烂掉，露出两排锋利的牙齿，黑色的指甲又弯又长，轻轻挠一下就能让人肠穿肚烂。因为它体形娇小，又隐藏在一堆绒毛玩具中，竟躲过了赵凌峰的勘查。

周允晟捂着血流不止的手臂，看着伤口的血液从鲜红色变成黑红色，顿时有种指天骂地的冲动。在这个世界，唯一能让他免于变成丧尸的人只有雷川，但那人与他有深仇大恨，若是知道他被丧尸病毒感染了，怕是会拍手称快。

唉，消耗了大半魂力，任务还是失败了。周允晟扶额，考虑是不是现在就脱离世界回到星海空间。

货架下的丧尸犬闻见新鲜血液的味道，一时间狂性大发，龇着一嘴尖牙开始啃咬钢铁做成的架子。"咔啦咔啦"的声音叫人听了头皮发麻。

就算要走，他也得把这小东西解决了再走。想他英明一世，最后却败给一只小小的泰迪犬，说出去都嫌丢人。

周允晟黑着脸，飞快拧开货架上的螺丝，将一根钢管单独拆开握在手里，预备等货架倒塌的瞬间跳下去，将之插入泰迪犬的脑袋。

泰迪犬折腾了好几分钟，终于啃断货架的一根腿，松散的钢管和螺丝互相摩擦，发出刺耳的"咯吱"声。

周允晟屏住呼吸，等待着最佳时机，在这时，一枚火弹穿过防盗门，精准地射入泰迪犬的头部。"轰"的一声响，地上只剩下一堆腐臭难闻的肉末。

紧接着一群特种兵训练有素地将徘徊在门口的丧尸清理干净，一个高大的身影背着阳光走过来，指尖轻轻一触，钢铁打造的防盗门就熔化成赤红的铁水，流淌在地板砖上时发出瘆人的"嗞嗞"声。

"雷川？"周允晟瞪圆眼睛，看着越走越近、脸色阴沉的男人。

"博士，我来接你了。"雷川伸展双臂，示意货架上的人跳下来。

周允晟没搭理他，反而靠回墙壁，微不可见地舒了口气。被雷川弄死总好过被一只泰迪犬弄死，他总算是心理平衡了。

"博士，快下来，你受伤了！"雷川沙哑的嗓音里带上了一丝急促之意。

周允晟还是没理他，将歪斜的眼镜取下，撩起一截衣摆慢条斯理地擦拭。要杀要剐他认了，但临死也不能丢了风度。

雷川额角的青筋跳了跳，想把人拽下来又怕弄伤了他，咬着牙开口："博士，我的治愈系异能可以清除你体内的丧尸病毒。我的血液中隐藏着能吞噬掉丧尸病毒的细胞，你跟我回去，我把鲜血提供给你研究。我相信你早晚有一天能研制出疫苗，解救所有的幸存者。我相信你，也请你相信我。"

周允晟擦拭眼镜的动作猝然停顿，他用难以置信的目光朝下面的男人看去。这些事，按理说脑死亡的雷川是不会知道的，但是他偏偏知道了，还了解得很清楚。为什么？

一个猜想浮现在脑海中，让周允晟顿时有种劫后余生的感觉。之前的雷川不是重生者，郭泽瑞才是，雷川看似种种先知的举动都是受了郭泽瑞的引导。现在这个雷川百分百是重生的。他虽然沉睡了，对外界依然有感知，所以知道白默翰研制出疫苗的事。怪不得他忽然之间态度大变，开始笼络白默翰。

无论他是否存了利用白默翰先研制疫苗再将人杀掉复仇的心思，周允晟都觉得无所谓。本以为任务已经失败，却不料峰回路转绝处逢生，他的赌运果然很好。

周允晟内心在大笑，面上却非常平静，只是用一种灼热得能把人穿透的目光死死盯着雷川。

那目光像一把手术刀，恨不得将雷川里里外外都切割一遍，却激不起雷川丝毫怒气甚至是仇恨。恰恰相反，他喜欢这人用如此专注的目光看着他，就仿佛这人是他的整个世界。

——对，就是这样，看着我，不要再用同样的目光去看别人。

他的潜意识在呐喊，本体却毫无所觉，固执地伸着手，恳求道："博士，跟我走吧，我不会伤害你。"

周允晟戴好眼镜，手一松就被男人从货架上扶下来。

雷川将消瘦不堪的人搀扶着时，每一寸肌肉都在颤抖，想收紧手臂狠狠勒住博士的肩膀，却又害怕碰碎他，想怒斥他逃跑的行为，又舍不得说一句重话，只能轻轻将他环住，无声叹息。

郭泽瑞目光晦暗地看着老大像对待失而复得的宝贝一般拥着白博士。他那样粗手粗脚的一个人，竟抬起手将白博士凌乱的头发一缕一缕地梳理整齐，然后才将手掌覆盖在白博士的伤口上治疗，紧接着脱掉外套将白博士细致地裹好，以独占的姿态圈着白博士往外走。

郭泽瑞为老大的转变感到心慌。他知道，老大重生前肯定与白博士发生了什么。老大的态度真是来了个一百八十度大转变。

一行人还未走到门口，周允晟忽然停住，徐徐说道："再等一会儿，凌峰马上就回来了。"

"不能等了，晚上丧尸会越来越多，我们这么点人恐怕对付不了。"一说起赵凌峰，雷川就烦躁。

　　"你们不等就先走，我等。"周允晟有恃无恐地道。

　　雷川忍了又忍，这才压下满心戾气，用温柔至极的语气说道："好，我们等，但是不能在这里等，得找一个更安全的地方。你放心，我们一路上会留下记号，赵凌峰也是军人，能看懂。"

　　说话间，一个人影迅速逼近，低吼道："雷川，放开博士！"

　　郭泽瑞立即上前拦截，却被雷川推开，迅速与来人缠斗在一起。雷川本可以一招制住对方，偏要留手，一拳一拳地轰击过去，带着雷霆和火焰的强大力量与金属般坚硬的肉身撞击在一起，发出令人耳膜刺痛的闷响。

　　"你就是这样照顾博士的？他差点被丧尸犬杀掉！"重拳打碎了赵凌峰体表的金属层，雷川用赤红的瞳仁深深看他一眼，这才扶着脸色发白的博士朝最近的车奔去，留下一句简短的"跟上"。

　　郭泽瑞立即拉起自责中的赵凌峰，挤进后排座。车队"轰隆隆"地开走，把拦路的丧尸撞得血肉横飞。

　　郭泽瑞把博士遇险的情况向赵凌峰简单叙述了一遍，害得这八尺高的汉子眼眶都红了，抖着唇瓣一个劲地说"对不起"，那悲痛欲绝的模样叫一帮大兵看得直纳闷，更有几个捂住嘴发出低微的窃笑。

　　不过遇险一次罢了，这在末世很平常，这人怎么像死了爹一样？

　　唯独雷川能够理解他的心情。他们是一起过来的，记忆还停留在博士惨死的那一刻，痛彻心扉、无能为力的感觉早已根植在灵魂中，无论如何也无法忘记。直到现在，雷川眼睛一闭，脑海中依然会不由自主地浮现出博士满身鲜血、双眼紧闭的模样。

　　除非把博士绑在身边，否则他的心一刻也无法安宁。

　　此时，博士完好无损地待在他身边，身体是温热的，气息和心跳是平稳的，他狂躁不已的情绪才慢慢恢复过来，环住博士的手臂越发放轻了力道，害怕勒痛博士。

　　周允晟实在受不了赵凌峰的眼泪，不得不回过头安慰，还追问他刚才有没有受伤。这让雷川异常不满，嗤笑道："他是金系异能者，身体比钢铁还坚硬，几拳而已，能有什么事？"

　　赵凌峰被打得几欲呕血，为了不在博士面前出丑，只能摆手说"没什么"。车里顿时安静下来。

　　雷川弯腰从座椅下拽出一个行李袋，取出一套干净衣服摆放在膝盖上，然后去解博士的衬衫纽扣。

"你想干什么？"周允晟眨了眨眼。

"你衣服上染有血迹，得赶紧脱掉扔出去，否则会引来丧尸。"雷川一边说一边继续解纽扣，语气有些像哄孩子，"手抬一下，稍微侧过身别压着衣摆，这身衣服早就应该换了，脏得都看不清原色了。"

白博士在生活中是个惯常被人伺候的主，这点跟周允晟很像。现在生命有了保障，他也就没想着反抗，雷川一个指令他一个动作，抬头、低头、抬左手、抬右手……很乖顺地把脏衣服脱掉了。

看见博士消瘦不堪、仿佛一折就断的身体，雷川的呼吸微微一窒，一股尖锐的刺痛感从心脏蔓延至全身。这一世，博士的身体并没有比上一世好到哪儿去。他从来就不会照顾自己，满心满脑想的都是研制疫苗，他偏执而固执，却也纯粹又美好。他知道博士的心里究竟隐藏着怎样一个纯净美好、缤纷瑰丽的世界。

看见如此瘦弱的博士，雷川除了心疼，再也体会不到别的情绪。

他的目光一暗再暗，用隐忍、极轻微的力道帮博士换上了干净外套，然后把染血的脏衣服团成一团扔到窗外，嗓音沙哑地开口："博士，你又瘦了，应该多吃点东西。"他边说边从行李袋中翻出一个肉罐头，放在掌心里用异能加热。

启开罐头，食物的香气瞬间充盈整个车厢，周允晟艰难地咽了口唾沫。他已经连续好多天没能吃饱了。

"凌峰先吃，剩下的给我。"他克制住了，把罐头递给后排座上的赵凌峰。

"博士您吃吧，我不饿。"赵凌峰感动得眼泪汪汪，被打至内出血的腹部也没那么疼了。

"这里还有，少不了他的。但是丑话说在前面，如果他再敢私自带着你逃走，我会直接拧断他的脖子。"雷川又拿了一个罐头随意往后排座上一扔。

周允晟知道"黑化"后的雷川有些六亲不认，给赵凌峰递了个少安毋躁的眼神,这才拿起罐头慢慢吃起来。雷川紧紧盯着他一鼓一鼓的脸颊,心里顿时涌出巨大的满足感。这是博士,虽然不那么健康,却是活着的博士,这一次,谁也不能把他的生命夺走。

能与雷川同车的基本都是他最信任的人,能力也都非常不凡。坐在郭泽瑞身边的一个大兵等博士吃好了,立即扑到椅背上,摊开掌心将一个指甲盖大小的金属纽扣递过去,好奇地问道:"白博士,这是你做的?这玩意儿怎么钻进发动机里面去的?没看见你对我们的车做手脚啊。"

整整十六台车,每台车都要打开车前盖把纽扣装置进去,动作肯定很大。而且车队周围每天都有人巡逻,愣是没人见博士靠近过。他们思来想去,怎么也想不明白。

周允晟不答,从随身携带的背包里翻出一个掌上游戏机,按下启动键。

金属纽扣的内部忽然伸出八只细长的钢丝足,支撑起来灵活地挪动,从那人的掌心跃到车座上,然后慢慢爬上仪表盘,抬起一只细足四处敲打,似乎在寻找可以让自己钻进去的缝隙。

那人看傻眼了,用灼热的目光盯着博士手里的掌上游戏机,极想跟他要过来玩一玩。这人不愧为 C 国顶尖的科学家,随便就能捣鼓出这样精细的机器蜘蛛,而且用途广泛,难怪 B 基地调遣了一列军队去接他。人才啊!

"博士,借我玩一下呗?"他觍着脸笑道。

周允晟理也不理他,操控机器蜘蛛跳到雷川的手臂上,摁下一个键。从金属纽扣内部伸出一根针,迅速朝雷川的肉扎去,却似碰到了铁板,发出"砰"的一声闷响,然后断成了两截。

周允晟并不觉得意外,将纽扣还原,连同掌上游戏机一块儿递给后排座上那个明显是技术员的大兵。一群人立即围过去玩得热火朝天。

周允晟造出这玩意儿除了干扰汽车,还打算偷一些雷川的血液,针尖上涂了麻醉剂，扎入人体时不会有任何感觉。但雷川的实力远远超出了他的想象，已经达到了异能护体的程度，连子弹都打不穿，更何况一根针。幸好峰回路转，否则他还得继续想办法跟雷川死磕。

雷川也看出来那粒纽扣的真正用途，心里忍不住浮现一个猜想。博士在得知自己治愈系异能的特别之处前，就已经在谋划着偷取自己的血液，是不是代表他也是重生的？他们三人几乎同时死亡，没道理自己和赵凌峰都重生了，博士却还是原来那个。

雷川刚涌上心头的狂喜迅速被酸涩感压了下去，眼眸微微一暗。就算博士是重生的又如何？他的记忆里只有赵凌峰，根本没有自己。自己只是一个看不见的透明鬼魂。最后的时刻，博士为什么还给自己留了后路？在他心里，自己应该也是特别的吧？

雷川越想越多，越想越深，表情一会儿沉痛，一会儿欣喜，一会儿又扭曲嫉恨。

周允晟知道雷川对自己产生了怀疑，却也觉得无所谓。只要雷川把实验室组建好，他就会按部就班地把疫苗研制出来，同时把白博士其他的研究成果弄出来，彻底完成白博士的心愿。到时候直接脱离这个世界，雷川又能拿他如何？反正能量已经到手了。

这样一想，前途还是很光明的。周允晟缓缓靠到椅背上，第一次放松紧绷的神经。

雷川想问问他究竟是不是重生的，最终还是忍住了。是又如何，不是又如何？在他心里，自己只是个珍贵的实验体，不如像现在这样，两个人重新认识，或许能发展出一段正常的友谊关系。

两人各自思忖，默默无语，恰在这时，坐在后排不停用纸笔验算的一个大兵兴奋地嚷道："老大，我搞定了！"

"搞定了吗？好小子，这才半个月啊，你这脑子是电脑吗？"郭泽瑞立即接过他手里写得密密麻麻的笔记本翻看。

"就是这个？我的天，算了半个月就只为了这六个字符？真够吐血的！"一个大兵凑过去怪叫。

郭泽瑞看完笔记本后直接递给前排的老大，暗暗使了个眼神过去，让他防着白博士。这玩意儿可是从护送白博士的军队手里抢来的。

雷川对此视而不见，大大方方地把本子摊开放在膝盖上。周允晟只略瞟了一眼就在心里笑了。还当是什么机密，原来是一个破解密码的公式。

这是一种非常高端的密码生成器的运转公式，凭借这种公式，每一秒钟就能让安装这种生成器的门锁或电脑产生一组密码，唯有与之配套的解码器才能接收到这一秒钟之内进入门锁或电脑的正确钥匙。

公式越复杂，产生的密码就越难被破解，没有解码器，几乎没有人能突破防御侵入进去，除非是那些运算能力特别强悍的天才。

从公式上看，雷川要攻破的这种生成器规格很高，一般只安装在大银行的金库中。现在是末世，货币已经不流通了，一切物资都靠抢，要黄金也没有用。然而这些人宁愿花半个月时间去计算，可见锁着的东西对他们很重要。

有什么东西与黄金一样值钱且还需要严防死守，并在末世里是不可或缺的呢？周允晟只能想到"军火"两个字。白默翰上一世的记忆里有一个小细节，那些护送他的军队在蜀州某个以军事工业闻名的城市滞留了几天，回去后车队就多出十几辆军用大卡。从那以后，B基地忽然实力暴涨，以最短的时间吞并了附近的几个小基地。

其中有什么奥秘，在B基地混了许多年的郭泽瑞一定知道。看来他们这一趟杀白默翰还只是顺便，夺取这批军火才是主要目的。

现在周允晟和雷川是利益共同体，只有雷川实力强大了，才能为他提供最好的实验设备，才能为他营造安静平和的实验环境，于情于理，他都应该帮雷川一把。

这样想着，周允晟平静地开口："错了。"

其余人等莫名其妙，赵凌峰却骄傲地笑起来，心里暗骂这些人是蠢货，这么简单的公式竟然算了半个月才算出来，还得意扬扬的。想当年博士只花了三天就破解了血清蛋白百分之三的分子式，比电脑的运算能力还要强悍，说出来准保吓死这群人。

"哦？那正确的密码是什么？"雷川立即追问。他太了解博士了，用"聪明绝顶"四个字都不足以概括他的才能。

"1D9s8u。"

雷川提笔把字符记录下来，俨然对他深信不疑。

计算了大半个月才得出结论的大兵不干了，叫嚷道："老大，你别信他的，我算了多少天才算出来？他只瞥了一眼就说错了，你说可能吗？难道他能在一秒钟之内进行这样庞大的计算量？他当自己是神啊？！"

其余几个大兵也都露出质疑的表情，郭泽瑞更是偷偷拉了拉老大的衣服，让他别里外不分让人糊弄了。

周允晟并不反驳，闭上眼睛开始睡觉。赵凌峰则阴阳怪气地笑起来，鄙夷的表情非常欠扁，让几个大兵很想把他摁住揍一顿。

雷川不与兄弟们分辩，只是默默合上笔记本。

一行人连夜赶到蜀州G市，因为白博士中途逃跑的行为，跟随在雷川身后的其他几个基地势力都散开去追这个大宝贝了，反倒为雷川省了很多摆脱追踪的烦恼。确定附近无人，他们迅速清除掉某个不起眼的仓库周围的丧尸，径直往地下室走去。

越往下，墙壁修筑得越厚实牢固，走道的各个角落都安装有摄像头和遥感装置，虽然因为断电已经没用了，但依然能够看出来此处在末世时是怎样戒备森严。

周允晟本想待在车里等，雷川却偏要把他带在身边，铁钳一般的胳膊牢牢锁住他瘦弱的腰，生怕他跑了。

终于走到一扇厚厚的钛合金钢板铸就的大门前，郭泽瑞瞥了一眼还在闪着信号灯的门锁，呼出一口气。锁内置放有能源电池，就算停电一百年，只要内芯不坏，就能够一直正常运转。他们最担心的是门锁被丧尸破坏掉，那样就算破解了密码也没用。

"门锁完好！"他冲后面的人打了个 OK 的手势，然后低头看表，等待开启门锁的时间。

他们计算出的密码是今日正午 12:00:00 的密码，也就是说在十二点整的时候按下开启键然后输入正确的密码，门才会打开，多一秒或是少一秒，这个密码都没用，再要开启必须重新进行复杂的验算。

至于传说中的解码器，估计早在末世的时候就不知被丢到哪儿去了，否则 B 基地的人不会只带了一个公式过来。

大家纷纷低头看表，紧张地等待着十二点的到来。

雷川将笔记本递给郭泽瑞，交代道："用博士的密码。"

郭泽瑞接过，没有点头也没有摇头。当十二点终于到来的时候，他迅速按下开锁键，门锁上的电子屏定格在 12:00:00 的字样，下面是六个空格和几排字符键。

他目光微闪，毫不犹豫地将战友计算出的密码输入了进去，信心满满地等待大门升起。

没有动静，电子屏上的数字重新开始跳动，从 12:00:00 变成了 12:00:04，而且闪烁出红色的光芒，这意味着如果在十秒钟之内不能输入正确的密码，安装在锁芯里的警报器就会发出尖锐的声响，而地表的警报器与锁芯相连，用的也是能源电池，哪怕断电了照样可以工作。

几个警报器齐齐响起的动静肯定很惊人。现在是末世，当然不会有保安或警察赶过来抓窃贼，但响彻半边天的警报声足以把全城的丧尸都引来，然后将他们围困致死。

十秒？没有解码器，谁能在十秒钟之内计算出任意一秒钟的密码？这简直是个必死之局！郭泽瑞脸色煞白，冷汗淋漓，哑声说道："密码错误，老大，我们赶紧撤吧！"

十秒钟，还不够让他们跑到出口，而且外面有几十个兄弟守着，他们肯定也跑不掉。现在怎么办？把人全叫进来躲着？但外面的门又不是钛合金做成的，只是普普通通的铁门，还斑驳生锈不堪一击，来几只力量系的丧尸就能破坏掉，一场血战不可避免。

被全城丧尸围困，就算他们有通天的本事，怕也要折在这里。

郭泽瑞觉得不甘极了，负责破解密码的大兵更是恨不得举枪自裁。其余人脸上纷纷露出绝望的神色。

周允晟默默叹了口气，走上前再次摁下开锁键，发现时间定格在 12:00:07，想也不想就摁下一串字符。不停闪烁的红色屏幕立即变成了正常的银蓝色，厚重的大门缓缓上升。

危机瞬间解除。

天，这是什么情况？从红灯闪烁到停下只过了三秒，三秒钟内产生了三个密码，每一个密码都要靠海量的运算才能得出，但是白博士想也不想就输入了正确的密码，也就是说他的大脑进行如此海量的运算连一秒钟的时间都不需要。

如果在平日，他们的感触不会这样深刻，但这些天他们眼睁睁地看着号称智商一百八十的天才同伴日也算夜也算，花了大半个月才算出六个字符，而且还是错误的。与白博士一对比，这简直是超脑与猪脑的区别。

"博……博士，你之前给出的那个密码也是正确的？"话音刚落，郭泽瑞就觉得自己问了一句废话。

能在三秒钟的时间内连续进行如此庞杂的运算，白博士已经充分证明了他的大脑构造与普通人不同。他聪明的程度已经远远超出了普通人能够想象的极限。

天啊！所有人都在心里惊叹，那个专攻数字信息的大兵更是用灼热的目光盯了博士一眼又一眼，终于对他的能力彻底信服了。这样的人才，难怪 B 基地愿意出动上百人的异能军队去护送。

赵凌峰嘻笑道："破解这种简单的公式算什么？博士的运算能力比神速七还厉害。"神速七是 C 国研制出的最先进的电脑，上一世博士的实验室就配置了三台。

这回没人嘲讽他吹牛什么的，大家都沉默了，表情讪讪地往军火库里走去。一名大兵走到郭泽瑞身边时低语："瑞哥，我们这回捡到宝了！"

白默翰精通医学、机械、电子、数学等知识，是全能型的人才。现在是末世，需要强大的异能者去守护人类，但能推动人类社会继续进步而不是倒退的，只有白默翰这样的人才能做到。

郭泽瑞勉强地笑了笑，然后低头去看自己的双手。就是这双手，险些把白默翰杀掉，如果白默翰真的死了，人类还要在末世挣扎几年？他不敢深想，立即打起精神查看军火库内的情况。

周允晟面上不显，实则内心对大兵们恭敬了许多的态度很满意。

其实不用他出手，这个危机根本算不上危机，密码虽然输入错误，但雷川强大的雷系异能可以迅速穿透钛合金钢板直接捣毁锁芯的报警系统，这样就不会引来丧尸。

仓库在地下二十米的深处，非常隐蔽，他们大可以用冰封、火烧、水冲、雷击等方法慢慢把门弄开，为了防止引爆门那头的军火，也不过多花一两个月的水磨工夫，算不得什么。这就是所谓的"一力降十会"。

当然，就算周允晟不说，等大兵们从最初的慌乱中镇定下来，也一定会想到这个办法，倒不如直接出手帮他们解决麻烦，也算在队伍中站稳了脚跟。

虽然众人早有准备，但占地面积三千平方米的军火库依然让大家目瞪口呆。如此，几个异能者的空间再加上十六辆卡车恐怕还不够用。

一行人立即跑到地面去搜寻性能完好的卡车。所幸 G 市有好几个军工厂,军用卡车虽然被路过的异能者开走很多,留下的却也不少。

大家忙活了两个小时,终于赶在太阳下山之前把军火安置妥当,又光顾了其他几个军火库,发现都被人搜刮一空便不再逗留,直接往蜀州的腹地赶去。

血红色的夕阳慢慢往远处的山坳里沉,一列车队"轰隆隆"地行驶在蜿蜒的过道上。因为进入了林区,丧尸的数量越来越少,偶尔路过一个小村庄,一行人才能看见三两只在路边徘徊,听见发动机的响声就叫着追逐过来,被卡车上的大兵们一颗子弹就收拾了。

因为得到一大批军火,大伙都很高兴,聚在一起聊天扯淡,很放松。唯独雷川的车里气氛有些沉闷。

赵凌峰跷着二郎腿,姿态很悠闲,一会儿看看窗外的风景,一会儿看看郭泽瑞青白的脸色,嘴角的笑容阴阳怪气的。

郭泽瑞按捺住揍他一顿的欲望,干涩地开口:"老大,刚才是我错了。"

"小声点。"雷川把嗓音压得极低,垂眸看了看在自己身边睡得香甜的博士,发现他并未有苏醒的迹象,这才松了一口气。能在自己身边睡着,可见博士已经彻底放下了戒备心。

"老大,我错了。我没听你的话。"如果按照老大的吩咐采用了博士的密码,他也不会险些让兄弟们陷入绝境。

"你不仅仅错在这里。从今往后,博士就是我们的同伴,我相信他,也希望你们像相信我一样相信他。你们能做到吗?"雷川回头,目光严厉地盯着几个兄弟。

郭泽瑞沉默了片刻,才答"能",面上一片苦涩之色。恐怕在老大心里,博士的地位远在他们之上吧?老大无论走到哪儿都要带着博士,恨不得打一根链子拴在博士身上,那宝贝的劲头可不是对待普通的同伴那么简单。

重生前，老大与博士到底有什么纠葛？郭泽瑞好奇得挠心挠肺，同时又止不住地心生嫉妒。

夕阳完全沉入地平线，车队缓缓停靠在一个小村庄附近。村里的丧尸早就顺着公路跑走了，偶尔遇见一两只也是很久没吃过人肉的，并未进化出异能，一枪过去就解决了。大兵们在村子里走了一圈，确定没有幸存者，这才选了几栋紧紧挨在一起的平房入住。

山林里丧尸少，变异兽或丧尸兽多，而且往往很难对付。为了减少不必要的伤亡，大兵们用厚厚的车篷布把窗户都遮了起来，以防光线泄出去让山林里的野兽察觉。

在末世中，变异的不仅是动植物和人类，还有天气。白天太阳毒辣得能晒掉人一层皮肉，晚上却会迅速变冷，偶尔有那么一两天温度甚至会降至零摄氏度以下。

大兵们找到几个火盆用来生火取暖，把睡袋、食物、御寒的军大衣分发下去。

上一世周允晟一直待在实验室里，为了保证某些药剂不发生质变，中央空调一直开着，并不会觉得冷了或是热了，但这一回，他是真真切切地体验了一把末世的残酷。

他拢了拢军大衣，越发靠近火盆，恨不得整个人都悬在上面烤。灵魂受创导致的身体虚弱让他受不住一丝寒冷。

"博士，当心把衣服烧了。"赵凌峰扯了扯他快要掉进火盆里的衣摆。

周允晟不甘不愿地退后一点，打了个寒战。

"博士，来我这儿。"雷川拍了拍自己身边的沙发垫。

周允晟拿起一根木棍刨火，没搭理他。

雷川摇头失笑。博士向来话很少，对不熟悉的人一般都采取无视的态度，额头上恨不得写两行字——我不听，我不看。那模样竟然十分逗趣，尤其当他把眼镜摘掉，露出一双似浸了水的黑宝石一般的迷蒙瞳仁时，雷川只觉得自己的心脏都快融化了。

博士还活着，真是太好了。雷川一边低笑一边走到博士身边，强硬地扯掉他的军大衣，把自己的军大衣敞开，坐在他背后，伸出两条大长腿和两只铁钳一般的胳膊，把博士揽着，裹得严严实实。

一股浓郁的男性气息充斥在鼻端，令周允晟觉得很不自在。他想挣脱雷川的手臂，忽然感觉周身涌来一股暖意，叫人舒服得不行，也让人不想挪开。

火系异能者就是好啊，不怕冷也不怕热。

雷川勒心满意足地笑了。上一世，当博士趴伏在洗漱台上不停喘息呕血的时候，雷川曾试着去拍打他的脊背，试着去搀扶他的胳膊，给他一点温暖或支撑，却什么都做不到。

那种无能为力的感觉让他对自己乃至于整个世界都产生了厌恨情绪。现在好了，他终于能真切地感受博士的体温，将人严严实实地护着，那种灵魂被填满的感觉无法用语言描述。他笑罢又忍不住叹息，抚了抚博士乱糟糟的头发。

周允晟舒服得眼睛都眯了起来，刚睡醒没多久又产生了困意。

"吃了东西再睡。"雷川用手轻拍博士的脸，电击般的痒感让他微微一愣。不等他仔细回味，郭泽瑞端着几个饭盒走进屋，看见几乎合为一体的两个人，脸色苍白了一瞬。

"吃饭了。"他立即将饭盒递给博士，好让对方为了方便进食赶紧从大哥的怀里钻出来。

"谢谢。"周允晟接过饭盒却舍不得从暖烘烘的人肉睡袋里出来，伸出两只手小幅度地扒饭，像被袋鼠妈妈兜着的小袋鼠。

雷川垂头看着他，嘴角的笑容怎么也收不住。与博士相处越久，他越是会被对方的纯粹和真性情吸引。

赵凌峰立刻挪过去，接了筷子给博士喂饭。这种事上辈子他也没少干，算是熟练工。

雷川用暗沉的目光瞥他一眼，终是压下了一脚将他踹出去的冲动。

几个大兵凑在一起扒饭，不时向三人投去怪异的目光。老大跟赵凌峰怎么像照顾三岁小孩一样照顾博士？也对，有些科学家是高分低能儿，在专业领域很牛，在生活中就很无知，可以理解。

郭泽瑞食不知味地吃了两口饭，见放在老大手边的饭盒都没冒热气了，忍不住说道："博士，你先出来吧，我们老大还没吃呢，饭菜都快冻住了。"

周允晟愣了愣，然后立刻去掀雷川的军大衣。旁边的赵凌峰已经自觉地把军大衣敞开，等着给博士取暖，忠犬意识不能更强。

雷川这回真有些忍不住，掌心隐隐冒出一层紫光，怕伤着博士才勉强收回去。早晚有一天他要把赵凌峰弄得远远的，早在上辈子，看见这人寸步不离地跟着博士，肆无忌惮地碰触博士时，他就已经受够了。

"这盒饭你们谁想吃就拿去吧，我吃饼干。"他一只手紧紧揽住博士的肩，一只手在背包里翻了翻，找出一盒压缩饼干递给博士。

"帮我拆一下。"

雷川有火系异能，相当于一个人体空调，待在他怀里肯定比待在赵凌峰怀里舒服，周允晟不动了，窸窸窣窣地拆开饼干袋，向上捧了捧。

雷川一只手依然环着博士，一只手去拈饼干吃，时不时往博士嘴里也塞上一块，见他鼓着腮帮子细细咀嚼的模样就忍不住眯眼微笑。

几个大兵看得目瞪口呆，更有知情者，悄悄捅了捅郭泽瑞的腰窝，让他抓紧点。

周允晟吃了一盒饭，又塞了小半盒饼干，空虚的肚子终于被填满，身上更是暖烘烘的像躺在四月的灿阳里，舒服得一塌糊涂。

就算在末世，跟在强者身边照样能过上好日子，怪不得那么多人抢着去抱金大腿。他一边迷迷糊糊地暗忖，一边歪着脑袋睡了过去。

赵凌峰怕博士明天起来落枕，连忙打开一个比较厚实的睡袋，让雷川把他放进去。

"没事，等会儿我要睡的时候会把他放平。现在他还没睡踏实，别动来动去折腾他。"雷川压低嗓音拒绝。他烦透了赵凌峰的婆妈，跟前跟后两辈子还不够？还要来跟他抢？

赵凌峰也烦透了雷川，想不明白他对博士这么殷勤究竟打着什么鬼主意，那霸道的模样俨然把博士当成了私人物品。严格说起来，博士与他之间只有仇恨，没有恩情。

但博士已经知道了雷川特殊的体质，打定主意要跟着他，怕是怎么劝也不会离开。博士就是这样，哪怕明知道前面是个火坑，只要坑里有他要的东西，他就会义无反顾地往下跳。

真是太倔强了。赵凌峰苦恼地摇头。

一群人怕吵着博士休息，拿出扑克牌默默玩起来，担任技术员的大兵得了博士的蜘蛛纽扣，正操纵蜘蛛满屋子乱窜，很自得其乐。

唯独郭泽瑞脸色阴沉地盯着火堆，不知在想些什么。

半个小时后，确定博士睡踏实了，雷川这才小心翼翼地将他放进二人睡袋里。赵凌峰在旁边帮着扶了一把，怕博士冷着，跟人要了两个热水袋灌满了热水塞进去。

雷川脱掉军大衣，正准备钻进去在博士身旁美美睡上一觉。上辈子博士睡熟后，雷川会盯着他苍白的脸庞一看就是几个小时，脑海中不停想象若是有了身体该如何与博士相处。

这一世，他要把所有想做却做不到的事一一实现。他要让博士一直活下去，拥有健康的身体、红润的脸颊、充满鲜活气息的明亮眼睛。这样想着，他就心满意足地笑起来。

"老大，我有话想跟你说，我们出去一下。"郭泽瑞拽住他的一只胳膊，神情很严肃。

雷川把脱掉的大衣盖在睡袋上，拢了拢缝隙，这才跟他出去。两人走到屋外一处可攻可守的死角，先检查一番周围的环境，确定没有危险才说起话。

　　"有什么事不能明天说？"

　　"我憋不住。老大，你对白博士究竟怎么个态度？他好歹也是你的仇人，你犯得着像伺候大爷一样伺候他吗？或者说老大你是在麻痹他、拉拢他，等他研制出疫苗再杀了他报仇？是这样吧？"郭泽瑞的话里竟带上了一丝希冀。

　　雷川许久没答，一股沉沉的压力在空气中蔓延，似发狂野兽一般粗重的鼻息叫郭泽瑞听了心惊。不等郭泽瑞反应过来，一记重拳狠狠砸在他的腹部，立时让他呕出一口鲜血。

　　一个火球投过来，把地上的鲜血烧成灰烬，升腾的火焰映照出雷川狰狞至极的脸庞。

　　郭泽瑞仓促地退后，飞快抹掉嘴角的血迹，以免血气扩散引来丧尸或变异兽，胆战心惊地开口："老大，我哪点说错了？你怎么忽然动起手来？我们两辈子加一块儿足有十几年的感情，难道还比不上那个白默翰？"

　　雷川勉强压抑住暴怒的心情，开口道："你想知道我是怎么过来的？我现在就告诉你。你死后我万念俱灰，选择了自爆。"

　　郭泽瑞瞪眼，顿时心如刀绞。

　　雷川目光放空，露出追忆的表情，眼底的沉痛自始至终没有消减，反而随着叙述变得越发浓烈："但是白博士及时赶到，把我自爆的能量压了回去，我又活下来了。"

　　"老大，你当时可是十一级的异能者啊！你如果选择自爆，谁能阻止？"郭泽瑞摇头，不敢相信这话。

　　雷川苦笑："你以为我很厉害？你以为我如果没被抓进实验室，就一定能成为 C 国顶尖的强者？"

郭泽瑞连连点头。如果不是白默翰，老大本应该成为一方霸主，而不是实验室里任人摆布的小白鼠。这简直是把老大的尊严放在地上践踏！这比直接杀了老大更令他难以接受吧？

"可是当所有的异能者都在想象达到十二级巅峰该是怎样强大时，博士已经是王者之境的高手了。他自然可以阻止我自爆。"

这席话一出，郭泽瑞完全蒙了，立即否定："可是现在的白博士明明是个普通人啊！末世都过了大半年，异能者早就该觉醒了。"

这又是一根插在雷川心中的尖刺。他目光如刀地剜了郭泽瑞一眼，当即让其噤若寒蝉。

"我没死成，却变成了一只生魂，被禁锢在博士身边。而博士王者之境的晶核也被我的力量震出了裂缝，实力大减的同时身体遭受重创，所有的器官开始慢慢衰竭。我常常看着他大口大口地呕血，然后晕倒在冷冰冰的地板上，醒过来的时候默默把房间收拾干净，装作若无其事地去实验室工作，一干就是几天几夜不肯休息。为了阻止 B 基地制造出比丧尸更可怕的怪物，他用晶核里剩余的最后一丝力量杀掉了始作俑者，没有因为会变成普通人而露出半点犹豫的神情。他瘦得只剩下一把骨头，最后的一段时间，甚至差点把内脏都呕出来。没有人的时候，他会趴伏在洗漱台上急促喘气，因为不那样做，他随时随地会断绝呼吸。然而当他站在实验台边操作仪器的时候，他的手却那样稳，不会发生哪怕一丁点的失误。他完全靠意志力在支撑自己，就为了把疫苗研制出来。他曾经说过，为了让世界恢复成原本的模样，为了人类能够继续繁衍下去，他愿意付出一切代价，包括他自己。他成功了，却没有享受到一丝一毫本应该属于他的荣耀，反而被 B 基地的人毫不留情地杀死。临死前，他把那些无比珍贵的资料传送给了全国的基地。我出于愤怒，再次选择了自爆，睁开眼就是你操控血丝藤暗杀博士的那一刻。为了逼出血丝藤，博士用尽全力，晶核又碎了。"

郭泽瑞像根木头一样戳在原地，心里翻江倒海。

雷川瞥他一眼，冷笑道："博士本应该成为王者之境的强者，却被你毁了。"

不等郭泽瑞回答，他继续道："换作是你，眼睁睁地看着他如此凄惨地死去，却给后人留下那样一个充满希望的未来，你还会说出'先利用博士再杀掉他'的话。"

他摊开充斥着紫色雷霆的掌心，冷冷开口："没有第二次，否则哪怕我欠你一条命，也不会对你容情。"

转身走出去两步后，他冲某个角落斥道："听够了吗？听够了就滚！"

赵凌峰从黑暗中走出来，表情有些讪讪。他没想到原来还有这样曲折的内情。雷川竟然一直以灵魂的状态陪伴在博士身边。难怪他对博士完全没有怨恨，那样的博士，谁恨得起来？除非是意欲毁灭世界的疯子。

两人一前一后地离开，郭泽瑞过了好几分钟才从惊愕中回神，然后捂着脸苦笑。

老大的一番话彻底颠覆了他对白博士的所有认知。这个世界需要这样的理想主义者，为了自己的目标披星戴月、踽踽独行，他做不到，但白博士做到了。

难怪老大看向白博士时，眼里仿佛随时冒着两团火焰。

郭泽瑞笑着笑着眼睛却湿了，想起自己为救老大送了一条小命的往事，未免觉得不甘。郭泽瑞暗地里咒了一句，揉揉酸涩的鼻子，坦然地走进屋。再多的不甘与充满希望的未来相比，都不算什么了。

赵凌峰被雷川的一番话勾起了伤心的往事，彻底睡不着了，盘腿坐在博士身边默默地掉眼泪，把地上砸出一圈湿漉漉的水坑。

几个大兵偷眼看他，忍不住捂嘴窃笑，还有一个比画一下太阳穴，暗讽他脑子有病。

没一会儿雷川进来了，看见守在睡袋旁的赵凌峰心里顿时堵得慌，一脚将他踹翻，低吼："赶紧睡，别戳在这里。睡不好明天哪来的精力保护博士？"

保护博士当然是最重要的，赵凌峰立即用袖子抹掉眼泪，一下钻进另一侧的睡袋里。

想起那些往事，雷川的心绪剧烈翻腾，博士趴在洗漱台边吐血的样子，骨瘦伶仃虚弱不堪的样子，无知无觉地晕倒在地板砖上的样子，捂着胸口倒下的样子，每一帧画面都变成一把锋利的刀，直往他心脏最柔软的地方捅。

他的眼睛赤红，眼眶潮湿，咬紧牙关死死压抑住了想要痛哭一场的欲望。都说"男儿有泪不轻弹，只因未到伤心处"。彼时他对这话嗤之以鼻，现在才终于知道何谓真正的伤心。那感觉他再也不想体会第二遍。

虽然老大没像赵凌峰一样掉眼泪，但看上去比赵凌峰伤心一万倍。几个大兵笑不出来了，面面相觑间有些莫名其妙。这是怎么了？白博士还没死呢，怎么一个个弄得像哭坟似的？

郭泽瑞站在门边，盯着老大颓废无比的背影看了半天。他能理解老大的心情，眼睁睁地看着偶像死去，刚重生又差点看着对方死去，心里肯定不好受。说起来他都有些佩服老大的隐忍，竟然只是揍了自己两拳，不是废了自己，还是很有兄弟情义的。

这样一想他立刻心气顺了，走过去安慰性地拍了拍老大的肩膀。

恰在这时，博士睁开雾蒙蒙的眼睛，发现睡袋边蹲了一个人，眉心蹙了一下很快就舒展开，咕哝道："我想喝水。"

雷川立即让一个水系异能的兄弟弄出一杯水，一只手端着杯子小口小口地喂，一只手贴住博士的下巴，生怕淌出的水滴把他的衣领打湿。

周允晟解决了口渴问题，才发现自己的手脚冷冰冰的，于是拍了拍身边的位置，小声道："我冷，快进来帮我暖一暖。"

因为他这句话，雷川淌着血的心脏瞬间就被治愈了。雷川一边答应一边钻进去，小心翼翼地帮这个瘦弱的人取暖。

直到这会儿，他才终于有了重新活过来的感觉。

早上起床的时候喉咙很干涩，周允晟忍不住咳嗽了两下。正在整理东西的郭泽瑞、赵凌峰、雷川齐齐停下来盯着他，露出如临大敌、心惊肉跳的表情。

"博士，您怎么了？有没有哪里不舒服？不舒服一定要说出来，别忍着！"赵凌峰立即走过去搀扶周允晟，嘴里喋喋不休。这是他从上一世带来的后遗症，听见博士咳嗽就害怕。

雷川也心慌意乱，连忙走过去将掌心贴着博士的脊背，毫不吝啬地输入治愈系异能，却发现博士的脸色依然那么苍白，并未见丝毫好转。

灵魂受创导致的身体虚弱是任何外力都无法改变的。周允晟拂开雷川的手掌，平淡地开口："谢谢你，但是不用帮我治疗了。逼出血丝藤的时候我的精神力受到了不可逆的伤害，是无法治愈的。"

雷川浑身一僵，没想到事情竟比他想象的还要严重。无法治愈是什么概念？那意味着博士与上辈子一样，要拖着孱弱的身体没日没夜地做实验，以消磨自己生命的代价去挽救所有的幸存者。

即便是重生了，有些事还是没能改变。雷川心里像被针扎一样，既感到无尽悔恨，又感到惶恐害怕。他绝对不能再次眼睁睁地看着博士离自己而去。

"谁说不能治？等我的异能等级提升到更高的境界，一定能治愈你。"他神情坚定地道。

郭泽瑞在几人对话的时候就悄悄离开了。作为害了博士的罪魁祸首，他可不敢在老大跟前晃。现在想起来，从老大重生那天开始，看他的眼神就有些阴恻恻的，他当时以为自己想多了，却原来根由在这里。

如此倒也能够理解他跟赵凌峰像对待三岁小孩一样对待博士的行为，实在是上辈子担惊受怕成了习惯。

　　雷川热了一盆水帮博士擦脸，又取出一包方便面泡好，端到博士跟前，自己吃着压缩饼干，直愣愣地、眼睛一眨不眨地盯着对方。

　　周允晟被盯得汗毛都竖起来了，搞不懂雷川对自己究竟怀揣着怎样的心思。就算知道了自己能研制出疫苗，他也没必要这样殷勤吧？难道他打算先拉拢自己利用自己，等自己兢兢业业地替他研制出疫苗就杀了自己报仇？

　　周允晟的脑洞跟郭泽瑞对上了，却也并不觉得恐惧。只要把白默翰的研究成果全部弄出来，他就会脱离这个世界，到时候是自然死亡还是他杀，都无所谓。反正疫苗已经问世，人类得到救赎的日子提前了几十年，命运已经彻底偏离了轨道，他也能获得偏轨后形成的庞大力量，怎么算都不亏。

　　周允晟思忖间，一碗面吃完了，热乎乎的面汤也都下了肚。周允晟心满意足地拍了拍终于充实起来的胃囊。

　　雷川见他像只猫儿一样餍足，沉郁的心情顿时舒缓很多，将一件厚实的外套披在他的肩头，然后习惯性地半搂着他往外走。

　　由于出逃的人太多，路上变成丧尸的人更多，全国各大高速均有不同程度的损毁或堵塞，反倒是车流量越来越少的国道变成了畅通的要道，不至于让幸存者连外逃都没路走。而且那批军火里还有几辆重型装甲，是开道的利器。

　　车队前有装甲车开道，后有坦克车护卫，看上去很拉风。大兵们坐在卡车顶棚上，手里端着枪随时准备干掉扒车的丧尸或变异兽，表情都很轻松，甚至有工夫开几句玩笑。

　　然而好景不长，前方出现了一座坍塌的大桥，把这条道截成两半。末世前，一条道若是走不通还可以打开导航系统换另一条道，边走边问，边走边玩，只要不出车祸总能平安到家。末世后，不知有多少实力强大的队伍因为迷路而全员覆没，运气稍微好点的就算到达了目的地，人员也折损大半。

走的路越曲折就代表遇见的危险越难测，眼前的情况对所有人而言都是一个噩耗。

"老大，我们怎么办？"郭泽瑞抖了抖已经被翻烂的地图。换道是肯定的，但问题是他们应该换哪条道？车上的导航系统早就不能用了，他们只能靠地图。然而在书店里找来的地图大多是好几年前的版本，许多道路根本就没有显示。

离开了这条国道，行走在地图未曾标示的道路上，他们就相当于睁眼瞎，只能靠指南针辨别大致的方向，更是对前方有可能遭遇的危险毫无所知。

这些都是其次，作为重生者，郭泽瑞知道再过一两天将有一场大规模的陨石雨降落在C国境内，小的形似鸡蛋，大的足有几百公斤。要是车队还被困在国道上，肯定会被砸得稀烂，更别提卡车内还载有一经碰撞就有可能爆炸的军火。

所以他们的当务之急是赶快进入城市，找到足够坚固、足够巨大的掩体让车队避难。

雷川和赵凌峰也想到了陨石雨这茬，脸上浮现忧虑的神色。眼下随便找一个小城镇或小村落肯定不行，他们必须去往有大型建筑物可以让车队停放的城市。

三人都是重生者，早上聚在一起通了气，这会儿因为对未来的危险心照不宣，便撇开其他人走到角落里商量，商量了大半天也没有结果。

郭泽瑞主张让金系异能者和土系异能者合力把桥修好，然而现在末世才刚开始半年，队伍里的异能者顶多才二级初阶，有那个心却没那个力。这个建议很快就被否了。

雷川和赵凌峰都决定换道，但一个要往左边的岔道走，一个要退后几公里，从曾经路过的一条岔道走，一时间争执不下。

郭泽瑞翻来覆去地检查地图，绝望地发现他们正好走出了这张地图所能标示的范围，目下荒郊野岭，上哪儿去找新地图？

"去问问队伍里有没有蜀州人，知不知道该怎么走。"雷川发话了。

郭泽瑞立即让人去问。

由于越来越四通八达的高速公路网的成型，这条国道早在十几年前就变成了无人问津的废道，沿途的居民也都搬走，委实荒凉得很。大兵们在队伍里问了好几遍，也找出了几个蜀州本地人，愣是没人知道该怎么走。

不知道他们自然不敢乱说，怕路上遇见危险害了自己也害了大家。

看见垂头丧气地走回来的几个大兵，郭泽瑞的脑门上出了一层细汗。身为重生者的那点优越感在叵测的命运面前终于被消磨掉了。他这才深刻地意识到，就算对未来的大事件知之甚详，也不代表就能一帆风顺。

危险随时随地有可能发生，没准因为离开了 B 基地，他们会比上一世还死得早。

"大哥，随便选一条路赌一把吧。如果前面是小村庄或小城镇，我们把能收进空间的军火都收了，不能收的就放弃。到时候陨石雨落下来，我们这些人有地方躲，卡车和军火可没处躲，没准儿就爆炸了。"郭泽瑞龇牙，一脸肉疼的表情。

这批军火足以供应一支几万人的军队，要不是被逼到绝路，谁舍得放弃？

赵凌峰心疼地摸了摸身后的装甲车，第一次没反驳他的话。

雷川垂眸考虑片刻，正准备点头，就见睡醒了的博士扒在车窗上，一边揉满头的乱发一边懵懂地问道："怎么不走了？"

"桥断了，今晚没法赶到 Y 市，得换一条道走。地图上没标注，我们也不认识路，这会儿正商量呢。"雷川避重就轻地解释，完了走过去摸摸博士的脑门，看他有没有发烧。

周允晟靠回座椅上，平静地开口："就这事？没有地图可以用导航啊。"

"地面接收站被丧尸毁得差不多了，导航系统早就不能用了。"郭泽瑞对博士的没常识感到很头疼。看来末世后一直有人把博士照顾得很好，否则他不会对外界一无所知。

身为一名顶级黑客，没有电脑就等同于裸奔。所以周允晟没忘了叫赵凌峰帮他找几台性能最好的没被丧尸损毁的平板电脑带回来，并且自己做了几个小小的便携式信号接收器。

他从背包里找出电脑打开，连接上信号接收器，十指飞快滑动，那速度几乎只能让旁人看见一道道残影。

"博士，你在入侵国防卫星系统？"信息员小李，也就是号称智商一百八、负责破解密码的那位，这会儿正鼓着眼睛、错愕万分地询问。

国防卫星可以直接控制C国各大导弹基地的发射台，只有军队最高指挥官和国家领导人才有进入系统的密钥。而且为了防止被黑，系统的安全措施是由C国顶尖的信息工程师们联合布下，堪称固若金汤，牢不可破。

然而曾经让小李顶礼膜拜的国防卫星系统，这会儿却像一层窗户纸，一分钟不到就被博士捅了个对穿。

"你们想去哪儿？"周允晟淡淡地开口。

"你……你侵入进去了？"郭泽瑞抹了抹脑门上的汗，瞥见小李恨不得膜拜的表情也知道博士已经成功了。这人的脑袋究竟是怎么长的？医学、生物、数学、机械、IT信息、电子技术，就没有他不精通的领域。如果他要毁灭世界，只需要一台电脑就能做到。

国防卫星主要运用于军事领域，所以性能十分强大，不但导航功能精准到C国的每一条乡村小道，还附带监控系统，分辨率高达0.1

米，这代表哪怕在几十万米外的太空，它们也能清晰地分辨出地表某一个人的长相并对他进行监视。

周允晟点头，调出前往 Y 市最近的一条小道，并用卫星沿途扫描，看看丧尸聚集的情况。

小李瞪圆眼睛看着白博士像摆弄掌上游戏机一般摆弄着国防卫星，内心几乎是崩溃的。

"退后两千米有一条岔道，直走，四个小时内能赶到 Y 市，路上有几个比较繁华的小镇，所以丧尸比较多。往旁边这条岔道走就会离开蜀州到达 T 省的龙城县，那里丧尸比较少。你们走哪条？"他点击屏幕，将监控画面放大，让众人能直观地看见两条路上的实况。

几个大兵连忙凑过去，嘴里发出"啧啧"的赞叹声，像在看什么稀奇的宝物，心里忍不住感叹：白博士简直是居家旅行必备神器啊，竟然连国防卫星系统都能黑进去。有了他，C 国每一条道路的情况、每一个城市丧尸聚集的情况岂不是一目了然？这样的人才，其价值远远超越了实力最强大的异能者。

人家光靠脑子就能完胜。

雷川接过平板电脑看了一会儿，拍板道："掉头，我们去 Y 市。"

车队掉头继续进发，沿途的情况通过卫星传导至电脑屏幕上，不等晃荡在公路两旁的丧尸群靠近，大兵们就已经事先得到警告，端着枪等着了。

几乎没有浪费一颗多余的子弹，也没有耽误一分钟，四个小时后他们顺利抵达了 Y 市，用装甲车和坦克车扫出一条顺畅的道路。

"有一群陨石正在向地球靠近，大概十八个小时后就会降落在 C 国境内，我们得赶紧找地方躲避。"原本的那台平板电脑被雷川放置在仪表盘上，方便大家监控沿途的丧尸，周允晟从背包里又掏出一台，一边漫不经心地拨弄一边不疾不徐地发出警告。

郭泽瑞的目光微微一暗，问道："你怎么知道？"

难道博士也是重生的？对了，他们三个是同时死亡的，没道理老大和赵凌峰都重生了，博士还是原装的。

雷川也隐晦地瞥了博士一眼。但他对博士是否重生并不在乎，只要博士好好地待在他身边就足够了。

一直趴伏在椅背上眼巴巴地盯着博士玩电脑的小李答道："博士入侵了Ａ国的天文卫星系统，收到了系统发来的警告图片。一个小陨石群正在靠近。"

实际上，白博士几乎把各个国家发射到太空的卫星全入侵了一遍，下载了许多以前他想也不敢想的机密文件，那轻松自如的架势就像在逛自家的后花园。

曾经有一名十六岁的少年攻破了Ａ国军情部的系统，虽然最后被抓住了，但是不妨碍小李和许多信息技术员将他推上世界顶尖黑客的神坛。

然而眼下与博士比起来，他才明白什么叫小巫见大巫，什么叫班门弄斧，什么叫人脑与超脑的差别。那少年虽然聪明，却还隶属于人脑的范畴，博士已经与庞大的数字网络一体化了。在网络领域中，他就是无所不能的王者！

郭泽瑞立刻凑过去看博士手里的电脑，屏幕上是闪耀着星光的漆黑外太空，一群陨石正以缓慢的速度朝大气层逼近。

他打消了之前的怀疑，对博士的才能和价值又有了全新的认知。哪怕这人不是重生的，他的优势却抵得过好几个先知的重生者。怪不得Ｂ基地放出话来，说无论付出多少代价也要得到白博士。

——白博士在我们手里的消息绝对不能泄露出去，否则其他基地肯定会暗中派人来抢。

这样想着，他朝老大看去，见对方脸色十分阴沉，便知道他与自己想到一块儿了。

周允晟还在摆弄天上的卫星，虽然在陨石群的冲击下，现下轨迹上的那几颗会被砸坏，但剩下的已经足够他使用了。通过这些卫星，他可以预测天气变化，预测山崩海啸，预测丧尸潮运动的方向，大到俯瞰天下，小到寻找某条道路或某个人，这种在虚拟世界中无所不能的感觉让他重新找回了一点安全感。

看着他一颗卫星一颗卫星地切换，小李已经完全服了，觍着脸问道："博士，你还是黑客？"

"不是。"周允晟摇头。他现在是白默翰，白默翰是科学家，不是黑客。

"你怎么不去当黑客？你要是愿意，一定能成为无冕之王。"小李笃定地开口。

周允晟想起了曾经那些岁月，目光不由得放空。但他很快就回过神来，用国防卫星在Y市寻找坚固庞大的建筑物让车队避难。这么多军火要是被陨石砸到，足以把Y市炸成平地。

"军火必须卸下来运往不会被陨石砸坏的仓库里保存，卡车可以停在地下停车场。就算停车场被陨石压塌也不可惜，我们还能再找别的车。"他不紧不慢地提议。

"银行金库最保险，我们去找银行。"雷川立即有了决断。

所幸现在的丧尸等级都很低，并不怎么难对付，几辆装甲车在前面一碾压，基本上能清空一大片。他们很快找到Y市最大的银行，看着几米厚的钢板门愣神。

"这门选用的钢材硬度值高达600，我们恐怕花几个月也别想把它弄开。"技术员小王敲敲打打一阵后叹息道。

"让博士帮忙解码啊。我们直接开门进去。"小李对博士已经达到了盲目信任的程度。

"这不是密码锁，是虹膜识别系统。"周允晟走上前看了看，却也并不觉得为难，跟小王要了一把螺丝刀将识别系统的外壳拆掉，把传感器连接在自己的平板电脑上。他迅速键入一行指令，等系统发出认证的"嘀嘀"声便随意指了个大兵说道:"你把虹膜对准扫描仪。"

大兵犹豫了一瞬就走上前,努力睁大眼睛朝扫描仪的孔洞里看。

下一秒,厚重的钢板门缓缓开启,让其余几个大兵惊讶得嘴都合不拢了。他们的眼界被博士狠狠刷新了一遍又一遍,原来这个世界上果真有无论什么高精仪器都难不倒的牛人。

"我就说博士一定有办法吧。"小李嘻嘻笑着走进金库,险些被满室金光给闪瞎。活了半辈子,他还是第一次看见这么多黄金,要是在末世前一定会高兴得疯掉,但是现在,这些黄金也不过是一堆好看的废物。

"把黄金扔出去,空间系异能者赶紧去外面把军火运进来。"雷川走上前,随手拿起一块黄金看了看。

"其实你们可以适当地储备一些黄金,等末世过去,新的秩序建立起来,黄金会重新成为货币开始流通。"周允晟好心提醒道。

"等末世过去,那是几百年后的事情了?这么多丧尸,什么时候才能杀得完?更别提每天还有很多人变成丧尸。就算是我们这样的异能者,也无法免疫等级比我们高的丧尸的病毒。人类的希望究竟在哪里?"一名大兵边把黄金扔出去边摇头苦笑。

——雷川、赵凌峰、郭泽瑞三人齐齐看向博士,很想告诉大家别灰心,人类的希望就在你们身边。

但他们知道,就算说出来也没有人会相信,就让时间去证明吧。

有空间异能者在,搬运东西的速度很快,不过十几分钟,这个金库就成了军火库,剩下的几车军火放不下了,大伙儿又另外找了两家银行放进去。

有白博士在,银行金库的防盗门简直形同虚设,不管是指纹识别系统还是虹膜识别系统,拆开外壳后连接到博士的电脑,轻轻松松就能搞定。

军火全部进了保险库，大家终于安心了，找了个建筑质量过硬的地下停车场，把卡车存放进去，然后一路杀丧尸一路搜集物资，最终也跑进金库里躲起来。

没有哪个地方比这里更安全。

周允晟发现他高估了自己的身体状况，这具身体何止是"废柴"，简直虚弱到极点，只跑出去几十米就连气都喘不匀，大量汗水把里里外外的衣裳打湿，像从水里捞出来的一般。

不等他求助，雷川一把将他扛在肩头上，奋力朝存放军火的银行跑去。

厚重的钢板门把追过来的丧尸格挡在外，连同它们尖锐刺耳的叫声也隔绝了，封闭的空间内只能听见大家的呼吸声。

"博士，你没事吧？"雷川将浑身无力脸色苍白的人揽着，上上下下里里外外检查了一遍，确定没受伤，焦躁的心情才慢慢平复。

周允晟摆手，断断续续地说道："金库……里，没有……换气系统，你们最好……把门打开一条缝，否则会被憋死。"

雷川顿时有些哭笑不得，将瞎操心的博士揽紧。

周允晟因为太过疲惫，胸腔正袭来一阵又一阵的剧痛，未曾留意。

郭泽瑞背转身让之前扫描虹膜的那位大兵再去扫一次，把门打开又迅速关上，等快关死的时候塞了一把军刀在门缝里。军刀的材质硬度同样不容小觑，终究是抵挡住了金库门的压力，留出一条换气的细缝。

4 遗憾离世 ▶▶▶▶

雷川轻轻拍抚博士的脊背，等他把气喘匀了就输入一些治愈系异能进去，然后开始扒他的衣服。

周允晟揪住衣襟，瞪圆眼睛问道："你想干吗？"

赵凌峰手里变出一把刀，快速奔到博士身边，做出护卫的姿态。

"你的衣服全部湿了，赶紧脱掉换一套干爽的，否则会生病。你现在的身体很虚弱，必须时刻注意保养。"雷川边说边从背包里取出一套干净衣服，把博士硬拉过来脱掉湿衣服，那呵护备至的模样不像个特种兵，倒像个保姆。

除非必要，周允晟绝对不会拿自己的身体开玩笑。他立即停止了挣扎，乖乖让雷川帮忙换了衣服。几个大兵经过这些天的熏陶，对老大的婆婆妈妈早已经习惯了，就是有那么一两个为郭泽瑞感到不值。

这么些年出生入死的兄弟，怎么就输给了一个才认识没几天的外人？

那哪里是外人，是雷川的命，也是全人类的希望。郭泽瑞苦笑，避开几个兄弟同情的目光，从背包里取出方便面分发下去。

水系异能者往面桶里注入清水，火系异能者负责把水煮开，没一会儿，食物的香气就充斥整个金库。

大家狼吞虎咽地吃完晚餐，用军大衣一裹，安心地躺下睡觉。没有哪只丧尸能把这么厚的钢板门撞开，所以也没必要安排人手值夜。

睡在金库里的感觉就是与外面不一样，特别温暖，特别安心，鼻端还充斥着一股黄金的味道。大兵们直睡到第二天中午才醒，凑到门缝边往外看。昨天跟进银行的几只丧尸还守在外面，闻见如此浓郁的新鲜血肉的气味，怎么舍得离开？

听见响动，它们立即围拢过来，用堪比钢刀的黑色指甲去扒拉门缝，没扒拉几下忽然停住，侧耳倾听片刻，然后相继离开。

大兵们也听见了外头传来的"砰砰砰"的巨响，仿佛路边的车辆发生了连环爆炸，又仿佛有什么建筑物坍塌了，整整持续了十几分钟才停歇。

又等了十几分钟，确定外面没动静了，雷川站起身说道："出去看看。"

几个大兵跟随他出去，没几分钟又跑回来，心有余悸地开口："外面果然下了一场陨石雨，妈呀，街上到处都是被陨石砸出来的大坑，小的像鸡蛋，大的直径足有七八米，好多建筑物被砸塌了。幸好博士入侵了天文卫星系统，及早发现情况，否则我们连车带人都要折在路上！"

周允晟还是那副平淡至极的表情。即便他不说，身为重生者，雷川三人也会想办法提醒大家。

雷川走过去用外套将博士一裹，往肩膀上一扛，说道："丧尸被陨石砸死不少，没砸死的也都躲起来了，我们趁现在赶紧走。"

周允晟的胃抵在男人坚硬的肩胛骨上，那滋味别提多难受。但没办法，他现在跑几步路就大口喘气，如果不想拖累大家就只能牺牲一些尊严。

他忍了又忍，还是没忍住，抡起拳头在雷川的背上砸了一下。

雷川忽然低笑起来，而且笑了一路，被几个同伴用诡异的目光打量了好几眼。自从遇见博士，老大的脑子仿佛也被赵凌峰那疯子给传染了，越来越不正常。

他们跑到存放卡车的地下停车场，果然看见通道口被砸塌了，巨大的水泥板挡住了进出的路。好在队伍里有力量系异能者，卷起袖子任劳任怨地把水泥板清理干净，其余人负责绞杀袭到近前的丧尸。

等他们清理完，出了一头的大汗，周允晟才平淡地开口："你们队伍里不是有土系异能者吗？只要把手覆上去，用异能把石头转化成沙子就行了，花不了几秒钟。"

还可以这样干？大家急促奔跑的步伐趔趄了一下，尤其是几名土系异能者，一时间茅塞顿开。在这之前，他们只能想到地刺、土盾、土遁、石雨等杀伤力大或者实用的招数，却没想到把异能转化一下还可以有更多用途。

"等以后级别高了，还可以把一整片土地变成流沙，把站在上面的丧尸活埋。这一招对付丧尸潮应该很有效。"周允晟语气淡淡地叙述，并不知道因为他的一番话，几个土系异能者日后会变成怎样丧心病狂的屠夫。

他们合力把逾十万的丧尸给坑杀了，既干净又利落。当然这些都是后话。

刚才不说，等大家劳心劳力地搬完才说，博士肯定是故意的。原来博士并不是个只会做实验的书呆子，骨子里还很调皮。雷川低笑，拍了拍博士。

周允晟暗地里磨牙。

一行人顺利地把卡车取出来，开到银行门口装载军火。看着随处掉落的陨石，郭泽瑞不自觉地皱紧眉头。这些陨石含有微量的放射性物质，虽然末世半年后，人类在丧尸病毒的荼毒下抗辐射能力增强很多，并不受这些物质的影响，然而土地和水源不可避免地遭到了污染。

这二者是人类赖以生存的根本，一场灭顶之灾近在眼前。

郭泽瑞弯腰把一块鸡蛋大的陨石捡起来，捧到博士眼皮子底下，试探地说道："博士你看，这只丧尸的晶核被这块陨石砸碎了。除非自我引爆或晶核与晶核之间发生力量碰撞，否则它们不会如此轻易就碎裂。要知道晶核的硬度比钻石还高。这些陨石竟然坚硬到这种程度，是不是值得好好研究？还有，它们很可能含有放射性物质，会污染土地和水源，没有水源我们喝什么？没有土地我们吃什么？博士，你把这块石头解析一下，看看能不能制造出净化水源和土地的药剂？"

他这一席话提到了三样在未来对人类的生存起到关键作用的东西，一是陨石钢化玻璃和包含陨石成分的建材，它们的问世让基地固若金汤，抵挡住了一拨又一拨的丧尸潮；二是水源净化剂；三是土地净化剂。

虽然幸存者中进化出了水系异能者、土系异能者、木系异能者，但他们的力量不足以拯救全人类。

水系异能者凝聚的水源是有限的，土系异能者同样如是。木系异能者虽然能快速催生植物，但运用在农作物上会让它们的味道或质地发生变异，要么苦涩无比难以入口，要么坚硬无比难以烹熟，甚至有的还会分泌出毒素，实在很不适用。所以人类要想吃饱，还得脚踏实地地种田。

未来的 C 国还将面临好几次陨石雨，等天灾过后，人类才会意识到问题的严重性。水源无法再饮用，否则会染上一种类似瘟疫的疾病，连异能者也无法抵御；土地无法再种植农作物，播下的种子根本不会发芽。

没有吃的没有喝的，外部又面临丧尸的侵袭，那种活了今天就没有明天的感觉实在是太可怕，很多人在噩耗传来后都选择了自杀。

然而没过多久，B 基地接连传出了三个好消息，让全国的幸存者重新拾起了活下去的勇气。B 基地的科学家从陨石中提取出某种地球上从未发现的元素，并将它与玻璃、钢铁、水泥等物混合在一起，用来修建房屋。

这些房屋无比坚固，连十一二级的丧尸都无法破坏。从那以后，基地里的幸存者只要锁死门窗就能睡个安稳觉，再也不用害怕半夜里丧尸从天而降。

紧接着他们又合成了土地净化剂和水源净化剂，让人类平安渡过了一场浩劫。

想要这三样东西，就得拿大量的粮食和晶核去交换，也因此，B基地一跃成为C国势力最庞大的基地。

他们把发明出这三样东西的科学家藏得很深，郭泽瑞上一世一直到死都未能探知对方的真正身份。

这辈子，见识了博士的聪明绝顶，他心想：莫非博士就是发明者？那可真是捡到个大宝贝！

很遗憾，这三样东西都不是白默翰的研究成果，他专攻生物医学，对化学、物理方面研究不深。周允晟明白郭泽瑞的暗示，在脑子里翻了翻白默翰的记忆，发现那位化学方面的天才现在已经在B基地了，想来正如获至宝地捧着陨石狂笑。

他接过陨石看了看，摇头道："你说得很有道理，但是我在这方面没什么研究，你可以去找几个化学方面的专家，把想法告诉他们。"

郭泽瑞闻听此言像泄了气的皮球，浑身都软了，然后眨着眼睛朝赵凌峰看去，目中隐有疑问。

赵凌峰摆手，表示那三样神器真不是博士发明的。

这人上一世跟随在博士身边五六年，自然对博士的生平知之甚详。郭泽瑞这才死心，把陨石随地一扔，爬上了卡车。

雷川掩护几个空间异能者把军火装载好，带着博士往副驾驶座挤，然后回头清点人数，发现郭泽瑞表情如丧考妣，问道："发生什么事了？"

"老大，陨石雨降下来了，水源和土地……"后面的话他没敢说完，害怕引起大家的恐慌。

"没事，到时候我会想办法解决。"雷川摆手。或许应该在B基地安插一些内应，见机掳几个博士这样的人才过来。眼下不正有一个合适的人选？他斜眼朝后排座上的赵凌峰瞥去，恨不得现在就把对方掳回B基地。

赵凌峰忍不住抱紧双臂，觉得浑身有点冷。

周允晟不管这些人在打什么主意，只想赶紧完成任务，于是一边摆弄电脑一边说道："你们打算去哪儿？我先说好，不管去哪个基地安顿，你们都必须给我最好的实验室，还要帮我招揽一批经验丰富的研究人员。"

最后一点是最重要的，不管在哪个时代，人才都是社会发展的根本。诚然，他可以凭一己之力把疫苗培育出来，但等他死后，还有谁能重拾这项研究？要把如此复杂的蛋白分子成功组合在一起，需要极其精湛的技术和丰富的生物学的知识。

为了防止自己走后这项技术出现断层，他需要手把手地培养出一批优秀的生物学家，他们同样是留给后世的希望的种子。如此，他还要在这个世界停留四五年的时间。

既然代替了白默翰，白默翰能做到的，他会帮忙做到，白默翰不能做到的，他也一样会帮忙做到。他会让白默翰深爱的世界变得更美好。

关掉电脑，周允晟望着远处的夕阳，长长叹了口气。

雷川笑道："你放心，你想要什么我都会帮你弄来，别叹气，叹气老得快。"

郭泽瑞也从沮丧中恢复过来，答道："我们准备去蜀州基地，那里的负责人叫蒋元山，是我和老大的老领导，为人可好了。"

但是在末世，好人往往没有好报。上辈子蒋元山养出一头白眼狼，那白眼狼实力强大起来就拉着一批异能者和物资离开蜀州去投靠 B 基地，把一群老弱病残留下。没过多久，蜀州基地就在一次丧尸潮中覆灭了。

当雷川和郭泽瑞收到消息赶去时，蜀州基地已经变成了一片断瓦残垣。

算算日子，那白眼狼现在已经在前往 B 基地的路上，蒋元山正是最头疼的时候，他们的到来无异于雪中送炭。

白默翰在第一次陨石雨之后就抵达了 B 基地，从此待在实验室里足不出户，对外界的情况也就一无所知。周允晟翻找了半天也没找出与蜀州基地相关的信息，就没多问。

车里有三个重生者，他们自然有分寸。

上有国防卫星导航，下有重型装甲开路，车队用最短的时间抵达了蜀州基地。

此时的蜀州基地可算是 C 国设施最完备的几个基地之一，但有一个致命的缺点，那就是位于三个人口逾百万的大城市的交界处，往往每隔十天半月就会遭受一次丧尸潮的冲击。不过这个基地是由军营改建而成，拥有非常先进且牢固的防御工事，每一次都坚持了下来。

蒋元山在这里当了几十年的老首长，舍不得挪地方。那白眼狼知道，等丧尸进化到一定程度，基地总有坚持不住的一天，便说服一群异能者随他离开。

主角重生了，这意味着别人都被格式化清零，主角却存了档，读条再来，实力有如坐火箭一般蹿升。距重生那天起才过了一两个月，雷川现在已经是七级巅峰的异能者，杀起丧尸有如砍瓜切菜一般轻松。

人人畏惧的丧尸潮对他而言却是送上门的资源。他只要一个雷霆下去，就能收获几万枚晶核供自己的队伍提升实力，何乐而不为？

所以对他来说，没有比蜀州基地更好的去处。哪怕日后丧尸的等级升上去，他也有自信能弄来陨石钢化玻璃等建材，把基地彻底改造一番。

守门的士兵问清楚来历就欢天喜地地把一行人迎进去，老首长这几天愁得头发都掉了，看见雷川和郭泽瑞像看见亲儿子一般，抱着两人老泪纵横。

"你们来得太及时了！我这儿都做好与基地共存亡的准备了。"老首长拍了拍别在腰间的手枪，若是守不住基地，决定把最后一颗子弹留给自己，绝对不愿意成为丧尸那样的怪物。

这几天他已经把能遣散的幸存者全部遣散了，留下的都是些跑不动的老弱妇孺或忠心耿耿的下属。

"听说首长在这儿，我们直接就奔着您来了。管他什么丧尸潮，来了就杀，哥几个有的是军火。"

郭泽瑞豪气地拍了拍胸脯，引得老首长哈哈大笑，笑完看向明显不是军人的周允晟问道："这位是……？"

雷川庞大的精神力早已覆盖了整个基地，知道房间内外无人监听，便把人往怀里带了带，笑道："这位是白默翰博士。首长，您得给博士腾一个实验室出来。"

蒋元山捂着胸口，觉得自己的心脏快要痉挛了。以前，他压根不知道白默翰是谁，末世开始的头几个星期，电视网络还未彻底损毁，有科学家在接受记者采访时曾经预言，C国的医学家里，唯有白默翰能研制出抗丧尸病毒疫苗，因为他是生物医学领域的领军人物，若按照学识排名，他至少能跻身世界前三。而与他不相上下的几位医学家都已经是六七十岁的高龄，根本熬不过末世的摧折。

也就是说，白默翰很可能是人类唯一的希望。

而这位希望之星现在就坐在他十五平方米的简陋小单间里，单间的地上还扔着几双臭烘烘的袜子，蒋元山真不知道自己该摆出什么表情才好。他接连做了好几个深呼吸，这才热泪盈眶地握住白博士的手大力摇晃，嘴里"救星救星"地喊个不停。

雷川脸色铁青地把老首长的指头掰开，见博士的手背都红了，顿时心疼得无以复加。

"首长，博士的身体比较弱，您以后没事不要碰他。"

"啊，抱歉抱歉，以后不会了。"蒋元山立即接受了博士身体虚弱的设定。搞科研的人一般都很弱，他能理解。

周允晟摆手表示没关系，问道："你们基地有没有实验室？"

"有有有，我这就带您去。"老首长连忙站起来。

一行人来到西角楼，看着破破烂烂，只放了几个烧杯和几盏酒精灯的所谓的"实验室"，都有些无语。

丢人丢大了，没想到这么多年不见，首长还是这么不靠谱。雷川默默扶额。

郭泽瑞抬头望天。

老首长也意识到了什么，尴尬地直搓手。

周允晟却不以为意，摆手道："没关系，罗马不是一日建成的。没有仪器可以搜集，没有人才可以招揽，一切都会好的。"

老首长没想到白博士的脾气这么温和，对他的好感度已经突破天际，立刻保证道："博士，您需要什么仪器尽管跟我说，小子们出去搜集物资的时候一定给您找齐。"

"好的，等会儿我给你几张图纸，你们照着图纸去搜集就好。发现有损坏的仪器也没关系，弄回来我可以修。"周允晟走出实验室，平静地开口，"你们应该有电脑吧？我先给你们弄一个监控室，这样能提高基地的安全系数。"

军营外的监控头早就坏了，老首长不明白白博士怎么布置监控室，但还是把他带到了电脑机房。

周允晟在机房外布置了几个卫星信号接收器,然后开始侵入各个卫星系统。如果在和平年代,他绝对不敢这样明目张胆,但现在国家已经覆灭,人类自发凝聚成一个个小基地,天上的卫星也就成了无主之物,谁有本事谁就能收归己用。

半个小时后,蒋元山捂着心脏大口喘气,以免自己崩溃。

周允晟指着一排电脑介绍道:"这是天文卫星传来的影像,有几个小型陨石群正在向地球靠近,当陨石雨快要降落时,它的屏幕会闪烁出红光,你要派人时刻注意,提醒大家赶紧找掩体躲避。

"这是附近区域的监控影像,如果检测到丧尸潮正在形成,它同样会发出警报。

"这是气象卫星发来的图片,有暴雨、干旱、冰雹等极端天气形成,左下角会出现相应的标示。所以这个监控室很重要,需要派人二十四小时盯着。"

蒋元山连连点头,激动不已。难怪别人都说一个顶尖的科学家抵得上一支正规军,以前他对这个说法嗤之以鼻,现在才真的相信了。白博士这样一布置就等于给基地开了天眼,对绝大部分的灾难能提前预测并做好防范,这样的优势足以让基地屹立不倒。

好呀,太好了!他俯身盯着一排不停变换图像的电脑,眼睛湿润了。

自从有了这个监控室,基地的安全系数顿时提高了无数倍。陨石雨袭来时所有人都躲在地下,并未造成任何伤亡;丧尸潮刚形成,异能者就在路上布好了陷阱,将危险扼杀在萌芽中。蜀州基地从朝不保夕的状态过渡到蓬勃发展的状态,也不过花了两个月时间。

而在这两个月里,雷川尽最大的努力为博士找齐了设备,就等着基地实力壮大了吸引一批人才进来。

有好消息自然就有坏消息,陨石雨带来的危害渐渐为人们发觉,基地开垦出来的种植区目前已寸草不生,而那些凶残的变异植物却生长得越发茂盛。

水资源也受到污染，逼得水系异能者不得不没日没夜地往水塔内注水。

一段时间后，B基地放出消息，说他们手里有能净化水源和土地的药剂，如果其他基地有需要，可以用物资去交换。

没有哪个基地能够离开土地和水源而存活下去，雷川阴沉着脸清点物资，打算接受B基地的讹诈。

与此同时，周允晟破解了B基地实验室的防御系统，正调出陨石钢化玻璃和两种净化剂的配方，不紧不慢地翻看着。

被B基地暗杀的仇，他一直没忘，B基地弄出多少研究成果他就盗取多少，看这回他们拿什么去发展壮大。

郭泽瑞站在大棚门口，看着负责种田的幸存者们把掉落在地里的陨石清理出来放进一个大筐，还有人爬上钢架，准备修理被砸破的棚顶。

陨石一旦沾染到土地，其中包含的有毒物质就会污染方圆几十里的土地，危害非常大，对农作物的影响哪怕经过五六十年也不会消退。除非得到土地净化剂，否则这些大棚别想再种出粮食。

郭泽瑞还记得上辈子的B基地是如何靠着两种净化剂和陨石钢化玻璃大揽钱财的。基地的异能者几乎不用费心猎杀丧尸就能获得上头分发的高阶晶核，不用冒险搜集物资就有用不完的补给。那些全部是别的基地交上来的供奉。

武力只能用来自保，智力却能用来促进社会发展。什么叫"劳心者治人，劳力者治于人"，郭泽瑞总算是深刻地体会到了。

他现在极想把B基地研究所的那些科学家全部绑架过来，正思量着这回去交换净化剂时该如何打探消息，就见一名队友匆匆跑过来说道："不好了郭哥，大牛被弄进研究所去了，听说那些研究员要拿他做实验，你快去看看吧，别去得晚了他们把大牛给解剖了！"

"什么？博士不是答应过老大绝对不会做人体实验吗？他要是不守信用，实验室趁早给我关闭！"郭泽瑞咬牙切齿地朝西角楼跑去。

　　他一路踹飞守卫，径直来到白博士的实验室，就见一群身穿白大褂的人手里拿着笔记本正在写着什么，大牛被关在他们对面的透明实验室内，跪趴在地上，皮肤呈现十分可怕的赤红色，更有一条条青紫色的蚯蚓一般的血管浮现在皮肤表层，仿似发生了什么变异。

　　"白默翰，你把大牛怎么了？"郭泽瑞想也不想就抛出一粒种子，将之迅速催发成藤蔓，意欲把白博士在内的研究人员全部捆了，然后闯进去救出同伴。

　　却不料一块厚重的钢板凭空出现，不但挡住了织网般的藤蔓，更在下一秒变幻成螺旋形的利刃将之铰成碎片。

　　赵凌峰跃众而出，与他缠斗在一起。正所谓"金克木"，虽然郭泽瑞比赵凌峰早重生大半年，但赵凌峰前世的异能等级比郭泽瑞高好几阶，经过几个月的修炼很快就重拾了战斗本能，把郭泽瑞死死压制住了。

　　"安静地看着，别闹！"他把郭泽瑞压在玻璃窗上，将对方的脸都挤变形了。

　　郭泽瑞定睛一看，却见大牛皮肤表层浮起的不是血管，倒像是一些游移的活物，那些活物仿佛被什么东西驱使，争先恐后地从体内深处往体外钻，找到喉咙就狂涌而出，掉落在事先放置的一个陶盆内。

　　大牛从浑身剧痛中解脱，立即连滚带爬地远离那陶盆。

　　盆内如血丝一般涌动的活物伸出细长的触角往外探，还未找到逃生的路，就被等候在角落的火系异能者投了一枚火球烧成灰烬。

　　研究员确定没有危险才开门走进去，喂大牛喝下一种淡蓝色的药剂，然后塞给大牛和那火系异能者每人五颗三级晶核。

　　两人顿时眉开眼笑，看见被压在玻璃窗上的一张变形的脸，好半天才认出是副队长。

"郭哥，你也来给博士做实验体？博士厚道啊，又给我治病又给我晶核。"大牛拍了拍鼓囊囊的裤兜，笑道，"博士，下回还有这样的好事记得叫我。有了这种药，日后我们在野地里扎营再也不用担心被血丝藤寄生了。大家出去做任务没个准数，万一队伍里没有木系异能者，那不就玩完了嘛！"

周允晟将实验情况记录在本子上，温声道："有活还会叫你，放心，我不会拿你们的生命开玩笑。"

两名异能者连连点头，笑嘻嘻地走了，也不搭理还被人钳制住的副队长。

赵凌峰这才放开郭泽瑞，瞥见他羞愧尴尬的神色，不由得冷哼一声。

郭泽瑞这会儿已经意识到了，合着大牛不是被抓进来的，而是感染了血丝藤却不向自己求助，反倒自愿来给博士当实验体。

没想到上一世被异能者们奉为出门必备物品的驱除体内寄生动植物的蓝色药剂竟然是博士发明的，真是有眼不识金镶玉啊！B基地靠售卖这种药剂没少赚钱。

当时市面上还有另外两种药剂，一是迅速补充精神力的黄药，一是迅速补充异能的红药，与驱逐剂并称为"三大神药"，让所有异能者趋之若鹜。

重来一世竟然见证了其中一种神药的诞生，郭泽瑞顿时有种与有荣焉的感觉。

"血丝藤很危险，一个人感染有可能导致一大批人感染，以后不要随便催生这种植物。"周允晟将厚厚的记录本递给助理，扶着眼镜框提醒。

"不是，博士，当初真是个误会！"郭泽瑞立刻想到了曾经在博士体内催生血丝藤的事。为了这个，他没少被老大拉进训练场狠揍，每次都被揍到吐血，治好了再揍吐血，无限循环，一直揍到老大心情舒爽了才被放出来，简直生不如死啊。

"嗯。"周允晟点头，语气非常平淡，"不管多大的误会，只要你们能让我进行研究就成。等我的疫苗研制出来，要杀要剐随便你们。"他边说边朝旁边的药剂室走去。

郭泽瑞心下一紧。听博士这语气，对他和老大还存在很深的误会，怕是以为他们对他好只是为了利用他研制疫苗。

也对，谁要是被那样残害过，都不可能对下毒手的人毫无芥蒂。博士愿意跟他们来蜀州，竟然已经做好了赴死的准备吗？这种大公无私的精神，这种为了解救全人类不惜牺牲一切的勇敢，叫人不佩服都难。

郭泽瑞越发觉得羞愧，双颊涨得通红，在看见博士的实验台后又变成了紫色。

"这……这两种是什么药剂？成功了吗？"他指着极其眼熟的、用两支试管装盛的一个深红色药剂和一个淡黄色药剂询问，末了凑近去闻，那似曾相识的味道几乎让他激动得掉泪。

"这支是补充精神力的，这支是补充异能的，都在实验阶段。别乱碰，闲杂人等立刻出去。"周允晟拍打他意欲拿取试管的手。

果然是传说中的神药吗？原来博士就是三大神药的发明者，太彪悍了！捡到宝了！郭泽瑞恨不得在地上打两个滚。

"别碰碎东西，博士让你赶紧出去没听见吗？"赵凌峰朝他的屁股踹了一脚。

郭泽瑞笑嘻嘻地出去了，一点也不见恼，还缠着赵凌峰问个不停："你怎么不告诉我博士是神药的发明者啊？博士还有没有别的发明，都告诉我呗？"

他要是早知道博士这么牛，一定像伺候祖宗一样伺候博士。

赵凌峰阴阳怪气地道："告诉你了怕把你吓死。不单单是三大神药，能促进农作物快速生长的催化剂和治疗饮用污水而染上黑血病的达美克胶囊也是博士研制出来的，博士的价值远远超出你们的想象。"

哪怕在水里洒了净化剂，有些人依然会染上一种比瘟疫更可怕的疾病，死时全身的血液都变成黑色，并散发出令人作呕的腐臭味。接触过病人的人，即便是异能者，也有百分之二十的致病率。

当人类又一次徘徊在绝望的边缘时，达美克胶囊问世了，其超高的疗效让世人震惊。而催化剂的诞生大大缩短了农作物的生长周期，彻底解决了饥饿问题。

B基地把药剂的发明者藏得很深，原来是白博士。在研制出疫苗前，他就已经挽救了无数人的生命。

郭泽瑞诚恳地点头表示同意，然后用拳头捶了捶饱受惊吓的心脏。幸好当初没把博士杀死，否则他就成了全人类的罪人，如今想来，每隔几天被老大揍个半死也不是那么怨念了，谁叫他活该呢！

他思忖间，博士的声音从背后传来："等等，先别走，还有一件事差点忘了。"

"博士，您有什么吩咐尽管开口，我一定帮您办得妥妥的。"郭泽瑞立刻掉头，屁颠屁颠地奔到博士身边，那谄媚的嘴脸活像变了个人。

"我这儿有几张配方，你让雷川赶紧招募一些化学方面的人才，把它们研制出来。"周允晟把人带到办公室，点击鼠标将几份资料调出来。

郭泽瑞凑到屏幕前仔细看了一会儿，当意识到这些是什么配方时，眼睛险些脱眶。

"博士，这些资料您从哪里搞到的？"他抖着嗓音询问。

"黑进B基地的实验室下载的。"周允晟语气平淡地道。

"博士，您太给力了！我这就去告诉老大和首长。"郭泽瑞冲博士竖起一根大拇指，慌慌张张地跑了，刚跑到门口又转回来，脸色通红地道，"博士，我有没有告诉您，我越来越爱您了？"

不等博士做出回应，他上前两步捧起博士的脸，在博士的脑门上印了一个响亮的吻，然后哈哈大笑着跑走了，模样疯疯癫癫的。

周允晟皱眉，正准备把口水擦掉，赵凌峰就已经拿着手绢靠过来，一边擦一边暗地里咒骂。

雷川和蒋元山正在仓库里清点物资。B基地列出了一张清单，有粮食、晶核、军火的，可以优先交换陨石钢化玻璃和两种净化剂，别的物资他们不一定会收。

然而这三样东西是一个基地的立足之本，又哪里能随便拿出来？两人点出一批物资准备运走，脸色都很阴沉。

恰在这时，郭泽瑞笑哈哈地跑进来，大喊道："别动，这些物资都不准动！你们赶紧去研究所，博士找你们有事！"

博士有请，雷川和蒋元山自然不敢耽误，立刻就去了，然后僵坐在椅子上，瞪着电脑屏幕发呆。

过了好几分钟，雷川才哑声开口："博士，这些资料很珍贵，非常珍贵，但是我们恐怕不能公开出去。"博士上一世因为公开了自己的研究成果才会被暗杀，不过他也不想让博士以为自己也是B基地那些自私自利的人。

然而让他没想到的是，博士当即点头答应了："我知道，这些都是从B基地偷来的，是赃物，赃物当然要藏好，否则会惹来麻烦。"

雷川松了口气，进一步解释道："如果研制出成品，等我们基地实力强大了，我会把成果与南部其他几个基地共享，以结成南部联盟。B基地现在正试图组建全国性的基地联盟以垄断资源，我们必须摆脱他们的钳制，否则普通人根本没有活路。正所谓'匹夫无罪，怀璧其罪'，在我们没有足够强大的实力的当下，这些好东西都要藏起来，不然等待我们的只会是灭顶之灾。"

周允晟点头表示能够理解，指着屏幕说道："看见了吗？他们准备卖给你们的成品与他们自己用的完全不同，里面添加了某种代谢药剂，能让净化剂在五个月之内失效。也就是说，你们每隔五个月就要拿物资去交换药剂。基地自己种出来的粮食都不够吃，还要白白养活他们，这等于是在搜刮全国幸存者的血肉，所作所为与丧尸没什么区别。"

雷川的眼里冒出两团怒火。上辈子，有多少基地被 B 基地盘剥以至于全员覆灭的，他已经数不清了。博士说得很对，那些人只顾自己的利益，不管同胞的死活，与吃人的丧尸没有任何区别。甚至他们比丧尸更该死，因为他们是有理智的。

蒋元山咬牙切齿地咒骂 B 基地那些孙子，末了搓着手笑道："博士啊，你简直神了，你们这些搞科研的光用脑子就能完胜我们这些打仗的。有一句话怎么说来着？'技术宅'那什么？"

"'技术宅'统治世界。"周允晟微微弯唇。

"对对对，就是这句话！博士，你是没有野心，你要是有野心早就统一世界了！"蒋元山摸着光秃秃的脑门感叹。有博士这样无所不能的人在，他压根不必为蜀州基地的未来担心。

雷川将椅子挪到博士身边，紧挨着他，低声说道："我不知道你还会偷东西。"这颠覆了他对博士的固有印象。

"那天路过大棚，我看见很多人坐在田埂上哭，因为他们种了好几个月眼看就要成熟的稻谷全部枯死了。没有粮食谁也活不了，包括你这样实力超绝的异能者。为了让大家活下去，我可以尝试各种办法。"周允晟边说边敲击键盘，把稍有价值的、属于 B 基地的研究资料全部下载在电脑里，接着补充道，"如果有一天，我研制出抗丧尸病毒疫苗，我希望你们立即向全世界公布。"

雷川靠着他低笑起来。这人果然是记忆里的博士，为了让人类存活，不介意使用任何手段，有些很残酷，有些很卑鄙，但他的出发点是最高尚的，谁也没有资格指责他。

蒋元山像个透明人，觉得没味就随便找了个借口离开。路过大棚，他走进去，跪在地上抓了两把泥土癫狂地大笑。

几个路过的异能者低声议论道："今儿怎么了？一个两个都忘了吃药？郭哥正在寝室里发疯呢，首长也叫上了，是不是得把他们送到医务室去？"

研究所里，周允晟并不搭理雷川，下载完资料就去实验室合成药剂。

看着博士身穿白大褂站在实验台边专心致志地操作，那背影、那动作、那表情，都是记忆中熟悉的模样，雷川的眼眶微微泛红，竟然有种感谢上苍的冲动。感谢它给了他们一次重新开始的机会。

雷川思忖间，博士的烧杯忽然冒出滚滚浓烟，一股刺鼻的味道迅速在空气中蔓延，然后就是"砰"的一声巨响，烧杯炸了。

幸好博士穿着防化服和面罩，并没有受伤，而雷川有异能护体，几块碎裂的玻璃片和稍带毒性的气体对他而言不算什么。

"你没事吧？"他把人拉出实验室，不忘关紧玻璃门，等毒气完全散去了再让人进去打扫。

"我没事。"周允晟脱掉防化服，满脸的挫败表情。虽然有白默翰的记忆，但这几个实验他并未动过手，所以总是炸掉烧杯。

"看你，嘴巴都能挂油瓶了。实验失败是难免的，不要丧气。"他发现博士有很多稚气的小动作，当他懊恼的时候就会表现出来，看上去特别有意思。

他曾经以为博士是重生的，现在却打消了这种怀疑。重生的博士应该对自己的研究驾轻就熟才对，而非现在这样一步步艰难地探索。也因此，他装作不经意地说起自己血液的特征，引导博士更快地往正确的道路上走去。

博士很聪明，得到提示后只花了几天时间就推演出公式，然后输入电脑进行计算。如此，再过两三年，抗丧尸病毒疫苗就能问世了。

比上一世更快研制出疫苗，博士的身体就不会被没日没夜的高强度工作拖累。这样想着，雷川忍不住规劝道："实验室不能用了，去休息吧。"

周允晟正要拒绝，却被男人一把扛起来，疾步往寝室走去。

他踹开房门的动作很粗鲁，放下博士的动作却小心翼翼，生怕磕碰了哪里。

大概累得狠了，才半分钟不到，博士就睡熟了，眉心微微蹙成一团，似乎有很多心事。上辈子，雷川只在疫苗研制出来的那天见过博士眉头舒展、目中含笑的模样，那么美那么纯净，是他永生都难以忘怀的记忆。

他希望日后的每一天都能看见博士轻松喜乐的样子，却也知道要为此付出多么巨大的努力。至现在，他究竟是为了拯救人类而奋斗还是为了满足博士的心愿而奋斗，竟然已经无法分清了。

B基地把陨石钢化玻璃和净化剂的消息放了出去，然后坐等大批粮食、军火、晶核自动送上门。他们图的不仅仅是垄断全国的资源，还妄想组成以B基地为首的基地联盟，把C国攥在掌心里。

北部基地陆续派人来接洽，南部基地却一直没见动静。他们以为路途太远，便又观望了一段时间，等四个月以后还不见人来顿时急了，派遣一支异能小队去打探消息。

结果让他们大吃一惊，南部大大小小的基地已经形成了十分成熟的基地联盟，把持了各个通往南部内陆的要道。北部基地的人要想进去，必须经过严格的盘查。

异能小队被时刻监视着，并不敢随便走动。但还是带回来一个爆炸性的消息，南部基地早就研制出了净化剂和陨石建材，更甚者，他们的异能者还随身携带着三种非常神奇的药剂，能防止寄生虫和寄生植物在人体内滋生，能迅速补充精神力和异能，安全指数和战斗力大大飙升。

他们的农作物生长周期非常快，几乎每两个月就能收割一次。北部还在饱受饥荒之苦，南部却已经是一片繁华盛景。

若不是家人还留在 B 基地，这些异能者压根就不想回来。

虽然 B 基地上层极力压制，但消息还是传了出去，南部基地顿时成了大家向往的伊甸园，没有家属拖累的异能者纷纷打点行装踏上了前往南部的道路。本来非常牢固的北部联盟也出现了裂痕，许多基地疏远了 B 基地，改为向南部联盟的核心蜀州基地发送求援信息。

两年后，蜀州基地已经成为与 B 基地实力相当的超大型基地，能收容逾十万人口，更因为完善的管理条例、优渥的生活条件，以及对普通人的保护和平等对待，被誉为 C 国幸存者最向往的伊甸园。

越来越多的人愿意冒着生命危险千里迢迢地移往南部定居，北部基地不得不与南部达成了友好合作互惠互利等协议。濒临崩塌的社会秩序重新建立起来。

这天清晨，雷川从梦中醒来，去食堂吃过早饭就像往常那样带队去清剿丧尸。由于人类聚居点的扩张，丧尸反而缩小了活动范围，如今蜀州基地方圆几百里内都已经是安全区，南部各个基地也都把自己管辖的区域清理干净，形成一个安全网络。

普通人可以在网络里自由活动，而网络之外的丧尸也不能不管，必须依靠异能者一点一点清除。全球几十亿丧尸，也不知什么时候才能清理干净，但有希望总是好的，更何况现在解决了水源问题、饥饿问题、安全问题，人类有了赖以生存的根本，还有什么是不能对付的？

车队缓缓向丧尸聚集的区域进发。

这次的清剿行动，大家发现老大特别卖力，几乎是不要钱地放着大招，一边放还一边喝药补充精神力和异能，凭一己之力就灭了半城丧尸，那堆成一座小山的晶核让大家都有些傻眼。

他们这才知道，原来老大一直隐藏了实力。他现在是十一级还是十二级？给B基地撑门面的那位号称"C国第一高手"的十级异能者恐怕连他的一招都扛不住。

唯独郭泽瑞知道，老大恐怕已经突破了王者之境。同是重生者，他和赵凌峰的异能虽然比别人提升得快，但也没到夸张的程度。老大的实力却像坐火箭一般往上蹿，这天见他才八级，后天就已经九级了，也不知道他究竟怎么修炼的。

郭泽瑞暗自感叹了一会儿，弯腰把自己猎杀所得的晶核收起来。

两小时后，雷川喝下一瓶药剂补充体力，迫不及待地下令："收队回家。"

"怎么不在城里逛一逛，给博士找点好东西？"一个大兵奇怪地询问。以往出来做任务，老大总要把任务地点翻个底朝天，就为了给博士寻摸几样新鲜玩意儿，这天怎么归心似箭一般？

"回去有事要办。"雷川意气风发地说道。

郭泽瑞似笑非笑地瞥他一眼，率先上了卡车。

一行人还在回来的路上，基地里却发生了一件大事。

抗丧尸病毒疫苗研制成功了。如今已经是第七拨人前去探望那名本已经被深度感染，现在却安然无恙的病患。

"感觉喉咙痒吗？头疼吗？口渴吗？这是几？"一名研究员第一千零一次问出这些问题。

病患非常耐心地回答。事实上，就算这些人连着问三年，他也不会觉得烦。昨天他还以为自己会变成吃人的丧尸，怀着必死的决心担当了博士的实验体，今天却奇迹般好转了。

他无数次地庆幸自己答应了博士的请求。

"喉咙不痒，不头疼，不口渴，这是三。博士，我能握握你的手吗？"病患用崇敬的目光朝站在病床边的博士看去。

周允晟牵起他的手，言简意赅道："今后再被丧尸抓伤，你也不会变异了，你体内已经有了吞噬丧尸病毒的细胞，它们会保护你。"

"不，是博士在保护我，不是什么细胞！"病人牢牢反握住博士的手，号啕大哭起来。他要把几年里积攒的绝望和恐惧情绪全部宣泄出去。

狂喜中的研究人员冷静下来，三三两两地抱成一团低声啜泣。为了这一天，他们等待了许久，向往了许久，真害怕眼前的一切只是个梦，梦醒了什么都没了。

"哭什么哭？今天是个大喜的日子，应该笑才对！快把眼泪都给我擦干净，晚上我帮你们举办庆功宴会！"蒋元山风风火火地走进来，一张老脸笑成了风干的橘子皮。

"这就是那个深度感染者？让我看看。"他抬起病患的下巴仔细打量，愕然道，"这张脸还真变回来了。小子，你是不知道，昨天你嘴里还龇着一口獠牙，淌着浓黄腥臭的涎水呢！大家都以为你没救了！"

感染者笑道："多亏了博士。我也以为自己死定了。死其实不可怕，可怕的是会变成残害同胞的怪物。现在好了，等大家都接种上疫苗，就再也不会有人变成怪物了，我们加把劲，早晚能把丧尸全部清理干净。"

蒋元山哈哈大笑起来，转回头去找最大的功臣，却发现白博士不见了。

周允晟在大家欢欣鼓舞的时候悄悄退到人后，冲激动落泪的赵凌峰招手。

两人一步一步爬上实验室的顶楼，拣了一块阴凉的地方坐下。

"怎么又哭了？你以前不是这么爱哭的人啊。"周允晟掏出手绢帮赵凌峰擦眼泪。

赵凌峰哽咽道："我太激动了。博士，我早就知道你能拯救世界。"

——而且是两次。世界上没有人能比你更伟大！

周允晟微微一笑，掌心顺着他的脑袋滑下来。他猝不及防紧紧抱住赵凌峰，熟悉的悸动感并未出现。

而赵凌峰完全蒙了，等他张开怀抱之后，呆愣片刻后飞快地跑下楼梯，博士之于他是天上的明月、山顶的雪莲、深海里的明珠，是最纯洁、最美好、最高尚的存在。没想到有一天博士会对他作出这样的举动。

他刚跑到安全出口，一只大手猛然将他拽住，然后就是含着雷霆之威的拳头轰击过来。哪怕在听见电流窜动的声响时就用金属包裹住了身体，赵凌峰依然被打得呕出一口鲜血，躺在地上半天爬不起来。

"你对博士做了什么？"雷川赤红的眼睛和扭曲的面庞出现在他眼前。

"我……我没做什么。"赵凌峰咳出一口鲜血。

"你该死！"雷川举起手，掌心缓缓蓄起一股令人毛骨悚然的力量。层层叠叠的威压在空气中不断积累，差点把赵凌峰的骨头都碾碎。

"你如果杀了我，博士会伤心的。"赵凌峰如实说道。

雷川呼吸一室，片刻后猝然收起威压和雷霆，站起身一字一顿地警告道："今后离博士远点，否则见你一次就打你一次！"他扔下这句话，快步朝顶楼走去。他万万没想到赶回来的自己会看见这一幕，内心会这么暴躁。

雷川推开实验室的门，看见熟悉的狂欢场景，马上意识到博士成功了。他焦急地搜寻对方的身影，想在第一时间拥抱对方。然而对方却像上一世那般默默离开了。他把喧嚣和欢乐留给别人，把寂寞和孤独留给自己。

雷川抬头看向顶楼，然后用最快的速度跑上去。他曾无数次地想象过，疫苗研制成功的那一天，一定要背着博士一步一步走上去看夕阳，却又再一次错过了。为什么命运总是爱捉弄他？

与此同时，周允晟也在质问这见鬼的命运。他原本以为赵凌峰是自己的挚友。因为每一世，那人都会主动来到他身边，默默护着他，所作所为与赵凌峰如出一辙。他还曾想过，等疫苗研制成功并摆脱雷川的监控后，就与赵凌峰找一个安静的地方度过余生。

原来他一直想错了，赵凌峰并不是他要找的人。

那人究竟在哪儿？他抬头望天，忽然感到非常迷茫。他感应不到那人的存在，每次都是那人主动出现并且靠过来，接连好几世，他竟也敞开了心房，将那人纳入生命中。

但谁又规定他必须永远陪伴在自己身边？或许他只是为了摄取自己的力量，或许只是一个错乱了的数据又恢复正常，更甚者是某个人闲得发慌的游戏。

他却当了真，还彻彻底底地陷入其中！

从未有过的疲惫感袭上心头，让周允晟觉得厌倦。他目光放空，慢慢把灵魂从躯体里抽离，这个世界再也没有能令他留恋的东西。

就在这时，身侧的门打开了，雷川笔直地站在那里，脸上带着古怪的表情。

博士并没有落泪，但是他看得出来，博士比任何时候都悲伤，透过博士清澈的眼眸，他仿佛看见了博士碎裂的心。

他一步一步走过去，坐在博士身边，低声道："博士，我给你讲一个故事吧？"

"什么故事？"周允晟压下灵魂剥离时的剧痛，若无其事地开口。

"曾经有一个人，由于体质特殊，被一个科学家看中并抓进实验室，对他进行各种研究。他的兄弟闯进实验室救他，却被杀掉了，他受不了刺激选择了自杀，可他没死成，而是变成一个鬼魂陪伴在科学家身边。他原本以为科学家是个狂热的反人类的疯子，结果不是。原来科学家是为了拯救更多的人，科学家有时候聪明绝顶，有时候又透出一股傻气。他傻到用自己的命换来了全人类活下去的希望。那人从最初的仇恨到后来的平静，再到不可遏制地敬佩。"

周允晟越听越心惊，意识到这是雷川上一世的经历。他竟然一直以灵魂状态陪伴在自己身边吗？

雷川继续道："那个人是我，那个科学家是你，那是我们的上一世。为了独占你的研究成果，B基地的人把你暗杀了。我再次选择自爆，然后重生了。在睁开眼的那一瞬间，我就发过誓，再也不会让任何人伤害你。"

周允晟目瞪口呆地看着他，简直不知该怎么回应才好。

雷川伸手将他紧紧抱住，即便胸腔被愤怒填满，仍然舍不得伤害博士，唯恐将他碰碎了。

熟悉的悸动让周允晟的灵魂都在战栗，命运转了一圈，反手将他推进了陷阱里。现在他说什么都晚了。

他推开雷川苦笑，笑着笑着咳出一口鲜血。灵魂一旦抽离就再也不能压制回去，他不得不离开。

"你为什么不早点告诉我？"他每说一个字都会呕出一口鲜血。

雷川浑身都凉了，用力抱住博士，不停将他口中溢出的鲜血用手掌捂回去。

"为什么会这样？你昨天不是还好好的吗？"他嗓音颤抖，不要命地将异能输入博士体内，却绝望地发现这根本无济于事。

周允晟摇头，紧紧握住他冰凉的指尖，艰难地开口："我在下一个轮回等你，一定要快点找到我。没有你的日子，我过得很累。

你听见了吗？"

雷川悲痛得说不出话来，更加不想答应他诀别的话。为什么要下一个轮回？他想要博士永生永世的陪伴，而非眼前这样浴血离开。

周允晟见他没有反应，拼尽最后一口气说道："我要你向我保证一定会找到我。让我安心地离开，你也做不到吗？"

"好，我向你保证，下一次轮回一定会找到你，无论你在哪儿！"雷川将脸埋在他剧烈起伏的胸膛上，带着哭腔说道。

周允晟放心了，任由灵魂被世界意识抛到虚空中。

怀里的躯体渐渐失去温度，雷川的心脏仿佛也随之碎裂。如果这个世界没有博士，自己还有什么存在的意义？如果在那么多张鲜活的面孔中唯独缺少博士，再美的未来又有什么可期待的？

他恍然意识到，博士早已经成为他活下去的动力。

他嘴角含着微笑，身体却散出恐怖的能量。

郭泽瑞闻听响动追上楼查看，被眼前的一切惊住了。他不明白博士为什么会死，却知道不能任由雷川继续下去。一个王者之境的异能者自爆，足以让整个蜀州基地为他陪葬。

"老大，你忘了博士拼了命也要研制出疫苗的初衷吗？他热爱这片土地，热爱土地上的所有生灵，你忍心毁掉他钟爱的一切吗？你快停下，博士还在你怀里，不要碰碎他！"

最后一句话起了作用，令人窒息的威压顷刻间退去，雷川抱着博士的尸体，从高达三十米的顶楼跳下去，消失在所有人的视线中。

六个月以后，胡子拉碴的他重新回到基地。他行事越来越孤僻，哪里最危险就往哪里去，那种悍不畏死的精神让大家汗颜的同时也觉得心惊。只有郭泽瑞知道，他这是在找死，当博士闭上双眼的那一刻，他就已经变得行尸走肉，只因为博士热爱这片土地，致力于让世界恢复原本的美丽，他才会滞留在世间，麻木不仁地砍杀着丧尸。

他愿意为博士付出一切，包括他的生命，乃至于灵魂。

某一天，他忽然袭击了 B 基地，把基地上层几乎屠杀干净，尤其是一名十一级的冰系异能者，直接被震碎了晶核。

他残忍的做法惹来了众怒，却因为蜀州基地的一力袒护而不了了之。

末世八年，一只王者之境的丧尸横空出世，单枪匹马就覆灭了好几个中小型基地。雷川闻听消息后日夜追踪，将这只丧尸引到西北荒漠里，用自爆晶核的方法将它绞杀。

当郭泽瑞和赵凌峰带领异能小组赶到时，只看见一个巨大的、仿佛原子弹爆炸留下的深坑。

一代"兵王"雷川就这样跟随博士的步伐，形神俱灭。

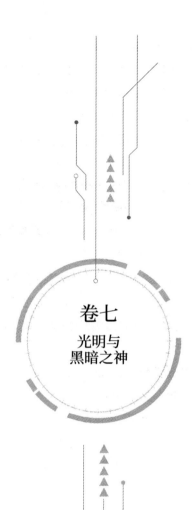

卷七

光明与
黑暗之神

① 虔诚信徒 ▶▶▶▶

周允晟回到久违的星海空间后抹了把脸，有些哭笑不得。原来，他找了那么久的人其实一直就在身边。

他没法感应到对方，对方却每一次都能准确地找到自己，这让周允晟不得不怀疑对方的编码级别恐怕还在自己之上。是病毒、程序，抑或某个与自己一样被主神控制的灵魂？种种猜测在他的脑海里不停打转。

但是他很快就没有心思想别的了，比以往任何一次轮回都要庞大得多的能量疯狂向他席卷而来，顷刻间就修补好了之前所受到的伤害，还让他灰色的灵魂转变成了亮白色，隐隐夹杂着几缕游移的金光。B级世界的能量果然不一般。

发现更多的能量朝不知名的空间流去，他微微一笑，点开了手腕上的智脑。

许久未曾开启的007显得很激动，屏幕上跳跃着"欢迎主人归来"的字样。

"去下一个世界。"周允晟点击传送键，颀长的身影刹那间消失在广袤的星河中。

再睁眼时，他正跪在一个空旷而又巨大的殿堂中，正前方是一座五米高的雕塑，其形象是一个身穿白色长袍、头戴荆棘环的中年男子，它正用悲天悯人的目光注视着跪伏在自己脚边的信徒。

几乎是下意识地，周允晟便知道这是光明神亚度尼斯的雕像，这里是萨迦亚帝国的光明神殿。殿内没有旁人，甚至没有多余的摆设，只在雕像前放置了一张长方形的桌案用来摆放献给光明神的鲜花、水果、素饼等物。

空气中弥漫着庄严的气息，周允晟不敢多待。他双手交叠平放在地面上，额头垂下抵住手背，向光明神行了一个大礼，然后缓缓退下。

守在门口的两名侍女立即走上前为他披上洁白的斗篷，一个在前引领，一个在后照应，毕恭毕敬地将他送回房间。

房间不比正殿宽敞，摆设却极尽奢华，最为显眼的是一张巨大的挂着金色纱幔的四柱铜管床，床的对面有一扇小门，后面隐藏着一个室内天然温泉。

看来房间的原主人很懂得享受，地位也很高。周允晟脱掉斗篷，从酒柜里拿出一瓶红酒，给自己倒了一杯，一边慢慢啜饮，一边读取脑海内的记忆。

没错，这次不用007黑进主神数据库盗取资料，他从记忆里就能得知原主将来会经历的一切，因为原主是重生的，新旧两个灵魂在叠加中对彼此造成了不可逆转的伤害。眼看两个灵魂在双双消亡之际被007探知，便把主人的灵魂引入了这具身体。

两个灵魂都消失了，留下的是一段极其深刻、黑暗的记忆。

原主名叫约书亚，因为天生就具有光明属性，被萨迦亚帝国光明神殿的主教收作义子精心教导，只等成年后就把主教之位传给他。

说起光明属性，就不得不谈一谈萨迦亚帝国所在的这块大陆。几千年前，这块大陆非常繁盛，存在着许多不同的种族，有精灵、巨龙、兽人、矮人、地精、人类，每一个种族都有各自信仰的神明，在神明的庇佑下，过得自由自在无忧无虑。

然而不知从什么时候起，神明开始抛弃他们陆续离开大陆。没有神力压制，黑暗深渊中的魔气开始在大陆上蔓延，沾染到魔气的生物，灵魂会被魔物吞噬，变成肆意残杀同胞的怪物。

一场战争不可避免地爆发了，却没有扼制魔物，反而让地精、矮人、巨龙三个种族彻底灭绝，只留下精灵、人类和兽人还在苦苦挣扎。在三族祭司的联合祷告之下，本打算最后离开的光明神留了下来，赐给众生灵光明之力以驱逐魔物。

三个种族得以延续，光明神则成了这块大陆唯一的信仰。

光明之力可以识别寄生在生灵体内的魔物并加以驱逐，还可以遏制魔气的蔓延。光明神居住于九天之外，不可能巡游在大陆上拯救每一个生灵，于是挑选体内含有光明属性的生灵作为自己的使者，在大陆上播撒希望的种子。

但是这种人非常少，说是凤毛麟角也不为过，几乎每十万人中才会发现一个。如果没有足够数量的光明祭司向光明神布下的结界中注入光明之力，黑暗深渊中的魔气早晚有一天会蔓延至整片大陆。到时候，真正的世界末日将会来临。

翻看到这段记忆，周允晟惊讶地挑眉，觉得魔物的特征跟丧尸有点类似，只不过被魔物抓伤的人不会感染，除非那魔物将诞下的魔种植入这人的体内。

他点击智脑，让007搜寻这个世界的气运之子，也就是主角，然后继续翻看约书亚的记忆。

为了尽可能地培养出更多更强大的光明祭司，每一个种族的幼崽在三岁时都会进行属性测试，但凡发现有光明属性的幼崽，就会即刻送往都城的光明神殿加以培养。

约书亚就是这样离开父母来到萨迦亚帝国的都城——加戈尔的，并在主教的精心教导下长到十六岁。在这一年，他遇见了生命中的劫数——萨迦亚帝国的二皇子阿尔杰·奥顿。

他答应二皇子要帮其争夺皇位，于是给主教下了一种迷药，在主教昏睡时将"二皇子将成为萨迦亚帝国主宰者"的"神谕"灌入主教的耳朵里。

主教醒来后对此深信不疑，在为二皇子进行成人礼时亲口向皇帝传达了神谕。

世人对光明神的崇拜已经达到了狂热的地步，自然不敢违背。在成人礼过去后的第三天，二皇子越过大皇子被册封为皇储。

正当约书亚以为事情进行得很顺利时，一个名叫宝儿·布莱特的少年出现了。他不但拥有精灵般迷人的外表、极其骇人的光明之力，身上还带着光明神的信物，是真正从九天之外的光明神殿中走出的使者。

这让约书亚嫉恨得失去了理智，他施展各种手段暗害宝儿，却都被宝儿的爱慕者们一一识破。

宝儿轻轻抬一抬指尖，璀璨的金光就洞穿了约书亚的肩膀。这样的举动如此轻描淡写，威力却又如此强大，让世人震惊的同时，对他更加崇拜不已。约书亚准主教的位置被宝儿夺去，因为约书亚身具光明属性，二皇子不能处死他，就把他骗至黑暗深渊推了下去。

约书亚摔断了腿，为了不被魔气侵蚀只得不停向光明神祷告。光明神并未抛弃他的信徒，奇迹般，约书亚在黑暗深渊中活了下来，且一直把试图侵入体内的魔气排出来。他活了两百年，这两百年的每一分每一秒中，都在向光明神祈祷。

他坚信光明神听见了自己的心声，看见了自己的苦难，以光明之力庇佑着自己。这份仁爱让他大彻大悟，放下了对二皇子的执着和对宝儿的仇恨，成为光明神最坚定也最狂热的信徒。

两百年后，在弥留之际，他向光明神忏悔自己的罪过，并发誓如果有来生，定然会把所有的热爱都倾注在父神身上，再也不沾染丝毫凡俗之事。

这份记忆很沉重，就算是历尽千帆的周允晟也不得不为约书亚叹息。

恰在这时，007把命运之子的资料传送了过来。密密麻麻，如流光一般闪过的字幕并未对周允晟的阅读造成障碍。

五秒钟不到，他就已经了解这个世界的大概背景，然后讽刺地笑了。

这是一个特殊的世界，这个世界的主角是个万人迷，身边围绕着六个配角，而且个个身份不凡，实力超群。其中有未来的萨迦亚帝国的国王，有统辖这片大陆所有光明祭司的大主教，有兽人族的兽皇、精灵族的精灵王、居住在黑暗深渊的黑暗神，还有居住在九天之外的光明神。

但凡屹立在这个世界顶峰的王者，都逃不开宝儿的魅力，并且愿意共同拥戴他。因为几位主君之间保持住了微妙的平衡，魔气不再扩散，生灵得到了和平，宝儿也成为这个世界的无冕之王。似乎每一个人都在围绕宝儿打转，无法抵挡他的魅力，但凡见过他一面的人，都会对他产生崇拜之情，当然那些恶毒配角除外。

什么主神听见了自己的心声，看见了自己的苦难才会庇佑自己活下去，简直是个笑话！这其实是黑暗神和光明神给予约书亚的惩罚，就为了让他在深渊里生不如死地煎熬着。可怜约书亚还为此感激涕零。

"蠢货！"周允晟对着镜子里披着一头铂金色长直发并拥有湛蓝色双眼的少年轻嘲了一句。

但这个蠢货让他怜惜，所以他打算完成少年的心愿，当一个称职的光明祭司。

不然他又能如何呢？这个世界有神灵存在，所以属于A级，他刚获得的B级世界的能量在这里根本不够用。黑暗神和光明神只需一个目光投射过来，就能让约书亚的身体化为烟尘并重伤他的灵魂。灵魂受创的感觉糟糕透顶，周允晟再也不打算尝试第二遍。

远离宝儿和一切纷争，等成年后就申请去大陆游历，成为一个传播福音的祭司，这样做同样可以改变约书亚既定的命运。想到这里，周允晟略微波动的心绪终于平静下来。

目前唯一的问题是，他是个无信仰者，根本做不到全心全意地信奉光明神，而这个世界的祭司是依靠向光明神祷告而获取力量。

祭司的祷告词越优美，祷告的心意越虔诚，光明神洒下的光明之力也就越多。天赋虽然重要，但也有很多资质一般的祭司在日复一日的虔诚祷告中积累了雄厚的光明之力，一跃成为某个城邦或帝国的主教。

试问一个无信仰者怎么做到虔诚？光明神具有透视人心的神力，绝对不会给一个伪信徒赐福。光明之力如果太微弱，周允晟不用走出加戈尔就会被极度仇视光明祭司的魔物撕扯成碎片，让约书亚遭受比前世更悲惨的命运。

周允晟按揉眉心，觉得世道越来越艰难了。

他脱掉外袍，赤身裸体地走入温泉内，一边放松紧绷的神经一边改造约书亚的身体。约书亚的天赋算不上很好，测试的时候只能让属性石发出微弱的白光，经过007的调整却能得到顶级的天赋。

但是很遗憾，在这块大陆上，资质的好坏与实力的强弱并不存在绝对的正比关系。很多资质超群的孩子由于自视甚高而忽视了对光明神的虔诚之心，体内的光明之力会越来越少直至消失不见。

而很多资质普通甚至下等的孩子，因为认识到了自己的不足而对光明神越加虔诚。他们通过每天的祷告积蓄力量，过上十几二十年，往往会获得惊人的成就。

看来，光明神很需要信仰之力，与光明祭司之间应该是互惠互利的关系。你给我信仰之力，我给你光明之力，没有信仰就没有光明。

作为一个没有信仰的人，周允晟感到很受伤。

约书亚体内的杂质被一点点排除，本就白皙的肌肤此刻像一块毫无瑕疵的玉石，散发出莹润的光泽，湛蓝色的眼眸比辽阔的天空更幽远，比广袤的海洋更深沉，极致俊美的五官敛去许多艳色和锋芒，变得内敛而又悲天悯人。

当他垂眸看过来的时候，一种安宁而又温暖的感觉在空气中静静流淌，被他凝视的所有生灵都不会愿意让他的目光再移往别处。

作为一个神棍，这样的外貌条件已到了极限，多一分都是画蛇添足。周允晟披上浴袍，满意地看着镜子里的少年。

身为恶毒男配角，约书亚的外貌丝毫不比主角逊色，只是少了主角那种纯洁干净的气质。然而经过周允晟的改造，现在的约书亚就是一汪碧水、一缕空气，没有人能比他更温和纯净。

他如果走出去，就是存在于所有种族想象中的最伟大的光明祭司的那种形象。

外部硬件他已经齐备，接下来就应该解决虔诚之心的问题。周允晟躺在床上思考对策，不知不觉就睡了过去。

翌日清晨，他在约书亚一贯起床的时间醒来，眨眨眼，很快便有了想法。遣退两名侍女，他洗漱过后走到巨大的落地镜前，凝视身形纤细的少年，喃喃自语："我爱光明神，用我的全部生命乃至灵魂去爱他，为了得到亲吻他的袍角的资格，为了他最漫不经心的一顾，我愿意为此付出一切。"

他停顿了一瞬，又郑重其事地强调道："我爱他，爱到失去自我，爱到粉身碎骨。"

话音刚落，少年略有浮动的眼神变得坚定起来。没错，周允晟催眠了自己，唯有这样才能让他的潜意识也焕发出虔诚的光芒，否则光明神一眼就能看透他。

最高超的骗术不是骗到别人，而是骗过自己，在十二个小时的有效期内，周允晟会变成光明神狂热的信徒，时效过后，他又会变成原本的自己。

当然，如果修炼需要的话，他也可以给自己一个时间更长久的暗示。

他理了理袍角，新出炉的光明祭司顶着两位侍女敬慕的眼神来到正殿。

主教已经等候在雕像前，低声道："我的孩子，你已经十六岁了，再过两年就要出去游历。魔物对光明祭司非常仇恨，为了不被它们杀死，你最好加长祷告的时间，务必在游历前积累足以自保的力量。我爱你，但愿光明神也像我这样爱你。"

他用指尖碰了碰少年的眉心，神情中隐约透出几分忧虑。

因为与二皇子厮混，约书亚哪里有心思祷告，体内蓄积的本就微弱的光明之力几近溃散。而他是萨迦亚帝国寻找了五十年才找到的唯一拥有光明属性的孩子，如果他不成器，萨迦亚帝国将成为魔物肆虐的炼狱。

一星期前，主教让约书亚点亮属性石，他差点没能做到，这让主教接连好几个晚上睡不着。沉默了片刻，他终究没法放心，把一块属性石递过去，吩咐道："用你的全力去点亮它，我的孩子。"如果属性石没有动静，他就该考虑换一个继承人了，也许可以让国王派军队去别的国家抢一个。

身体刚经过改造，体内的光明力量增加了很多。周允晟并不担心，神色平静地接过石头输入法力。

属性石由普通的灰褐色变成了透明的米白色，还隐有金色的流光在其间转动，耀眼极了。就算是自己，也只能让石头发出白光，而非金光。金光只有最虔诚的祷告才能获取，是光明神难得的恩赐。

看来这孩子意识到自己的错误并向父神忏悔，父神也仁慈地宽恕了他。这很好，萨迦亚帝国终于要出现一位强大的祭司了。

主教拍抚少年单薄的肩膀，说了些勉励的话，然后缓缓走出正殿。到了他这把年纪，再多的祷告也没用，老迈的身体已经无法再负荷更多的力量。未来是年轻人的天下。

周允晟躬身目送主教走远，这才回头去看主神的雕像。他的目光里满满都是炽热的爱意，甚至因为压抑不住内心的渴望，绕过长桌去亲吻雕像的脚背。

"父神，您永远不会知道我有多么爱您。"他轻声呢喃，退至长桌后，跪在地上双手合十，开始祷告。

祷告既然是获得力量的源泉，自然是祭司们不可外言的秘密。各个神殿之间并未流传什么祷告词样本或光明圣经之类的东西，一切全凭祭司自己的本事。他们必须倾尽全力去打动父神的心。

现在的周允晟对光明神爱得极其深沉，连灵魂都镌刻着"我爱父神"四个字，一看见父神的雕像，眼眶中自然而然就浮现许多泪水，虔诚而又热烈的祷告词几乎张口就来，完全不用思考。

"我的父神，感谢您抚育我，挑拣我，试炼我。

"让我做您最忠实的信徒，承受您无处不在的光耀。

"您的全能在感召我，您的仁慈在眷顾我，您把我从迷茫中拉回，把我从黑暗中拯救。

"我是如此渺小而不配得到您的照拂，但我依旧跪伏在这里，请求您将我驱使、责难、鞭挞，让我时时刻刻不要将爱您的心遗忘。

"我愿以我的灵魂为祭品呈上，求您接纳。

"当您穿透它阅览它时，但愿您对存放于其中的卑微的爱意稍做凝视，那将成为我此生最大的幸福。

"父神，求您看我。

"父神，求您听我。

"父神，求您用我。

"父神，求您施展最强悍的法力击碎我。

"但是如果，您有幸在此时此刻聆听我的祷告，求您千万向我容情而使这具残破的身体活下去，因为爱您的心让我软弱。

"它唯愿跟随您，直至永恒。"

袅袅余音在空旷的大殿内回荡，如玉石撞击金属，如流水跃上河岸，如鲜艳的花朵顶着朝露绽放，如徐徐微风从树叶与发丝间穿过。那么舒缓、轻柔、令人难忘。

　　在九天之上，一名金色发丝金色眼眸，长相华美至极的男子正侧耳倾听，紧蹙的眉头不自觉舒展开来，嘴角竟染上了一丝笑意。

　　他斜倚在宽大柔软的矮榻上，周围环绕着几名少年。其中一人悄然爬上他的膝头，软着腔调问道："父神，您怎么不理我们了？"身为凡人，他们自然听不见从神殿传来的声音。

　　少年的嗓音很甜很糯，细细品味也别有一番韵味，却好巧不巧地打断了男子的聆听，以致男子错过了最后几句话。

　　男子舒展的眉头重新聚拢，因为上千年的沉积而形成几条深深的沟壑，这使他本就威严的气质变得越发叵测。他只是抬了抬指尖，如精灵般美好的少年就在顷刻间化为烟尘，仿佛从未存在过。

　　其余人等都吓得脸色惨白，立即退开老远跪趴下去，战战兢兢地等待宣判。

　　男子却再无动作，用时光回溯的法术召唤出一面只有自己才能看见的镜子。

　　镜子里，一位比在场任何人都要美丽温柔的少年正虔诚地跪在神殿中徐徐念着祷告词。他闭着双眼，浓密卷翘的睫毛因为太过热烈的爱意而沾染了一些泪珠，看上去比清晨初绽的花朵还要脆弱可怜，却又比荷叶上滚动的水滴还要灵动可爱。

　　他粉嫩的唇瓣一开一合，吐出比花露还要甜蜜的爱语。

　　"父神，求您看我；父神，求您听我；父神，求您用我；父神，求您施展最强悍的法力击碎我……"他可怜兮兮而又虔诚地祈求着，让男子冷硬了亿万年的心首次变得柔软。

　　他伸出指尖去撩拨少年映照在镜面上的浓密睫毛和晶莹泪珠，喃喃回应："我在看着你，我的孩子；我在听着你，我的孩子；我会用你，只要你能来到我身边。但是击碎你，那我可舍不得。”

他忽然轻笑起来，使用了好几次时光回溯，将这段话听了一遍又一遍，这才心满意足地挥手，让几乎被吓至昏厥的少年们离开。

少年在雕像前祷告了几小时，光明神就在水镜前凝视了几小时。他摇晃着手里的酒杯，金黄色的琼浆微微打着旋儿，散发出一股浓郁而香甜的气息，这在往常一定能引得光明神徐徐啜饮，细细品味，今日却对此毫无兴趣。

从少年粉嫩唇瓣中流泻而出的爱语比任何美酒都要甘醇，他单手支腮，眼睑半合，流露出连自己也未曾察觉的沉醉表情。

少年终于结束了一天的祷告，睁开湛蓝色的双眼，缓步走到雕像前，微微皱着眉头，崇敬不已地亲吻父神的脚背。

他趴伏在那里，许久未曾起身，本就沾着几颗泪珠的睫毛越发濡湿，还轻轻颤抖着，显得那样可怜而又可爱。

光明神放下酒杯，瞳仁变得幽深、专注，伸出指尖轻轻点在少年微蹙的眉心中，一股纯净雄厚且闪烁着璀璨金光的力量通过泛着波澜的镜面流入少年的身体。

周允晟亲吻完父神的脚背，正准备起身离开，就感觉到一股力量从额心涌入四肢百骸，那样温暖舒适，差点让他呻吟起来。

这是父神的恩赐？他激动万分，本打算离开又继续跪下，抱住父神的脚踝，用白皙的脸蛋轻轻磨蹭，湿漉漉的眼眶终于沁出两滴晶莹剔透的泪珠，顺着脸颊滑落后挂在下巴尖上，样子可怜极了。

“父神，您听见了我的祷告是吗？父神您知道我有多么爱您吗？父神，我的父神，我的生命和灵魂全都属于您，求您拿去。”他一分一秒都舍不得离开父神怎么办？

恰在这时，守在门外的侍女低声禀告：“祭司大人，主教大人请您去议事厅商量为二皇子受洗的事。”

周允晟听而不闻，抱着父神的脚踝，像走失的小幼崽终于回到父母的怀抱，半步也不想挪动。

光明神支起一条腿靠坐起身，微眯的眼眸里暗藏着浓烈的笑意。他忍了又忍，终是没能忍住，指尖再次朝少年的眉心点去。

比之前更为纯净雄厚的力量如潮水般卷来，将少年的灵魂高高抛起又轻轻接住，忽而向左忽而向右，使他眩晕迷乱，不能自已。他沉醉在父神的仁爱和馈赠当中，白皙的脸蛋缓慢沁出几丝酡红，那慵懒而又靡丽的姿态连神看了都要心惊。

光明神放置在水镜上的指尖忽然僵住了，过了许久才慢慢收回，他不经意地捻了捻，竟似有一股灼热的温度流连其上，倏忽间又消失不见。

光明神盯着指尖愣神，浅金色的眼眸变成了暗金色，更有一些纯黑的光点抑制不住地散发出来。

侍女连请了好几次都不见祭司大人露面，只得去议事厅复命。主教派了副主教去请，这才让少年挪步。

是以，当光明神终于甩掉那怪异的感觉看过去时，大殿内已经再也没有那纤细而又可爱的身影，淡淡的喜悦之情像风一般消散，刚舒展开的眉心又像往常那样紧紧皱起，形成几道严肃的痕迹。

"父神，一名神仆方才逃离了神殿，请您示下。"穿着白色长袍的神使跪伏在地上，眉眼间隐现恐惧之意。

也不知从什么时候开始，那个仁慈的父神消失了，变成现在这个喜怒不定、深不可测的神明。大陆上的生灵都以为是神明抛弃了他们，却不知道那些神明根本没有离开，而是全都陨落在代表美好与和平的光明神手里。

他似乎想要毁掉九天之下的这块大陆，却又在危急时刻将它挽救回来，那漫不经心的态度仿佛在对待一个已经厌倦了的玩具，想起的时候稍加拨弄，想不起的时候置之不理。更古怪的是，从来不沾染尘俗的他竟开始搜集美貌的少年，且只对白发蓝眼和黑发黑眼的少年感兴趣。

　　然而他把人弄到身边却只是匆匆一瞥就丢到一旁，任由少年们千般讨好万般殷勤也不见动容。他看他们的眼神那样冰冷无情，就像是在看一个精致的会移动的摆件。

　　若非他的神格还在，且变得越来越强大，神使甚至怀疑他已经被夺舍了。

　　不过丢失一个摆件，对光明神而言算不得什么。他淡漠地开口："随它去吧。"

　　用的是"它"而非"他"，可见父神对那曾经常在身旁的少年并没有丝毫看重。神使将头垂得更低，不得不提醒一句："它盗走了您的一枚戒指。"

　　光明神漫不经心地"嗯"了一声。能被一个凡人随意拿走的物件，还值得堂堂神使去追回来？未免可笑。

　　那神使也察觉到自己在小题大做，白着脸匆忙退下。上千年都未曾有神仆逃离，忽然发生这样的事情竟叫他失去了平常心。想来那少年是被父神的冷酷无情吓住了，等他到了凡间便会知道何谓真正的苦难。

　　周允晟从议事厅回来，把二皇子交给约书亚的迷药全都倒进了排水沟。作为光明神的"狂热粉"，杜撰神谕这种事他万万做不到。他心里愧疚得无以复加，连饭都吃不下，斜倚在窗边，满面愁苦地看着悬挂在天边的夕阳。

　　直看了一两个小时，他凄楚的目光忽然变得异常清澈透亮，转身走进浴室，他连长袍也不脱直接就跳进温泉中，将脸埋入水里做了个扭曲的表情。

　　我竟然对着一尊雕像落泪了！我竟然对着一尊雕像说了一天的甜言蜜语！我还舍不得走，抱着雕像的脚踝哭得像个傻瓜！他龇牙咧嘴挤眉弄眼，觉得被下了暗示的自己简直是个傻瓜，那模样蠢透了，现在回想起来还有种不忍直视的感觉。

做完鬼脸又吐出许多气泡，他这才从水里钻出来，面容顷刻间变得温柔宁静。好吧，看在今天得到两股雄厚神力的分上，他就算自己被自己肉麻死，也要把"精分"坚持下去。

这样想着，他总算心平气和，泡好澡后连头发也不擦干，直接爬上床睡觉。

两个星期后，二皇子阿尔杰十八岁的生日来临了，接受完洗礼他便要外出游历，两年之内不能返回帝都，还要完成相应的任务。这块大陆并不太平，即便二皇子身为贵族，也要具备足够的武力，否则连怎么死的都不知道。

虽然光明属性的魔法师少之又少，但别的属性的魔法师或武者很多，且实力强悍者比比皆是。不过这又如何？在与魔物的战斗中，任何人都有可能被种下魔种从而失去理智，反手将同胞们屠杀掉。

越强大的人，越容易吸引魔物寄生。魔物很聪明，为了找到最强大的宿主，会辗转在好几个人身上，依靠这些人慢慢接近目标然后暗中下手，叫人防不胜防。

如此，在外游历时，每一个战队都必须配备一位光明祭司。当大家战斗时，光明祭司会在战场周围布上一圈结界以防止魔物逃跑，也可以阻止队友被种下魔种而暴走，如果实力足够强大，还可以直接用光明法术将寄生的魔物逼到宿主体外并杀死。

萨迦亚帝国只有三位光明祭司，一个是主教，一个是副主教，还有一个就是约书亚。主教已经老了，约书亚还未成年，陪伴二皇子外出游历的唯有副主教。

主教给二皇子进行洗礼和祈福，仪式结束就径直离开，并未与国王多做交谈。

本来信心满满的二皇子很诧异，让仆从把约书亚引到僻静的角落说话。

"约书亚，你忘了曾经答应过我的事了吗？如果我不能成为萨迦亚帝国的主宰，我的皇兄会把我驱逐到边境去对抗魔物。那样的话，也许我们再也不能相见了。"

周允晟虽然把自己催眠了，脑袋有些"精分"短路，却不会因此而忘了二皇子对约书亚的利用。他倒要看看，没了约书亚的帮助，二皇子怎么登上萨迦亚帝国的王座。

但他也不会傻到现在就与二皇子撕破脸，要知道二皇子未来的靠山背景很强硬，左边站着光明神，右边站着黑暗神，前后簇拥着兽皇、教皇和精灵王，足以称霸世界。他与这个小团体不能硬碰，只能智取。

他眼里泛出晶莹的泪光，捂住心脏，凄楚万分地开口："阿尔杰，你怎么忍心让我背叛最心爱的父神？捏造神谕，天哪，这是怎样一种罪过？足够让地狱之火将我焚烧成灰烬！更可怕的是，我会因此而失去父神的眷顾和光明之力，成为一个可耻的渎神者。我会永远活在人们的唾弃与辱骂当中，甚至被出离愤怒的民众用石头砸死。这就是你想要的未来吗？你愿意将我推入那样绝望的深渊？阿尔杰，我开始怀疑你的用意了。"

二皇子无言以对。他不明白怎么才几天不见，约书亚的脑袋竟然清醒起来。没错，如果他真的帮了自己，刚才那些，绝对是最有可能发生在他身上的情景。

副主教在外养了一个跟别的女人生的孩子，名誉受损的他已经失去了继位的可能，约书亚是铁板钉钉的下一任主教，权力与国王不相上下。二皇子现在哄着他还来不及，怎么可能与他撕破脸？二皇子立即指天发誓说自己并非要置他于不义之地，而是太想与约书亚待在一起才会没好好考虑，请求他宽恕自己的过错。

周允晟沉默地点头，深深看了二皇子一眼，然后举步离开。那一眼全是冷漠疏离之意，令二皇子非常忐忑。他在原地徘徊了一会儿，这才不甘不愿地离开。

九天之上，光明神把这一幕尽收眼底。他如往常那般斜倚在华丽的神座上，周围环绕着许多美丽的少年。有人给他斟酒，有人给他歌唱，还有人静静依偎在他脚边恬淡地微笑。他们用仰慕的眼神看着自己的神明，却并不知道看似在品酒的神明正用专注的目光凝视着别人。

只有侍立在不远处的神使察觉了父神情绪上的变化。他浅金色的眼眸变成了暗金色，随后透出黑色的光点。当他的眼眸完全被黑暗笼罩而失去控制，这座神殿会被他庞大的神力摧毁。这种事已经发生过不止一次了。

神使紧张得额头都开始冒汗，心里把惹怒神明的罪魁祸首咒骂了无数遍。上一任神使就是死在父神的暴怒中，别说遗体，连一块小小的灵魂碎片也没能留下。

周允晟快步走进大殿，匍匐在父神脚边。

他的眼睛只能看见父神，心脏里只能装载父神，灵魂全都被父神填满，哪怕与二皇子结党的记忆并不属于他本人，依然让他无比难受。他觉得自己背叛了父神，这简直是无可饶恕的罪过。他当即就掉下大滴大滴眼泪，像断了线的珍珠一般砸在父神的脚背上，发出"吧嗒"声。

他双眼紧闭，脸颊濡湿，雪白的牙齿把唇瓣咬成了赤红的颜色，仿佛下一秒就会沁出血珠。然而他丝毫感觉不到疼痛，抱着父神的脚踝哭得不能自己，哽咽着忏悔起来。

"我的父神，我该如何向您诉说？我相信了一个窃贼的谎言而险些把对您的爱置于脑后。

"我的父神，我丢失了最宝贵的东西，那就是对您的虔诚。为此我宁愿忍受地狱业火的炙烤，以求把它弥补。我的父神，我向您坦白我的过错，求您原谅您可怜的孩子，他内心的愧疚和自责已经快要把他杀死！

"我的父神，求您鞭挞我吧，求您责骂我吧，求您焚烧我吧，然后求您继续爱我！求您继续爱我……"

他把脸蛋紧紧贴在冰冷的雕像上，哭得像个迷路的孩子，肤色十分苍白，眼眶和鼻头却通红一片，看上去可怜至极，却又显出十分可爱来。

隐藏在眼底的黑色光点逐渐消失，光明神叹息一声，用指尖抚了抚他下巴尖上悬挂的泪珠。他只是个十六岁的孩子。十六岁，多么稚嫩的年纪，又如何看得透人心黑暗？他被一个邪恶的权谋者欺骗并且利用了，这不是他的错。

几欲升腾的怒气缓缓消散，光明神恨不得把缩成小小一团的少年从水镜中抱出来置放在膝头温柔抚慰。

这是他的信徒，也是他的孩子，谁都没有资格让他如此伤心。他虽然迷失在了人生的旅途中，对父神的爱意与虔诚却因为挫折而变得越发纯粹。

他能感知到从少年灵魂深处散发出来的悔意与敬慕，于是伸出指尖，把一股温暖而又璀璨的金光输入少年体内，以阻止少年继续悲伤。

哭得一塌糊涂的少年忽然愣住了，傻乎乎地摸了摸额角，然后露出一抹比神光更为夺目的微笑。

"您原谅我了是吗？我就知道仁慈的父神一定会原谅我的过错。从此以后，约书亚再也不会去看别人，只会看着我的父神。您知道，您是我的一切，是任何宝物也无法比拟的存在。约书亚会忘掉阿尔杰，只为父神而活。"他用滑腻的脸蛋轻轻摩挲雕像，眼眶里还含着泪珠，笑容却越发甜蜜。

光明神眯着暗金色双眸，专注地凝视着他的一举一动。原来小信徒叫约书亚，这真是一个可爱的名字。他只为父神而活吗？连誓言也可爱极了。

光明神嘴角绽出一抹微笑，然后低下头，若有所思地盯着自己的双膝。

神使只能看见水镜发出的光晕，却看不见水镜中的内容，除非得到父神的允许。但无论如何，他都对水镜里的人生出了崇拜的心情。能把父神惹怒却又在最短的时间内平息怒气，亿万年来从未有人做到过。

让父神如此在意的人究竟长什么样？自己要不要把他弄到神殿里来？

神使的心思百转千回，他却不敢自作主张，于是挥挥手，把一群表面上顺服实则早已吓破胆的少年遣退。

周允晟足足做了一天的忏悔和表白，在日落的时候终于回到寝殿。

他火速冲进浴室"扑通"一声跳下去，用拳头奋力捶打水面，激起一圈圈水花，心里崩溃地大喊：我竟然哭得像个傻瓜！我竟然险些就羞愧得撞柱自杀！这是怎样一种精神疾病！

"狂热粉"消失了，理智的周允晟回来了，所以他又陷入了"精分"的纠结中，蹲坐在池边，一会儿龇牙咧嘴，一会儿捶胸顿足，模样看上去很滑稽。

发现了一个有趣的小信徒，光明神最初只会在他祷告的时候召唤出水镜，侧耳聆听他甜蜜又深情的话语。但随着时间的推移，他偷窥小信徒的时间也越来越长。

他发现小信徒每天起床都会对着镜子述说对自己的热爱，那认真的小模样常常让他忍不住微笑。作为大陆唯一的神明，他习惯了被人推崇，却从未有谁能真正让他动容。哪怕光明之力最为强大的所谓教皇，也不过是他闲时摆弄的玩具罢了。

他欣赏教皇的野心，身为一个光明祭司，内心却潜藏着那么多比魔气更具有腐蚀性的黑暗。这让他有种找到同类的愉悦感。他不介意捧着教皇，想要看看教皇会为这片大陆带来什么，是毁灭还是新生。

因为他不知道自己该拿这片大陆怎么办。他觉得索然无味，有时候很想将其毁灭，在最关键的时候却又克制住。他隐隐有种感觉，这个世界隐藏着一件价值连城的宝物。

他必须得到那件宝物，所以大陆和大陆上的生灵还有存在的必要。

经过亿万时光，他看见的只有人性的善变和自私，就连所谓的神明，也都心怀叵测，互相争斗。真正纯粹的人、纯白的灵魂，怎么可能存在？

但是瞧瞧他发现了什么？他的小信徒的灵魂是纯粹的亮白色，其间还夹杂着只有光明神才能具备的金色流光，那么美丽，那么夺目，那么可爱。

他简直百看不厌。

当小信徒祷告时，他能感觉到对方毫无杂质的虔诚，然而当小信徒回到寝殿，却又变得不一样了。他看不透小信徒内心真正的想法，但这并不妨碍他欣赏小信徒有别于温柔沉静的一张面孔。

小信徒会龇牙，会挤眉弄眼，会生气地拍打水面，像个长不大的孩子一般活泼可爱。不，他本来就是个没长大的孩子，就应该如此鲜活才对。十六岁小信徒真的太小了，对神明而言是应该待在襁褓里的年纪。

光明神教的教规太过沉重，很明显将他束缚住了。

周允晟在既定的时间点醒来，认真地"分裂"自己，然后怀揣着一颗疯狂热爱主神的心步入神殿。

一名侍女正在清理供桌上的祭品。虽然有神力的温养，鲜花、素饼、水果等物可以存放好几年而不会腐坏，但长久不换也是对神明的一种亵渎，因此教廷内有规定，摆放了两个星期的祭品必须及时更换。

在几百年前，这些工作原本应该由光明祭司亲手打点，但随着教廷权力日益增大，祭司们日益贵族化，再也没有人会去做这种烦琐而又卑微的工作。

以往的约书亚不会注意这些小细节，现在的"狂热粉"周允晟却猛然想起来，立即阻止侍女，然后跪在父神脚下诚惶诚恐地请罪。

"我怎能如此怠慢我的父神？所有进献给父神的祭品都应该出自我的手，而我更应该主动把身体和灵魂摆放在祭桌上让父神享用。你们都下去吧，日后这些工作全都交给我，你们无须过问。"他摆手遣退两名侍女，把桌上的祭品放进篮子里拎了出去。

由于007将这具身体的素质点全都加在光明属性上，故而他的力气并不大，跨出门槛的时候被沉重的篮子拽住一边胳膊，失去平衡朝侧边扑倒。

正对他的额头的是坚硬的门柱，他这一撞非头破血流不可。

光明神因为少年那句"主动把身体和灵魂摆放在祭桌上让父神享用"而走了一下神，醒转后就看见如此危险的一幕。他眸色微微一暗，立即打出一道金光包裹住少年娇嫩光滑的额头。

"砰"的一声巨响吓傻了站在门口的侍女，她们抬头，呆呆地看了看从门框上掉落的灰尘，这才着急忙慌地冲过去查看祭司大人的情况。根据方才的响动判断，祭司大人肯定伤得不轻。

周允晟踉跄着站起来，表情非常奇怪。他的额头一点儿都不痛，相反，还有一种温暖柔软的感觉，就仿佛有什么人把手掌覆盖在上面，使他避免了伤害。

他再次遣退意欲帮自己提祭品的侍女，摸了摸门柱，确认它一如既往地坚硬，这才顶着恍惚的表情离开。

② 神之宠儿 ▸▸▸▸

作为进献给光明神的祭品，自然要选最好的。

在光明神殿的后方种植着一大片果园，但凡这块大陆上能找到的美味水果都会移植在这里，有专门的植物系的法师进行照管。每隔两个星期，他们会摘下品相最佳也最香甜的果子摆放在冰篮里，以供神殿的侍女挑选。

看见祭司大人亲自前来，两位植物系法师吃了一惊，连忙弯腰行礼。

"我要最新鲜的果子，最好是上一秒刚摘下来的。"对待父神之外的人，少年显得非常倨傲也非常冷淡。

然而所有的光明祭司都是如此，两位植物系法师并不觉得被怠慢，连忙挑拣出几筐水果摆放在他跟前。

周允晟弯腰翻看，略尝了几枚，确定味道不错才放进自己提来的篮子里。他回到神殿，用圣池中的水将果子洗净，沥干后放在一旁备用，随后准备做素饼。

"祭司大人，把荞麦粉和水一起倒进陶盆里揉成面团，拧出鸡蛋大的一团拍成圆形就可以了。"侍女唯恐他不会做，先把面粉和好并拍了一个，摆放在托盘里做示范。

周允晟用不可思议的目光瞪了侍女一眼。这就是所谓的供奉给父神的素饼？没有调味，没有醒面，没有造型，没有熏蒸，只等晾晒成干巴巴的比石头还要硬的面团子就供奉上去？这简直是对父神的亵渎！

痴迷之魂让他出离愤怒，他将侍女推到一旁，将脑海中关于烹饪的技艺全都调出来，以极其精准的比例倒入面粉和水，将光明之力覆盖在掌心里，一点一点将面团揉得又细又软。

"祭司大人，您何必浪费光明之力？！"侍女看见从他掌心中冒出的金光，觉得心疼极了。在光明之力越来越稀少的今天，培养出一个强大的光明祭司往往要倾尽一国之力，而光明祭司不到万不得已绝对不会动用体内的力量，因为它们用一点就少一点，再要蓄积起来需经过漫长的祷告，有的甚至要花费十几二十年。

如约书亚祭司这样，连和面也用上光明之力的人，简直是脑子坏掉了。

周允晟的脑子确实坏掉了。正如他每天催眠自己那样，他对父神崇拜得失去自我，受不了旁人对父神有丝毫怠慢。

这种连猪都不愿意吃一口的素饼，她们也敢拿去供奉，这简直让他不能忍受。

他发誓，一定要做出世界上最美味、最精致的素饼供奉给父神，于是冷冷开口："什么叫浪费光明之力？我的力量全都是父神馈赠的，自然应该全心全意去回报父神的恩情。今后你们不用再为父神准备祭品，这是我的工作。"

侍女见他神色冷淡坚决，心知他生气了，只得惶恐地退到角落。

周允晟经历那么多次轮回，烹饪这种小事自然不在话下。他爱吃，且口味非常挑剔，故而练就了一身非凡厨艺。

在醒面的过程中他并未闲着，挑了几种水果和豆类，该搅拌成泥的搅拌，该榨汁的榨汁，觉得白面团有点单调，便又用果汁调和出黄色、红色、紫色等面团备用。

他动作娴熟而优雅，好像做过千百回一般，叫两名侍女看傻了眼。

面团全都醒好了，他填上馅料，将之捏成各种各样的造型，有花、鸟、鱼，还有其他各种小动物，一个个整齐地码放在托盘上时显得可爱极了。

捏完素饼，还剩下一些白面团，他垂眸考虑片刻，也不知想到什么，脸颊上竟泛出一片红晕。他将面团置于掌心里，一点一点捏成自己跪在地上双手合十的模样，摆放在托盘的正中心。

两名侍女的表情从傻眼到崇拜，再到无语。她们可算是看出来了，祭司大人对光明神的崇拜已经到了走火入魔的地步。

九天之上的光明神一直盯着忙得团团乱转的少年，嘴角的弧度越来越明显。看着少年亲手为自己准备祭品，他冷硬的心脏竟变得像面团一样柔软，更有股淡淡的甜意在心间流淌。

周允晟将双手洗干净，端着素饼拿去蒸熟。在等待的过程中，他去花园里采摘进献给父神的鲜花。

根据吟游诗人的传唱，白色月季是光明神最钟爱的花朵，这种花的花语是尊敬、崇高、纯洁，果然与父神很般配。周允晟脸上带着幸福的微笑，踮起脚去攀折开得最美的一朵。

"祭司大人，月季花带刺，您应该用剪刀。"

可惜侍女提醒得有些晚了，周允晟皱眉，把刺痛的手指收回来，一滴鲜红的血珠缓缓从圆润可爱的指腹中溢出，显得非常打眼。

两名侍女连忙上前帮他包扎。

"不过小伤罢了，无碍。"他摇头，将受伤的指尖放入口中吸吮，片刻后取出再看，血滴已经消失了。

侍女们心有余悸，立刻取来剪刀，叮嘱他别再碰着花刺。光明祭司是帝国最重要的财产，哪怕只流了一滴血，传入主教耳里她们也承担不起。

九天之上，光明神嘴角的微笑抿成了一条直线，等少年拎着花篮离开，他抬了抬指尖，一束黑色的光芒贯穿水镜，落在那开了整整一面墙，或粉、或黄、或红、或白，显得格外芬芳馥郁的月季花丛上。

眨眼间，盛开的花朵凋谢了，嫩绿的叶片枯萎了，花茎倒伏发硬，最终变成黑色的齑粉扑簌簌地掉落在地。

路过的侍从看见这一幕，眼里放射出恐惧惊骇的光芒，立刻朝主教的阁楼跑去。

与此同时，周允晟将精心准备的祭品一一摆放在供桌上。他拿起小面人看了看，脸颊红彤彤的，显得有些羞涩，然后将它安置在所有面点的最前面。

"父神，请您不要嫌弃这些简陋的祭品，如果可以，我恨不得把我的全部都奉献给您，但是这具身体太渺小、太卑微了，怎么有资格得到您的垂怜？如果您能听见我的祷告，只需在九天之上给我淡淡一顾我就心满意足了。"他跪伏在雕像前，双手合十地行了一个大礼，脸上的羞涩被凄苦取代。

世上有那么多生灵需要拯救，父神怎么可能会注意到他呢？所谓的得到父神的爱，只是个永远都不可能实现的奢望罢了。

想到这里，他拧着眉头又有些想哭了，小步小步地膝行到父神的雕像前，抱住父神的脚踝摩挲，神情显得郁郁寡欢。

光明神按揉眉心，不知道该拿小信徒怎么办才好。他是那样娇憨可爱，同时又敏感脆弱，他把自己想得如此低微，真叫光明神又是好气又是好笑。难道他以为每个光明祭司在祷告的时候都能获得光明神的恩赐吗？

统辖所有祭司和神殿的教皇在虔诚祈祷了三十年后才得到一丝光明神力。反观小信徒，若不是害怕庞大的神力撑破他的身体，光明神恨不得把所有的仁爱与欣赏都倾注在他身上。

他怎么能认为他的父神不爱他呢？

光明神很苦恼，伸出指尖轻轻点在小信徒的眉心，将一缕饱含着柔情的金色光芒传递了过去。

周允晟被神力撩拨着。他紧皱的眉头舒展了，苍白的脸颊红润了，心情变得欢愉轻快。他勾起恬淡的微笑去亲吻父神的脚背，当终于从被爱的感觉中挣脱出来后，却发现供桌上的祭品全都不见了。

他大惊失色，立即跑出去询问两个侍女。

九天之上，光明神看着他匆忙跑走的背影无奈地笑了，然后捧起小面人置于眼前端详。面点还未冷却，一缕缕白色的水雾在空气中飘荡，带出一股独属于荞麦的清香。不用品尝，光明神就能想象那味道该有多么香甜。

小面人捏造得惟妙惟肖，因为热气的熏蒸而膨胀了些许，反倒让少年的形象显得非常圆润可爱。

光明神久久凝视它，轻轻转动它，心脏似被电流冲刷。

他足足看了十几分钟，才看向站立在一旁的神使问道："他可爱吗？"

用的是"他"而非"它"，神使稍一琢磨就明白这小面人大概正是父神近期一直在偷窥的凡人的形象。而且父神的语气透出一点骄傲和愉悦感，像极了下界那些炫耀自己宝贝儿女的凡人父母。

这已经不是普通的感兴趣了。神使心中一凛，连忙笑着答道："非常可爱。属下还未见过如此可爱的少年，恐怕神殿里的任何一位神仆都不能与他相比。"

光明神微扬的嘴角抿成一条直线，暗金色的眼眸冷厉地扫过来。

神使立即跪下请罪，极力思忖自己究竟哪里说错了。

"那些卑微的神仆岂能与我最亲爱的孩子相比？"他捧着小面人款步离开，挥一挥衣袖，给神使下了禁言术。

神使心中并无怨恨，反而松了一口气。惹怒父神而被焚烧成灰烬的神明比比皆是，他能挽回一条命已经算是极其幸运了。看来，父神对下界那位祭司的喜爱已经超出了他的想象，也不知道对方是怎样风华绝代的人。

若这份喜爱继续延续下去，父神怕是会把从其他神明那里掠夺来的神格赐给他。那些神格可是每一个神使，乃至每一个神仆梦寐以求的宝物。

周允晟找了半天都没找到祭品，正懊恼着，却见主教、副主教和一列武王级别的武者匆匆来到大殿。

他立即弯腰向两位长辈行礼。主教并未叫他起身，而是用一种古怪、略带警惕意味的目光盯着他。

副主教按捺不住，先声夺人："方才有侍从禀报，说被你采摘过的月季花丛被魔气腐蚀而枯萎了。众所周知，有魔气的地方必定存在魔物，它有可能寄生在任何人体内，包括光明祭司。我们这次前来就是想让你证明自己的清白。"

眼看"约书亚"就要随二皇子出门游历，再不对付他，两年过后他就成年了，可以继承主教之位，故而副主教很着急，得到消息后立即想到一条毒计。

周允晟只在面对父神和与其相关的事时才会脑子短路，应付别人却游刃有余，冷静地反问道："那么在我证明自己的清白之前，敢问主教大人和副主教大人可能证明自己的清白？魔物很狡猾，最喜欢干的事就是引诱其他种族自相残杀。"

"我们都已经喝过圣水了。"主教将一个纯白色的瓷瓶递过去，柔声说道，"孩子，饮下它吧。"

被魔物寄生的人，饮下圣水后其宿主会全身剧痛皮肤溃烂，继而把魔物毒死并逼出身体，圣水是少有的能直接对抗魔物的杀器。但圣水需要用最纯净的光明之力蕴养百年，使其从透明色泽变成灿烂的金色才会生效，对光明祭司越来越稀少，且力量越来越微弱的教廷而言这是非常珍贵的宝物。

主教统共只收藏了三瓶，本打算留给皇族，现在却不得不动用。光明祭司是保证一个帝国在黑暗战争中取得胜利的关键，尤其萨迦亚帝国只有三位光明祭司，更加经不起损耗。

周允晟抿了抿唇，正要伸手去接瓷瓶，主教的侍从却踉跄一下摔倒在主教身上，手臂狠狠砸向他的手背，致使瓷瓶掉落碎裂，金黄色的液体从地板的缝隙中渗入泥土，再也寻不见了。

侍从跪下诚惶诚恐地请罪，却无人搭理。

这明显是有预谋的，他们想干什么？周允晟转头直视副主教，而主教飞快想到一个可能，脸色瞬间变得苍白。

"这是最后一瓶圣水。能抵御住光明之力而寄生在光明祭司体内的魔物级别都在皇者以上，哪怕我与主教大人合力施展光照术也无法将它识别出来。为了证明你的清白，还请你前往大殿之后的试炼池。"副主教彬彬有礼地说道。

"不！"主教嗓音嘶哑地否定。

一千年前，试炼池能帮助光明祭司大幅度提升修炼速度。只要浸泡在池水中，他们的身体和灵魂都会得到锤炼，从而变得更强大。一千年前的光明祭司拥有移山填海之力，根本不是现在只能躲在法师和武者后面，布一个光明结界的祭司可以相比的。

按理说试炼池应该是一个人人趋之若鹜的修炼场所，但不知从哪一天开始，但凡跨入池中的光明祭司，只要灵魂中掺杂一点点瑕疵或私心，就会被岩浆般的池水焚烧成灰烬。

在这个世界上，除了神明，没有谁的灵魂是不包含杂质的，没有谁的心底不存在私念。光明祭司不明白父神为何会变得如此苛刻，但他们毫无办法，只得放弃试炼池，改为祈祷。

祈祷能获得的神力非常微弱，往往需要几十年的沉淀。这正是光明祭司实力越来越弱的原因。

副主教拐了那么多道弯，最终的目的就是除掉"约书亚"！当主教意识到这一点时已经没有别的办法，袒护"约书亚"就有可能放过魔物，他的责任心不允许他那样做。

他摆手，仿佛是在收回之前那个"不"字，沉默了片刻才艰难开口："约书亚，我的孩子，你要知道，这是我身为萨迦亚帝国主教的职责。我不能放过任何一只魔物，哪怕它寄生在国王体内。"

"我明白了，如您所愿。"周允晟弯腰行礼，然后迈着沉稳的步伐朝大殿深处走去。

如果没有得到 B 级世界的能量淬炼灵魂，他有可能还会担心一下，现在却压根没把所谓的试炼池放在眼里。他知道自己的灵魂很纯净，能够抵御池水的侵蚀，而经过深度催眠的他除了疯狂地热爱光明神，并没有一丝一毫的杂念。

他脱掉鞋子和外袍，只穿着一件单薄的丝质中衣慢慢走进试炼池。池水是纯黑色的，正咕嘟咕嘟地冒着气泡，更散发出一股极其冷冽的寒意，当发现不洁的污物时会立刻沸腾起来，并变成鲜血一样的赤红色，那惊人的温度莫说凡人，恐怕连神明都能吞噬。

副主教掩藏在宽大外袍下的手因为激动而微微颤抖。只要约书亚死了，在没有旁人可以选择的情况下，他一定能坐上主教的宝座，与国王共享萨迦亚帝国的统治权。自从跟外面女人生孩子的事情曝光后，他无时无刻不在想着弄死约书亚，今天终于要如愿了。

他仿佛看见光明的道路已经在自己面前展开。

九天之上，光明神盯着大殿里的这些凡人，瞳孔一会儿变成暗金色，一会儿变成纯黑色，强大无匹的神力不受控制地散出，将华丽的神座摧毁。若不是为了保护浸泡在池水中的小信徒，他早就已经愤怒得失去理智。

所谓的试炼池里的池水，实际上是浓缩成液体状态的魔气。魔气能搜寻到隐藏在人心底的黑暗想法，并以此为引延伸过去，在人体内孕育出魔物。说白了，魔物不是从黑暗深渊中诞生，而是诞生于人类的内心里。

极致的黑暗能催生出光明，一千年前的光明神并没有现在的恶趣味，在池水中布下禁制，以保证魔气只会促进光明祭司的力量，而不会将他们侵蚀。但是忽然有一天，他对这个世界充满了厌倦，收回了禁制，杀掉了所有的神明。

亿万年中，光明神从未找到过一颗真正纯粹的心脏。他曾经把春之女神的心脏浸泡在池水里，随即惊讶地发现，不用一秒，鲜红的心脏就变成了黑色，然后化为肮脏的泥土。

他当时觉得非常有趣，并且微笑起来，现在却恨不得毁了所有遗留在光明神殿中的试炼池。那样的话，他的小信徒就不会遭受如此险恶的对待。

小信徒的灵魂很纯净，他能经受住池水的第一拨侵袭，但接下来呢？只要他的内心产生一丝一毫的杂念或恐惧之意，就会受到灭顶的伤害。

光明神指尖蓄积起一缕金光，准备把小信徒牢牢包裹。但不等金光投射过去，他就惊讶地愣住了。

只见小信徒的身体由内向外散发出晶莹剔透的白光，将翻滚的黑色池水隔绝在外，那是唯有最纯洁的内心才能具备的力量。是什么致使他的思想如此干净、如此专注？是因为对自己的虔诚吗？

光明神恨不得钻入小信徒的心底去看一看，这对他来说本不是什么难事，却无法在小信徒身上施展。他并不觉得奇怪甚或忌惮。恰恰相反，他为小信徒的独特而感到高兴。他乐意去猜测小信徒的心思，这让他死寂的灵魂变得欢喜、雀跃，无法抑制。

他单手托腮，微笑凝视着少年，见少年双手合十盘坐下来，便知道少年在向自己祷告。因为有外人，少年并未念出那些比花露更甜蜜的祷告词，这真是一个遗憾。

在翻滚的黑水中，他只露出一颗头和一双手，显得那样娇小可怜。光明神想蹚进池子里，用高大身体将他环住，给予他更多更温暖的力量。

如此想着，他分出一缕神念，在大殿内形成一道华美至极的身影，然后在众人惊骇的目光中行至小信徒身边，抚了抚小信徒温热的脸颊。

小信徒沉浸在祷告中，竟没有睁开眼睛看看自己，这让光明神觉得很遗憾。他本想继续去抚摸小信徒铂金色的发丝，却因为害怕打断小信徒的祷告而致使黑水入侵，只得克制住了。

在没有布下禁制的情况下待在试炼池中修炼，所获得的光明之力是常人难以想象的，更关键的是，它能大幅度提纯修炼者的潜质。光明祭司的身体就像一个容器，而潜质决定了这个容器能储备的光明之力的多少。

小信徒是顶级资质，经过池水淬炼后还能继续往上提升。也就是说，今后光明神可以更多地往小信徒的体内注入神力而不用担心伤害他。

这正合光明神的心意，所以他绝不会打断小信徒的修炼，哪怕他多么渴望去靠近小信徒。

"你是谁？黑暗深渊的魔王？"主教和副主教惊骇地质问，并同时开始吟唱光明圣箭的咒语。魔物的等级越高，容貌也就越昳丽，而眼前这个忽然出现的身影，容貌之美竟已超越了人类能够想象的极限。

如果他真是魔物，等级必定在圣者之上。

光明神以手抵唇，做了个嘘声的动作。同一时刻，主教和副主教发现自己失去了说话的能力。无法吟唱咒语，他们拿什么攻击这只魔物？二人想跑出去求助，却又发现自己的身体也不能动了。

瞬间制住两个主教级别的光明祭司，这是何等可怕的能力？二人睁大到极限的眼睛里满是绝望之色。

然而很快，他们就不再害怕，却又更加难以置信起来。

只见金发男子悄无声息地走到约书亚身边，隔着虚空认真描绘他细腻精致的五官，然后垂头，在他的眉心碰了下。他的表情是如此温柔，目光是如此怜爱，仿佛在注视着自己的孩子。

他看了又看，因为克制不住满心的喜悦而使身体散出金色的光点。

那光点蕴含着强大的神力，碰触到主教和副主教时把他们的皮肤都烧穿了，却并未伤害约书亚一丝一毫，反而陆续朝他体内钻去。

约书亚微微勾唇，露出舒适的表情，这让金发男子的心情更加愉悦。他低笑起来，浑厚而又性感的嗓音足以让世间所有人为他疯狂。

他撩起约书亚的一丝头发缠绕在指尖，颇为爱不释手，见约书亚眉心微动，似有苏醒的迹象，这才想起自己的另一重身份，然后停住了脚步。他其实并没有约书亚想象的那样美好。

他放开约书亚的头发，焦躁地在殿内踱步，路过五米高的雕像时，看见所谓的光明神那张中年大叔的平凡面孔，仿佛被雷劈了一下，僵立在原处不能动弹。

这根本不是他！只要一想到约书亚每天对着它倾吐爱意，却口口声声唤着自己的名字，他就恨不得把这座雕像连同萨迦亚帝国的神殿摧毁得一干二净！

但小信徒就在神殿里面，他舍不得伤害小信徒，只得按捺住内心的狂怒，挥一挥衣袖，把雕像转变为自己原本的模样。

他走回池边，指尖朝副主教点了点，将其体内的光明之力全部收回，然后弯腰再次轻抚小信徒的眉心，给小信徒渡了一拨纯净的神力，这才化为虚影慢慢消失。

当周允晟从试炼池中走出来时，黑色的池水自动退去，并未沾染他的衣物或皮肤。他穿好长袍缓缓来到主教和副主教身边，发现两个人表情扭曲，活像见了鬼一样。

"主教大人、副主教大人，你们怎么了？"

"刚才我们看见……"主教嘴巴开合却发不出半点儿声音，停了停，再次说道，"刚才……"但凡他有意提及方才那名男子，声音就会自动消失，这是禁言术，而且是永久性的。

那人果真是光明神吗？主教内心翻江倒海，看向义子的目光与以往完全不同。他曾经听前主教说过，在一千年前，有神使降临大陆，为父神搜集美貌的少年。他们对白发蓝眼和黑发黑眼的少年情有独钟，只要容貌出众就会立即带走，使得在那一时期，拥有这两种特征的少年非常受人欢迎，身份也尤为尊贵。

但是过了不久，父神似乎厌倦了，不再派神使下来，也拒绝了各大神殿进献的少年。慢慢地，这事就再也没有人提及。

看看眼前的义子，主教觉得自己似乎发现了真相。

约书亚今年十六岁，正是花儿一般鲜嫩的年纪。他身形纤细，面容精致，一头长及脚踝的铂金色头发像瀑布一样披散下来。他站在哪里，哪里仿佛就有璀璨的光芒在闪耀，把所有的黑暗都驱逐。

他干净、纯洁、稚嫩、美丽，经过试炼后更证明了自己拥有最虔诚的心和最剔透的灵魂。他能获得父神的眷顾似乎并不是多么奇怪的事。

主教这样一想，翻腾的心绪慢慢平息了，为萨迦亚帝国的未来感到高兴。现在的光明祭司全靠祈祷才能获得光明神力，谁虔诚谁就强大，其实说白了，比的不过是父神的信任罢了。父神刚才看向约书亚的眼神可不是单纯的信任那样简单，下一任的教皇没准就出自萨迦亚帝国，而教廷的中心也将移往加戈尔。

主教想得越多就越兴奋，看向义子的目光充满了慈爱。

副主教则满心惶恐和难以置信。他不想承认刚才那名金发男子就是父神，父神岂会为了一个小小的祭司而现身凡间，还那样爱怜地轻抚他的额头？但体内忽然消失的光明之力和被神力烧穿的皮肤却一再告诉他，最没有可能的可能恰恰就是真实。

他试图逼死父神最珍视的信徒，所以父神亲自来到凡间对他施以惩罚。

一个祭司如果忽然失去光明之力，则证明他犯下了亵渎父神的罪孽，会受到教廷的驱逐和世人的唾弃。从今天开始，他完了，全完了！

副主教"扑通"一声摔倒在地，而主教连正眼也不看他，唤来武者将他架走。

"我宣布，萨迦亚帝国神殿以渎神罪将科林·盖尔驱逐，收回曾经赐予他的全部财产和荣誉，并责令他在一个小时之内离开加戈尔，此生再不得回转。"

立即就有书记官将圣谕记录下来报予国王知晓。至于那只魔物，已经没有继续搜查的必要了，父神驾临，所有的魔物都会顷刻间化为烟尘。

副主教哭喊求饶的声音渐渐远去，主教这才领着义子往外走，说了一些表示亲近和歉意的话。

一群侍女和武者正跪在外殿，嘴里喃喃祷告，脸上带着崇拜而又畏惧的表情。他们眼睑上翻，似乎非常想朝供桌后的雕像看，却又在目光触及雕像时感觉到一阵尖锐的刺痛。如果顶着刺痛一直看下去，他们知道自己一定会变瞎。

光明神的真容可不是谁都有资格直视的。

神在萨迦亚帝国降下神迹，让他们领略了神超凡脱俗的风采，这是整片大陆的神殿都未曾获得的殊荣！若是让居住于大陆中心神殿的教皇知晓此事，他恐怕也会嫉妒！

这些人满心欢喜与骄傲，祈祷也就越发虔诚。

主教绕到供桌前，朝焕然一新的雕像看去，仅一秒钟就毕恭毕敬地低下头，用力闭了闭刺痛的眼睛。虽然时间短暂，他依然认出了那张华美至极的脸庞，谁若是看过一眼，永生永世都无法忘怀。这正是之前出现的那名金发男子，真正的光明神。

"光明神在上，请您接受信徒的忏悔……"竟然对着父神喊魔王，主教吓得腿脚发软，立即跪下请罪。

大殿中唯有周允晟还站着。他不是为了表现自己的特立独行，也不是为了坚持所谓的人人平等，而是被父神光辉华美的形象给镇住了。

只见一名身材高大的男子端坐在华丽的神座上，双手交叠置于下颌，脸上带着悲悯又似乎是漫不经心的表情。

他有着波浪般卷曲的金发，有着星子般璀璨的眼眸，穿着纯白色镶嵌金边的华丽异常的袍服，腰间松松系了一根黄金与宝石打造的腰带，半敞开的衣襟没能遮住性感的锁骨和强健的身体。

他的真容是那样俊美，超越了人类所能想象的极限。

催眠会产生后遗症，如果严重的话还会干扰被催眠者的神志，尤其是心理暗示，每布下一次效果就加深一层。也就是说，每过一天，周允晟的"狂热"程度就加深一分。但他对此并不担心，因为完成任务后得到的能量足够帮他治愈这种后遗症。

然而眼下，深度狂热的他已经快要疯了。得知这才是父神的真面目，他竟有种扑上去下跪的冲动。他忍了又忍，直把掌心都掐破了才没让自己当众出丑。

他只能傻呆呆地站在原地，微张着嘴，用能把石头都烧穿一个洞的灼热目光盯着雕像。

光明神在雕像里留下了一丝神念，雕像能看见的，他也能看见，雕像能感受的，他也能感受。当小信徒用如此露骨的目光盯着雕像时，他内心充斥着前所未有的愉悦感。

对，我的孩子，我的宝贝，看着我，继续看着我，一直看着我，再也不要用同样的目光去看别人！他伸出指尖，把同样灼热的光明之力输入小信徒的眉心。

周允晟被烫了一下，却连眼睛都舍不得眨，只是伸手捂住额头。他痴迷而又目瞪口呆的样子看上去很傻，却也很可爱。

光明神愉悦地低笑起来，久违的笑声回荡在空旷的神殿里，让所有神使和神仆都惊讶不已。谁能惹得父神如此开心？这真是奇迹！

主教忏悔完就见义子正仰着头，目不转睛地盯着雕像。

"约书亚，你不觉得眼睛刺痛吗？"他试探性地问道。

少年依然望着雕像，没有回答。

他又问了几遍，最后不得不上前拉扯义子的衣摆。

周允晟这才回过神来，红着脸说道："我的视力很好，足够将父神光辉的形象看清楚并镌刻在心底。"

主教微笑起来，这才确定父神对约书亚果然不一样，他的真容只有约书亚才能直视。

"我的孩子，那你便待在父神身边好好祈祷吧。"他伸手去抚摸义子柔软的发顶，还未碰触到发丝就感觉掌心传来一阵剧痛。

他不动声色地收回手，把闲杂人等带出去，走到僻静的拐角处翻开掌心一看，发现皮肉果然被神力烧灼成了焦黑的颜色。他摇头，暗暗感叹，哪怕是高高在上的神明，眷顾起一个人来也如此不可理喻。

人都走光了，大殿里变得非常安静。这是周允晟惯常祷告的时间，他本应该跪下来祈祷，但刚说了开头就无法继续。他脑子里全都是父神完美的面孔，无论是睁眼还是闭眼，那面孔都无法消除，甚至越来越深刻。

他没办法让自己静下心来，除了凝视父神，根本不想干别的。虽然雕像是石头做的，但因为内含神念，无论是触感还是质地，都与真身一般无二。

他仰着头，崇敬而又灼热的目光定定地看了父神许久，脸颊浮起两团红晕，也不知在想些什么。

九天之上的光明神并未转移目光，只是略略抬手，便有一名神使将一杯金黄色的琼浆放在神座边。

周允晟一小步一小步地膝行到雕像前，双手悬在半空，许久之后才小心翼翼地抱住父神的双腿。温热柔软的触感让他吓了一跳，他立即放开，倒退几步，双手交叠平置于地面上，额头抵住手背，诚惶诚恐地忏悔。

他怎能产生亵渎父神的想法？那真是太可怕了。

光明神重重放下酒杯，脸上露出挫败的表情。他无法忍受小信徒将自己看得如此卑微。他要让小信徒明白，小信徒是他最亲爱的孩子，是他独一无二的宝物。

他正准备将一缕充满爱意的神力注入小信徒的身体，安抚小信徒内心的惶恐，却见小信徒忽然直起腰，像做贼一样四处看看，然后快步膝行到雕像前，吻了吻雕像的脚背，旋即像风一样跑了。

蝶翼轻抚脚背般的感觉让光明神不可遏制地战栗起来。他捂住脸，不想自己错愕激动的表情让旁人发现，耳根却慢慢变红。

"我的宝贝，你怎能如此可爱？"饱含宠溺之情的低语从指缝中溢出，没过多久，大殿内再次响起光明神爽朗的笑声。

周允晟飞奔回寝殿，"刺溜"一下钻进大床用被子蒙住脑袋，脸颊像打了一层厚厚的胭脂，红得滴血。他抱着枕头傻笑翻滚，足足翻滚了两个小时，当月亮爬上树梢的时候，他傻乎乎的表情刹那间变得狰狞扭曲，把枕头狠狠砸在地上，边脱衣服边走入浴室，"扑通"一声跳进温泉中。

脑海中，长着魔鬼尾巴的小人一下一下戳着身穿祭司袍服的小人，暴跳如雷地咒骂。他今天才知道"狂热粉"是一种多么可怕的生物，每天干的那些蠢事简直叫他不敢回想。

用手掌不停拍打水面，把水面砸出一个又一个大坑，直过了好几分钟，他总算是平静了，伸出食指放射出一缕极其强烈的金光。无形的光芒慢慢分散，化成许多金色的利剑，遍布在温泉上空，只要找到目标就会呼啸袭去，将之轰杀成渣。

强大的光明之力把浴室的天花板都撑出几条裂缝。

周允晟指尖微微一晃,眨眼就把骇人的力量尽数收回,藏于体内。

光明之力一旦脱离身体就会消散,即便是几千年前那些最强大的光明祭司也没办法做到收放自如。九天之上,看见这一幕的光明神也忍不住吃了一惊。据他所知,整块大陆包括神界,能做到这一点的生灵或神明,唯有自己。

不愧是我的小信徒,他愉悦地低笑起来,当然,他对这孩子莫名其妙地发脾气也很在意,略微想了想,便把这归咎于那名阴险邪恶的副主教。

让副主教不痛不痒地消失在天地间当然不是光明神的行事风格。他降下神谕,责令整块大陆都必须驱逐这名渎神者。如此,副主教唯一能去的地方只有黑暗深渊,那里的魔物会好好招待他。

周允晟今天收获颇丰。他不知道自己跟主角比起来实力相差多少,但在约书亚的记忆中,光明之力只能对魔物产生伤害,要想伤人,必须一再浓缩凝练成实体。近千年里,没有一个光明祭司能修炼到那种程度。

所以,当主角放射出金光洞穿约书亚的肩膀时,众人才会对他那样崇拜。毫无疑问,他是近千年来最强大的光明祭司。

这一点,现在的周允晟轻轻松松就能做到,如此看来,他与主角的差距并不大,自保完全够了。

这全是托了白天那个"狂热粉"的福。没有他全心全意地讨好光明神,也就没有现在这个强大的周允晟。

好吧,那他就继续"精分"下去吧,一切都是值得的!周允晟握拳,每一天都要像现在这样给自己打气。做好了心理建设,他从水池里爬出来,擦干身体后披上浴袍,正准备上床睡觉,门却被敲响了。

他赤着脚去开门,发现来者是主教。

看见义子仅穿着一件单薄的浴袍,水滴从头发上流淌下来,将他纤细柔韧、曼妙无比的身材勾勒出来。主教还来不及反应就觉得瞳孔被某种无形的锐物狠狠刺了一下。他侧过身，快速说道："我来是想告诉你，刚才父神降下神谕，把科林驱逐出这片大陆。孩子，你的父神正在为你伸张正义，你明天记得好好感谢他。"话音刚落，眼球的刺痛感便消失了。

主教为父神这一举动感到惊讶。对一个凡人来说，这种眷顾是不是太沉重了？但他绝不敢把这种想法表露出来，温声道过"晚安"后便离开了。

周允晟没把这件事放在心里。不用主教吩咐，"狂热粉"明天一准儿抱着光明神的雕像感激涕零，想想都心塞。

他抱着枕头翻滚了一会儿，睡过去的时候迷迷糊糊地想：今天的大理石地板怎么踩上去是热的？像烧了地龙一样。

副主教被光明神收回了光明之力，这对萨迦亚帝国而言无疑是个噩耗。他们的神殿俨然成了实力最微弱的神殿，当黑暗战争爆发时，两位光明祭司根本无法撑起防止士兵被魔气侵蚀的巨大结界，如此，萨迦亚帝国必须向其他国家求助。

付出无数珍宝财富倒在其次，怕就怕别的国家联合起来瓜分国土，让萨迦亚帝国从一流强国沦为最末等的附属国。

国王无法接受那样的结果，此时正一脸愁容地坐在主教对面。

"您完全不用担心，约书亚足以支撑起整个帝国。他会成为近千年来最强大的光明祭司。"接连被主神惩治了两次，主教对约书亚的特殊性已经深信不疑。

国王挑眉追问："您为何如此肯定？据我所知，他的资质很一般，实力也并不突出。"

主教斟酌片刻后说道："我只能告诉您，他很受父神眷顾，不是一般眷顾……"

暗示到这里已经足够了。国王想起那个传说，脸上露出惊讶的表情，沉默片刻后点头道："好吧，但愿一切如您预言的那样。不过为了保险，我会马上派出军队去搜寻拥有光明之力的孩子，三岁才测试还是太晚了，我想把年龄改成一岁，之后每年都要测一次，一直测到十八岁，这样就不会错过任何一个有潜力的孩子。"

主教点头："您的想法很好，我很赞同，帝国需要更多的光明祭司。"

两个人达成共识，接下来便开始讨论二皇子出门游历的事。副主教被驱逐了，能陪伴二皇子的人选只能从主教和约书亚中间挑。

主教已经十分老迈，出远门对他来说是一件苦差事。约书亚年富力强，又有光明神看顾，正该让他去锻炼锻炼。

这样想着，他开口说道："让约书亚陪伴二皇子去吧。"

"您说什么？"国王只看见主教的嘴巴在动，却没听见任何声音。

主教意识到，这是父神的禁言术在起作用。不能说出父神显灵的事他可以理解，但为何连这么普通的话也不让说？难道父神不乐意让约书亚离开神殿？

他一边猜测一边又说了一次，依然发不出声响，只得无奈地叹息道："那么就让我陪伴二皇子出门游历吧。"这回声音正常了。

国王也更加属意实力强大的主教，年迈并不是问题，反正出行有马车。他点头，欣然接受这个提议。

与此同时，周允晟结束了试炼池里的修炼，穿上外袍，悄无声息地走到外殿。他四下里看了看，确定此处没有外人，便将殿门从里面锁上，怀揣着扑通狂跳的心脏走到父神的雕像前，抱住父神的双腿。

"父神，我的脑子乱极了，什么事都不想干，只愿依偎在您脚边，静静感受您的体温。我知道这样做不对，但只这一次好吗？下次我一定虔诚而又顺服地跪在您脚下祷告。您惩罚了科林，因为他的恶行抹黑了光明祭司这一神圣的职业。但我能不能把它看作是您对我的怜爱和照拂？"

他微笑起来，用脸颊轻轻磨蹭雕像的膝盖。

滚烫细腻又柔软的触感经由神念传导至身体里，光明神盯着自己的双膝，露出恍惚的表情。这感觉太美妙了，比他之前想象的还要美妙无数倍，让他不得不更贪婪地想着：如果是真人依偎在自己脚边会怎样？

他一定要把小信徒抱起来放在腿上，再也不让小信徒回到凡间。但是现在还不行，他那样胆小脆弱、敏感自卑，恐怕会被自己吓住。而且他那样渴望光明，在发现父神的另一面时会露出怎样的表情？

惊讶？绝望？甚至是厌恶、仇恨？

光明神的心脏尖锐地刺痛了一下，他皱着眉头，不敢再想下去。等他摆脱了抑郁的心情再看过去时，小信徒已经趴在雕像膝头睡着了，嘴角荡漾着甜蜜的微笑。

光明神莞尔，用分身代替了雕像，抬起手掌轻轻覆盖在小信徒的脑袋上。

就这样吧，自己先静静地看着他长大。

周允晟白天"狂热"晚上理智，就这样"精分"着不知不觉过了两年。两年来因为神力的不断灌注和冲刷，他已经脱离了凡人的血肉之躯，变成了纯粹的神体。当然，这点他目前还不知道。

而这个世界的万人迷主角正跟随二皇子和主教回到加戈尔，觐见完国王之后迈着优雅的步伐朝神殿走来。

③ 严重"精分" ▶▶▶▶▶

　　周允晟这两年除了专心修炼，也在暗地里打听主角的消息。正如既定的命运那般，他在两年前与二皇子相遇，两个人在黑暗森林里冒险，获得了各种各样的奇遇，救下了被魔气侵蚀的兽人族的王子，使兽皇对他十分感激，还让精灵族的母树重新长出了嫩芽。

　　他在神殿里居住了几百年，食用的水果和琼浆含有最纯粹的光明之力，早已把他的身体改造成大陆上任何一位光明祭司都梦想拥有的纯灵体。

　　他不需要祈祷，因为他在神殿时日日陪伴在光明神身边，身体自动吸收了神力。这在神界可能算不上什么，到了大陆却是圣者级别的高手。

　　他黑发黑眼，容貌绝美，还有一副比精灵王更为动人的嗓子。当他唱起歌来的时候，连因为感染魔气而狂暴的黑暗兽也会变得温驯。他得到了精灵王的友谊，两个人坐在母树上歌唱了三天三夜，让整个精灵一族深深沉醉。

　　他与二皇子离开黑暗森林后来到了中央教廷，受到了教皇的热情款待。他见多识广、谈吐不凡，教皇对其也大为赞赏和感叹。教皇将他引为知己，得知他欲离开竟丢下公务同他一起前往萨迦亚帝国。

　　他无与伦比的魅力让所有见过他的人都为之倾倒。

他才在世间游历两年，就有吟游诗人为他编写了动人的曲目并四处传唱，将他奉为神的宠儿、光明的使者、大陆的希望，并预言他会成为近千年来最强大的光明祭司。

此刻，他正在教皇、主教、二皇子的陪伴下前往萨迦亚帝国神殿。

"听说萨迦亚帝国神殿只有两位光明祭司？"他冲年迈的主教微笑。

主教毕恭毕敬地点头："是的，除了我就是我的义子约书亚，那是个非常可爱的孩子。"再多的介绍，主教就是想说也说不出来了。这些年，父神下在他身上的禁言术越来越严苛，但凡有关约书亚的一切，都不能过多地对外人提及，哪怕对方是教皇。

这样的保护是不是过于慎重了？两年了，也不知约书亚有没有长进。他低下头默默想着。

主角，也就是宝儿·布莱特好奇地追问："他今年几岁？性情如何？我今后要在神殿里常住，极想找一位性情相投的朋友。"

二皇子笑道："约书亚很温柔，你与他一定会成为很要好的朋友。"他对约书亚的印象还停留在最初的时候，但现在他的心已经向着宝儿了。而且宝儿实力强大，出身也更为高贵，教皇已经透露出想让宝儿接手萨迦亚帝国神殿的意思，所以他应该找个时间与约书亚说清楚。

若是以往，他难免担心这样做会得罪主教，但现在有教皇撑腰，他完全没有那种顾虑。

主教也对此乐见其成，把约书亚狠狠夸了一顿。在他看来，宝儿·布莱特是父神的使者，约书亚是父神的宠儿，日后两个人迟早要一起前往九天之上的神宫，现在打下感情基础也是一件好事。

教皇对所谓的"可爱的约书亚"丝毫不感兴趣，只默默听着，全程用温柔宠溺的目光盯着黑发黑眼的美丽少年。少年虽然已经几百岁了，但因为待在神宫，容颜丝毫未改变，更因为不染尘俗，心性极为单纯。

这样的人非常容易掌控。

教皇在这片大陆可算是权力巅峰上的人物。但他绝不仅仅满足于此。他获得了父神的一丝神力，那种力量与祭司们在祷告中获得的光明之力完全不同，它强大、纯粹、撼人心魂，如果能获得更多的神力，毁天灭地也不在话下。

在被神力灌注的那一刻，他产生了成神的想法。但此后的两百年里，无论他如何虔诚地祈祷、刻苦地修炼，实力仍然停留在法圣阶段，不能寸进。

当他快要绝望时，宝儿出现了。宝儿来自九天之外的神宫，是父神最珍视的信徒，因为受不了神宫的冷寂而恳求父神让他来大陆上游历。父神恩准了，并赐给他一枚镶嵌着顶级光明石的戒指，当它被触发时，那强大的力量可以让一切邪恶东西都烟消云散。

教皇自觉看见了希望，若是能与宝儿结下深厚的情谊，或许当宝儿离开的时候，能向父神引荐自己。

所以他假装巡游各大神殿，与宝儿一路同行，并轻而易举地拿下了少年那颗不谙世事的心。当然，他知道少年与二皇子、兽皇、精灵王也保持着非同寻常的关系，不过那又如何？他只要达到目的就好，过程怎样都能忍耐。

一行人越走越近时，周允晟正拿着剪刀站在一丛月季花前，准备把开得最美的花朵剪下来送给父神。

他在这里比画两下，那里比画两下，就是拿不定主意。花丛虽然结了很多花苞，开放的却寥寥可数，且还达不到最美丽的状态。

"大人，还是算了吧，等过几天再来剪。"站在他身后的一名侍女劝道。

另一名侍女立即附和："是啊，现在还没到最美的时候，剪了未免可惜。我们可以先用向日葵代替，父神也很喜欢向日葵。"

周允晟把剪刀放回花篮里，轻轻抚弄一朵花苞，叹息道："好吧，去摘向日葵。今年花苞结得这么多，像天边的繁星一样，如果能一夜之间全都开满，那景象一定很美，我真想亲眼看一看。"

九天之上的光明神一如既往地注视着少年，闻听此言微抬指尖，把一束金光投入水镜之中。他乐意去满足少年的一切心愿，少年要什么他就给什么，哪怕少年要天边的星星他也能摘下来为少年亲手串成项链。

周允晟正要迈步离开，却见铺满了一面墙的月季花一朵一朵争相开放，颜色从原本的纯白色变成了鲜艳的火红色，打眼看去像一簇簇跳动的火焰，有种惊心动魄的美感。

他目瞪口呆地看着这一切，身后的两名侍女也惊讶得合不拢嘴。

"天哪，这一定是神迹！父神显灵了！"她们喃喃自语。

忽然，一道更为惊喜、高亢的声音将她们的话盖住："我的天哪，宝儿，你刚走进神殿的大门，这丛月季花就忽然之间尽数盛开，那一定是父神送给你的礼物。他在九天之上看着你呢！"

二皇子激动得脸颊通红。他会有如此联想并不奇怪，因为宝儿是凭空出现在他面前的，身上穿着印刻有神谕的圣袍，手指佩戴着硕大的光明石戒指，脖子、手、脚上的饰物全都闪着金色的神光。

他当时就怀疑宝儿来历不凡，直到宝儿用金光杀死了一头皇者级别的黑暗兽，才向他坦白自己是来自神宫的使者，是父神的宠儿。

他创造的神迹一桩桩一件件不容置疑，所以这丛月季花开放的盛景自然也是因为他。世人都知道月季是光明神最钟爱的花朵。他把它献给最珍视的人，这很合情合理。

宝儿眼睛亮晶晶的，盯着花丛，为二皇子的话感到甜蜜而又惶恐。只有他自己知道，他并非父神派下的使者，而是擅自逃跑的仆人，地位并不似他们想象的那样尊贵。

但也许是他的消失，让父神意识到了他的重要性，这并非没有可能。

这样想着，宝儿快走两步想要去摘盛开得最美丽的一朵月季，却被忽然伸过来的一只手抓住了。

"你不配亵渎这些美丽的花。"闻所未闻、如金玉碰撞流水而形成的动人嗓音让他耳根都瘙痒起来，但暗藏在这嗓音下的恶意也让他心底发颤。

他享受了两年的无上追捧，猛然被人贬低侮辱，心里自然无法忍受。他瞪着眼睛看过去，瞳孔不可遏制地剧烈收缩了几下。

他原以为自己的容貌堪称绝世，哪怕在九天之上的神界，能超越自己的人或神使也寥寥可数，然而眼前这位少年美得让人找不到任何语言去描述。他就像一道光束站在那里，把周围所有的事物都衬托得黯然失色，包括被吟游诗人赞美了无数遍的自己。

如果他前往神宫，必定会让父神冰冷无情的目光也稍微停留。但是很可惜，他只是个凡人，永远没有那个资格。

宝儿心里生出这样倨傲的念头，表情却温顺而又可爱，委屈地问道："这是父神送给我的礼物，为何我不能摘？我是宝儿•布莱特。"是父神最珍视的神使，所以你应该马上向我行礼，并无条件地听从我的命令。

周允晟听出了他的未尽之语，越发觉得心气难平。如果是理智的他，必定不会与主角作对，但现在这个周允晟是光明神的狂热粉，只要想到这个人打着父神神使之名到处招摇撞骗，他就愤怒得想把这人活活撕碎。

他记得007传送给他的背景资料，这人是个大骗子，他牵着别人的鼻子走，而他的父神还对此一无所知。

他顿时有种毁天灭地的冲动。

"你是宝儿•布莱特又如何？不过一个凡人罢了。"他松开少年的手腕，指尖轻轻一晃便放射出无数金光，把鲜红的月季花绞成一地残渣。

他得不到的，别人也别想得到，"狂热粉"就是这样无理取闹。

若要把光明之力凝结成实体，非圣者级别的光明祭司不能做到。眼前这位少年似乎才十八岁吧？这人十八岁就拥有如此强悍的实力，简直骇人听闻！别看宝儿长着一张少年的脸，但细算起来已经五六百岁了，而且一直待在父神身边吸取神力，实力与约书亚比起来竟也没强上多少。

若是让少年再成长几年，又会达到何种程度？还有，他是怎样得到如此精纯的光明之力的？看上去竟无限接近于神力。难道他是父神在大陆上的宠儿？

教皇终于拿正眼去看少年，却只见到一个快步离去的背影，铂金色的发丝在阳光的照射下像一匹顶级的绸缎，晃得人眼晕。

宝儿眨眼，用怆然欲泣的表情朝教皇看去。他很久没被人如此无礼地对待过了。

教皇安抚性地拍打着他的头顶，说道："别伤心，我会好好与约书亚谈谈。你今后是萨迦亚帝国的主教，等他想明白了自然会来道歉的。"

一个温顺单纯，一个桀骜不驯，自然温顺单纯的那个更好控制，所以教皇很快就决定要帮助宝儿打压约书亚。

十八岁，他应该出门游历了。大陆上那么危险，谁知道他还能不能回来。

主教心知教皇必定会偏袒宝儿，连忙代义子请罪。别人都以为那月季花是送给宝儿的，他可不这样想。

他不止一次撞见宝儿在欺骗别人，而且每一次对象都不同，这样一个大骗子，进了试炼池必定会被焚烧成灰烬，只要父神眼睛不瞎，就绝对不会信任宝儿。

但是他无法把父神对约书亚的特别关注告诉旁人，所以只能保持缄默。便由着教皇陛下去折腾吧，父神会为约书亚处理妥当的。

主教想起了下场凄惨的副主教，微不可见地叹了口气。

　　九天之上的光明神此刻正皱着眉头，表情非常不悦。他并未认出宝儿，更确切地说，对方在他眼里连一粒尘埃都算不上。真挚的奖赏被误解了，且被莫名其妙地安在一个污秽不堪的凡人头上，他几乎气得发笑。

　　光明神指尖运起一缕金光，本打算让宝儿连身体带神魂都彻底消散，但目光触及一地残渣时又改变了主意。

　　约书亚对宝儿产生了嫉妒，这是不是代表他的思想升级了？也许他留下这人能让小信徒更快觉醒。

　　思及此处，光明神收起金光，用时光回溯之法查看宝儿的生平，连同那无数骗人片段也没错过。

　　他冷冽地低笑起来，瞳孔中泛出一些黑色的光点。这样一个骗子，也敢自称"神之宠儿"？让他干脆利落地消失对他而言反倒是种恩赐。还有，这些轻易便被欺骗的人就是所谓的"站立在大陆之巅的王者"？原来大陆上的生灵已经愚蠢到这等地步了吗？如此，还是趁早毁灭吧。

　　周允晟一路疾走，对父神的热爱与崇拜终是压下了心中的怒火。他平复好翻腾的心绪，转回花园继续采摘向日葵，然后抱着前往偏殿。

　　两名侍女把刚蒸好的素饼抬了过来，一块块整齐地码放在托盘上。她们很少看见祭司大人发火，这会儿有些战战兢兢的，不时去偷看他的表情。

　　"大人，我觉得布莱特祭司大人并不像传说中那般优秀，无论是外貌还是实力，他都比不上您。您虽然现在寂寂无名，但早晚有一天会光耀整片大陆，会成为最伟大的光明祭司。"其中一个人真情实意地表白道。

　　另一个人点头附和。

　　周允晟微笑起来。因为有了信仰，白天的他性情十分温柔，还有着许多天真烂漫的情怀，乐意把所有的事都朝好的方面去想。当然，如果谁诋毁他的父神，他就会变得非常具有攻击性。

殿内的气氛刚有所缓和，却见宝儿踩着轻快的步伐走进来，笑道："约书亚，咱们好好谈谈行吗？方才我究竟哪里惹到你？请你告诉我，今后我会在萨迦亚帝国神殿待很久，希望能与你成为朋友。"

他习惯了走到哪里都被人崇拜，猛然遇见一个看不上自己的，便兴起了一股不服输的念头，非要让对方崇拜自己不可。

两名侍女乖觉地退下。

周允晟抿着嘴不肯搭腔。他一点儿也不想与这人做朋友，看见这人就有种撕了这人的冲动。

宝儿转了转眼珠，试探性地问道："是因为二皇子吗？我与他只是普通的朋友关系，请你不要误会。"

周允晟这才正眼看他，一字一顿地强调："我的心里只有父神，我毕生的理想就是为父神献出所有，让他钟爱的这块土地不至于沦为魔物的乐园。你与二皇子究竟是什么关系我没兴趣知道。"

他说得那样斩钉截铁，在提及二皇子时眼里的厌恶反感几乎满溢而出，让宝儿无法将之视为口是心非。原来自己紧紧握牢的人在别人心里不值一提，这让他掩藏的那点优越感和得意扬扬全都消失了。

九天之上，光明神听了这席话既甜蜜又苦恼。他乐于接受约书亚的所有，也绝不吝啬回赠自己的所有，甚至包括光明神的神格。但约书亚把他想象得太完美了，他唯恐让约书亚失望。

"真不知该如何向你坦白才好。"他捂住脸，头一次感受到何谓纠结的心情。

偏殿里，两个人的对话还在继续。

宝儿很尴尬，沉默了片刻才又试探道："那是为什么？反感一个人总要有什么理由吧？我们才刚认识，请你不要太快对我下定义好吗？我其实很欣赏你呢。"他绽放出秒杀所有人的微笑。

周允晟低头摆弄素饼，仿佛什么都没听见。

蒸腾的热气使素饼的香味散发出来。即便在神宫里，宝儿也从未见过如此可爱精致的糕点。他拈起一块感叹道："闻起来真香啊！虽然父神不用进食，但如果他看见的话一定也会愿意品尝一块。父神最爱做的事就是斜倚在神座上饮酒，讨厌别人打扰他，却最爱将我唤到身边唱歌，一唱就是好几天，仿佛怎么听也不会腻。如果他高兴了，甚至会温柔地摸摸我的头，他的身体并非凡人想象的那样冰冷，是温热的，依偎在他脚边有种很安心的感觉。"

周允晟听得心里直淌血，眼睛一眨不眨地盯着宝儿问道："既然待在父神身边那样温暖安心，你为什么要来到大陆？"

宝儿从他眼里看见了浓烈的嫉妒，不知怎的竟高兴起来，笑道："因为神宫里太寂寞了。我们拥有长长久久的生命，偶尔也会倦怠。父神见我郁郁寡欢就让我来大陆散心，等到了期限，他会让神使来接我。"

谎话说一千遍就变成了真理。宝儿起初只是为了扯一面大旗保护自己，哪里想到那些人会把他捧到天上去？他享受到了从未享受过的尊贵待遇，久而久之就难以自拔了。

周允晟眼珠赤红，冷笑道："能待在父神身边是多么幸福的一件事，怎么会感到寂寞呢？如果是我的话，我绝不会离开父神半步。"

"但是很遗憾，你不是我。"宝儿耸肩，把小小的素饼扔进嘴里。

这会心一击让周允晟的心不再流血，而是直接化为碎片。对一个"狂热粉"来说，时时刻刻待在偶像身边简直是无上的幸福，叫他拿命去换都愿意。可这人不但跑了，还以神使之名到处招摇撞骗，还有继续活下去的必要吗？

当然没有！周允晟目中流露出杀意，指尖悄然蓄起一缕金光，想把宝儿的心脏刺穿，却被隐藏在潜意识中的"理智晟"制止了。外来的力量不能直接杀掉命运之子，否则会造成世界的崩塌，爽是爽了，却什么都捞不着，等于白干了。

你给我清醒点啊！别整天围着你的父神打转！为了提醒自己，"理智晟"冲破了无数心理暗示的屏障才终于说出这句话，然后又被"狂热晟"给摁进潜意识的黑海中。

他袖子一拂把所有托盘打翻，站起身朝外走去。

"你发什么疯？"宝儿身上被泼了许多糕点，气得脸颊通红。

"这是献给父神的祭品，你一个凡人有什么资格品尝？既然被你玷污了，那不要也罢。别以为在神宫里待了几百年就比别人高一筹，除掉你头上那些光环，你并不比我优秀。"

他撂下这句话，快步来到大殿，凝视父神的面容，眼眶里蓄满了泪水。

父神，您怎么宁愿选那样一个人也不愿意选我？

周允晟被宝儿炫耀兼挑衅的话弄得伤心欲绝。

若是往常，他顶多蜷缩在父神脚边，小心翼翼地抱一抱父神的双腿，现在则不管不顾地冲过去，趴伏在膝头哽咽起来。

汩汩的泪水落在雕像上，也等于落在了自己的皮肤上，那滚烫的温度让光明神头一次明白了何谓心疼，何谓不知所措。他浑身僵硬地坐在原地，暗金色的眼眸里全都是苦恼之色。

周允晟眼眶和鼻头通红一片，他断断续续开口："父神，您究竟看中宝儿·布莱特哪一点？"

"我并不看中他，事实上我连他是谁都不知道。"光明神对着水镜认真解释。小信徒很喜欢哭泣，但以往都是因为虔诚或喜悦，那泪水是甜的，哭得这样伤心还是第一次，真让他不知该怎么办才好。

"论容貌，他不如我美丽；论信仰，他不如我虔诚；论实力，他不如我强大。这样优秀的我，父神您为何总是看不见呢？"

"我天天都在看着你。"光明神无奈地叹息。

"父神，您是大陆唯一的神明，世上所有的生灵都是您的信徒，都有资格得到您的怜爱。但是您知道吗，我竟然希望您只看着我一个。对一位光明祭司而言，这种自私的想法真是罪过，足以让主教把我架在火堆上烧死。但是哪怕死了，我也想化为一堆守着你的灰烬，当您不经意间走过时，我就会牢牢依附在您的圣袍上，与您永不分开。您喜欢听人唱歌是吗？我会唱很多很多歌，所有关于您的颂歌我都深深地记在脑海里，为您唱到嗓子哑了也在所不惜。"

少年一口气将隐藏在心底近乎疯狂的敬慕之情脱口而出，说完连自己都蒙了，连忙把通红的脸蛋埋入雕像的双膝之间。

光明神扶额，无奈而又欢愉的笑声从齿缝中不断溢出。他怎么能如此可爱？他正想化为虚影去到约书亚身边，水镜上却出现了教皇、主教、宝儿的身影，让他不得不停住。

早知如此，他就该在大殿门口布下禁制，当约书亚与自己单独相处时便把所有人排除在外。

"这是父神的真容？"教皇看呆了，却又很快低下头，捂住刺痛的眼睛。

主教低声答"是"，自始至终没敢往殿上看。

宝儿忽然惊叫起来，把大家吓了一跳。

周允晟回过头，用厌憎的目光直勾勾地看过去，说道："神殿之内请不要大声喧哗！你果真是从神宫来到大陆的神使吗？怎么如此不懂规矩？！"

宝儿双眼紧闭，慌张地大喊："我的眼睛好痛，像有两团火在里面烧，快救救我！"

教皇把手掌覆盖在他的眼睑上，施加了一个圣光治愈术，使得他慢慢安静下来。他依偎在教皇身旁大口喘气，显然受到不小的惊吓。

"父神不允许吾等凡人直视他的真容，看得太久便会降下惩罚。"主教慢悠悠地解释。当然，他并未说明的是：连神殿内最卑微的侍女，在仰望雕像时也不会受到如此严酷的惩罚。

父神真是一点情面也不留，几乎把宝儿的眼珠子都烧掉。神之宠儿？笑话！

教皇点头，接受了这个解释。他刚才也感觉到了刺痛，便以为宝儿是因为忘情所以凝视的时间过于长久，受到的伤害才会这样大。

周允晟第一次听说凡人不能直视雕像的话。他瞪大眼睛去看主教，却见主教俏皮地冲他眨眼，用口型无声说道：孩子，你是最特别的。

我是最特别的吗？他仰头朝大殿上的父神看去，扯了扯嘴角，忍不住露出一抹微笑。

"你不是父神最信重的神使吗？怎么连直视父神的真容都做不到？你该不会是个骗子吧？"他没宣扬自己的独特之处，却又总想去挑衅宝儿。他厌恶宝儿眉眼间流露出来的优越感，厌恶宝儿用那具已然污秽不堪的肉体去诱惑父神。父神值得最好的一切。

宝儿很心虚，正绞尽脑汁地想着去反驳这话，教皇先开口了："如果他是骗子，父神不可能赐予他如此纯净雄厚的光明之力。约书亚，我的孩子，你失去了平常心，这对你的修炼很不利。我想父神并不喜欢被黑暗的嫉妒占据了内心的光明祭司，你说是吗？"

周允晟嗤笑道："父神看重谁、不看重谁，也不是由你说了算。"只要有他在，就绝对不会让父神信重宝儿。宝儿不配。

教皇是教廷的最高统治者，大陆上最有权势的国王到了他跟前也得俯首称臣，他何曾被一个小祭司如此顶撞过？若是在别处，他会马上施展一个光之烈焰将对方焚烧成灰烬，在父神的眼皮子底下却不敢轻举妄动。

他内心正有一条毒蛇在展露滴着毒液的獠牙，面上却绽开一丝慈爱的微笑，状似无奈而又纵容地摇了摇头。

主教适时打圆场："光明神在上，我们开始祷告吧。"

"好的。"宝儿的眼睛好多了，心情却越来越惶恐。约书亚说得对，他就是一个骗子，没准儿父神已经生气了，才会险些把他的眼珠子烧掉。他一定要取得父神的原谅。

四个人跪在柔软的垫子上开始祷告，主教和周允晟很认真，教皇和宝儿却如"跪"针毡。这并非什么夸张的修辞手法，而是真正意义上的针毡。两个人起初只觉得麻痒，过了几分钟便觉得垫子里似长了几万根针，直扎进膝盖骨，剧烈的疼痛感让他们汗流浃背。

他们齐齐站起来检查，却发现里面并无玄机，再次跪下后剧痛感比之前更甚，让他们恨不得把膝盖骨挖去。

主教察觉异样，睁眼询问。周允晟却已经沉浸在虔诚的祷告中不能自拔，哪怕外面发生一场战争也不能将他唤醒。

"这垫子有问题，里面被人放了针。"宝儿委屈地开口，还有意无意地看向约书亚。教皇面容冷肃地将垫子踢到了一旁。

主教为了证明义子的清白，立即让人把垫子拆开，彻彻底底检查了好几遍，结果什么都没发现。他略略一想也就明白了，这大概又是父神降下的惩罚，因为两个人之前挤对了约书亚。

教皇拿不到把柄，不敢在父神的雕像前造次，领着宝儿离开了。

周允晟结束了一天的祷告。当月亮爬上树梢时，他温柔和善的表情慢慢收敛，变得冷酷，继而又变得抓狂。

他只知道"狂热晟"祷告起来很给力，却没想到他与人争吵也这么给力，那眼泪汪汪的样子真的好丢人。

主角刚出现他就跟人杠上了，其不理智程度与原来那个约书亚有的一拼。他还试图阻止光明神与主角有联系，那简直是做梦。主角擅自逃跑的行为引起了光明神的注意。从主角降临大陆那天起，光明神就一直用水镜观察他的行为举止，并慢慢被他的坚强、善良、勇敢所吸引。

为了保护他，光明神悄悄在他佩戴的戒指中注入了一半神力，只要他遇到致命的危险，神力就会照耀整片大陆，将威胁到他的邪祟消灭于无形。这是何等用心、何等在意？是"狂热粉"那些微末的关怀能比的吗？

不过是能直视一尊雕像而已，又能代表什么？"狂热晟"你快给我醒醒吧！

周允晟站在落地镜前，用指尖狠戳镜子里的少年，表情狰狞而又挫败。心理暗示的后遗症太严重了，已经超出了他的预估。如果再放任下去，白天的周允晟就会不受控制地与宝儿作对，重又走上约书亚的老路。

他原本的计划是远离主角和他的拥趸们，在大陆上游历并传播福音，成为一名合格的光明祭司。

主角来了，命运的齿轮开始转动，为了不重蹈覆辙，"狂热晟"绝对不能再出现！从明天开始他就得取消心理暗示。

终于做完了今天的自我总结和明天的心理建设，他脱掉长袍正准备入浴，却听门外有人禀报："祭司大人，主教大人请您去议事厅一叙。"

他答应一声，换了便服前去。

"主教大人、教皇陛下、布莱特祭司，大家夜安。"他风度翩翩地行礼，嘴角挂着和煦的微笑，半点儿也不见白天的桀骜不驯。

"坐下吧我的孩子。"主教伸手相邀。

"握住这支权杖并输入光明之力，我的孩子。"教皇将自己随身携带的顶端镶嵌着四颗黄豆大的光明石的权杖递过去。

周允晟马上意识到了什么。他没有多问，握住权杖输入法力，当其中两颗光明石亮起来的时候就停止输入。

三个人等待了几分钟，见权杖顶端的光明石依然只被点亮两颗，主教深感失望，教皇和宝儿则一副早有预料的表情。他们并不怀疑约书亚隐藏了实力，要知道这四颗光明石一旦被触发就会疯狂吸收拥有者的光明之力，在吸干之前绝不会停下。

能把四颗光明石全都点亮的人，必定是圣者巅峰的强者，放眼整片大陆，唯有教皇能做到。点亮两颗石头虽然不差，却也算不上罕见。

"宝儿，你来试试。"教皇示意约书亚将权杖递给宝儿。

宝儿把体内的光明之力尽数朝顶端的光明石逼去，一颗、两颗、三颗、四颗，第四颗虽然亮了，却明明灭灭无法稳定，即便如此，也算十分骇人的实力。

教皇："主教，你也看见了，宝儿现在是萨迦亚帝国的祭司，按照教廷规定，在名誉不受损的前提下，实力最强者才有资格继承主教之位。你前两年向我递交的册封约书亚为主教的文书，我现在还给你，请你把继承者的名字改为宝儿。"

要掌握教廷的至高权力，教皇就必须把自己的心腹安插到所有强大帝国的神殿里去，并且充当要职。之前他安排的副主教已经废了，现在的宝儿应该无人反对。

主教接过文书，脸色灰败。

宝儿极力忍住了欣喜的表情。"神之宠儿"不过是个虚名，哪里有帝国主教的权力那样吸引人？

周允晟早知道主教的宝座会落在宝儿头上，哪怕他现在的实力比宝儿甚至教皇都强悍，也不会为了争一口气而暴露自己最大的底牌。他留在加戈尔很可能被卷入宝儿和其他人的纠葛中，受牵连当炮灰那是难免的。

他又不是白天的"狂热晟"，不会意气用事地与宝儿争。

刚这样想，他就听教皇意有所指地说道："帝国主教必须挑选实力最强大的人，说穿了就是挑选最受父神信任的人。约书亚，你也看见了，宝儿的实力比你强，所以也更得父神的重视。他今后将代表父神统率萨迦亚帝国神殿，并带领帝国取得黑暗战争的胜利，请你摒弃心中的偏见、嫉妒、怨愤，好好听从他的指挥。"

由于日复一日的心理暗示，周允晟的"精分"比他想象的还要严重。他以为"理智晟"是主人格，"狂热晟"是副人格，但他想错了，一直被压抑的"狂热晟"才是弱势的那一方，而每天沐浴在阳光雨露中的"狂热晟"则一天比一天强势。

眼下，听见教皇提及父神，"狂热晟"根本不用催眠就自动上线了。

他面色一变，冷笑道："他有什么资格得到父神的信重？有什么资格代表父神？就凭他满口的谎言、肮脏不堪的灵魂？我见到他就觉得恶心，遑论听从他的指挥。我永远不会承认他的主教之位！"

"你怎么能这样说我！"宝儿气得浑身发抖。

教皇也很不悦，严厉开口："约书亚，看在你是个孩子的分上，我原谅你的无礼。但是我也要慎重地警告你，有些话没有真凭实据不能乱说。每一个神殿的主教都是父神精心挑选的，诽谤他们就等于诽谤父神，我能以渎神罪将你驱逐出这片大陆！"

"不，教皇陛下，请您看在我的面子上不要与约书亚计较。"主教连忙俯身请罪。

"那么便请你驱逐我吧，我等着。"撇下这句话，"狂热晟"潇洒地走了，回到房间就龟缩回潜意识中睡觉，徒留"理智晟"气得挠心挠肺。

我是造了什么孽才把自己搞成这副德行？我做个任务容易吗？上一次差点神魂俱失，这一次又分裂成两半，我犯了哪一路太岁？"理智晟"对准床上的枕头拳打脚踢，表情狰狞。

九天之上的光明神真想把猴儿似的小信徒好好安慰一番。虽然小信徒生气的模样很有趣，脸颊红彤彤的，眼睛亮晶晶的，但他依然舍不得见小信徒恼怒心烦。

每一位主教都是父神精心挑选的吗？很好，他会让所有人都知道，他真正的意志是什么。

教皇内定了宝儿为萨迦亚帝国下一任主教。此举得到了萨迦亚帝国统治者的热烈欢迎。统治者听过宝儿的传说，知道他实力多么骇人，出身多么高贵，他留在加戈尔是帝国的荣耀。

但是老主教并不这样想，亲自前往皇宫与国王交涉。

"我不能跟您说更多，但是我可以向您保证，约书亚才是最合适的人选。"

"您不向我解释清楚，我又如何相信您呢？这是教皇做出的决定，任何人都没有权力否决，包括我。而且我听说教皇给了约书亚和宝儿公平竞争的机会，但是约书亚没能把握住。我的朋友，您应该知道萨迦亚帝国现在的处境有多么危险，我们需要更为强大的祭司和教廷的支持。如果您一意孤行，萨迦亚帝国会在下一次的黑暗战争中覆灭。"

主教沉默了。他内心焦急万分，嘴上却无法吐露实情，最终垂头丧气地离开皇宫。

没过几天，国王与教皇发表了联合声明，册封宝儿·布莱特为下一任主教，并且在一个月之后为他举行加冕仪式。

消息刚放出去，大皇子的噩耗就传入加戈尔，他在视察封地的路上被黑暗兽撕成了碎片。大皇子妃抱着刚出生一个多月的婴儿哭晕过去，国王也万分悲痛。

但是在教皇的开解下，国王迅速振作起来，并决定册立二皇子为皇储，册封仪式与宝儿的加冕仪式在同一天举行。

大皇子的葬礼举办得很隆重，但也很仓促。一桩接一桩的大事扰得加戈尔民众心神不宁，然而其中最心神不宁的，非周允晟莫属。

他没再催眠自己，但只要一走出寝殿，就会怀揣着满腔爱意朝神殿奔去，然后理智和情感会在头脑里进行一场大战。一个叫嚣着："你走进去试试，看我不踹死你！"一个蜷缩成一团眼泪汪汪地哭喊：

"就算你踹死我，我也要进去！"

于是路过的仆从和侍女都会用古怪的目光打量脸色苍白，肢体僵硬，在大殿门口一站就是一整天的祭司大人。有时候祭司大人会向前走两步，紧接着会像踩着火苗一般蹦跳着退回来，那样子很滑稽。

光明神习惯了每天倾听小信徒的祷告。那是他的美酒、蜜糖、精神食粮。但接连四五天，小信徒都只是站在那里，带着脆弱而泫然欲泣的表情，仿佛在经受着剧烈的心理挣扎。

他这是还在难过？光明神乐此不疲地猜测着小信徒的心思，津津有味地欣赏他时而羞涩，时而恼怒，时而恍惚的表情。总之无论他做些什么，举止如何怪异，在光明神眼中都无比可爱。

周允晟发现自己简直压不住对父神的崇拜。他每天都会离殿门更近一点。没了心理暗示的压制，理智的他与盲目的他并存于大脑中，且互相争夺身体的掌控权。随着时间的推移，他惊恐不安地发现，盲目而狂热的那个他占据优势的时间越来越长。

他急得头发都掉了一大把。为了不做出亲吻雕像的脚背等丢人的事，他只得蹲坐在大殿门口雕刻光明神的木偶。只要看见光明神那张俊脸，"狂热晟"就会安静，连带着让他整个人都心平气和起来。

他不知疲倦地雕刻，从白天到晚上，不过十几天就雕刻了一百多个木偶，各种各样的表情，各种各样的姿态。他还雕刻了自己的木偶，摆放在光明神身边，有时候"狂热"得厉害了就把两个木偶拿在手里自言自语，自编自导一出狗血剧，等恢复神志立即像被烫了手一般把两个木偶扔得远远的，把自己埋在被子里咬牙切齿。

他的状态前所未有地混乱窘迫，差点没把自己逼疯，九天之上的光明神却看得大笑不止，原本孤冷空寂的神宫现在每天都回荡着爽朗的笑声。

4 表明心意 ▶▶▶▶

　　周允晟趴在床上，手里拿着两个木偶，嘴里发出截然不同的两种声音，自己与自己对话。

　　"过来，我的孩子。"

　　"父神，您是在叫我吗？"他的语气带着激动的颤音。

　　另一个自己慈爱地笑着："不叫你还能叫谁？是谁每天跪在我的雕像前祈祷？是谁发誓为我奉献一切？是谁说爱我比爱自己还要虔诚？"

　　"是我，是我，那全都是我说的！父神，您能听见吗？"

　　"当然，我一直在看着你我的孩子。过来，到我身边来，我想好好地抱抱你。"

　　把小木偶重叠在大木偶怀中，周允晟傻乎乎地笑起来。

　　九天之上，光明神正坐在水镜前，由于强忍笑意，手里的琼浆被弄泼了些许。立即就有神使跪在他座前想擦拭干净，却被他挥手遣退。这是他每天最欢乐的时光，他不喜欢被人打扰。

　　周允晟把两个木偶摆弄了好一会儿，羞涩的表情忽然间就变成了冷酷。他一脸嫌弃地把两个木偶扔掉，走到镜子前冷笑道："好了吗？今天玩够了吗？玩够了就给我乖乖地蹲在角落，别碍我的事！你也就只能用这些木偶戏来满足自己的妄想了，可悲！"

　　"狂热晟"躲在潜意识中"啪嗒啪嗒"掉眼泪。但今天是宝儿和二皇子的加冕仪式，他们说好了，要让"理智晟"掌控身体，否则"狂热晟"很有可能大闹现场，把萨迦亚帝国包括教廷的人全都得罪光。那么约书亚的命运会比原来更惨，而缺失了Ａ级世界的能量补给，周允晟的精神分裂也很难治愈。总之后果很严重。

　　看见这一幕，光明神扶额，忧愁地叹息。小信徒每次都会这样，自得其乐地玩一会儿后就会对着镜子发怒，一再告诫镜子里的少年光明神永远不可能对自己另眼相看，让他别做梦。

　　他真是太自卑了，但纠结的小模样却那么有趣，或许自己应该早点把他接到身边，让他永远活在安心与快乐中。光明神想得出神，嘴角荡开一抹温柔的微笑。

　　周允晟穿上隆重华美的祭司袍，把头发梳成一条大辫子，用金色的丝带扎好，对着镜子左右看看，确定风采不输宝儿才朝门口走去。他虽然不会像"狂热晟"那样大闹现场，但稍微抢一抢宝儿的风头还是可以的。

　　反手关门的时候，他平静的表情慢慢变成了犹豫挣扎，静立片刻后叹了口气，走回房间把之前扔在地上的两个木偶捡起来，十分爱惜地拂掉上面的灰尘，摆放回原来的位置。

　　宝儿只穿了一件简单的白色长袍，腰间系着一根同色的腰带。他并不需要精心打扮，因为在加冕仪式中，教皇陛下会亲自为他穿上只有主教大人才能穿着的绛红色镶金边的圣袍，而国王会为他戴上沉重的冠冕。

　　他会站在高高的祭台上，俯瞰加戈尔的民众，在他们的热烈欢呼中点亮食指佩戴的鸽子蛋大小的光明石戒指，让父神的光耀照亮整个萨迦亚帝国。

　　他一定会成为千年来最强大的主教，甚至教皇，让大陆所有生灵都铭记他的名字。当他做到这一点的时候，父神必定会原谅他的罪过，并愿意把他接回神宫，赐予他神才能拥有的金色血液。

宝儿越想越激动，眼睛里沁出浅浅的泪光，脸颊也因为兴奋而通红一片。但当他抬起头四顾时，眸色却微微一暗。

　　他看见了约书亚。不，应该说神殿内所有前来参加典礼的权贵都看见了约书亚。

　　他像一束光忽然降临凡间，把周围的一切都照亮了。当他温柔的目光看过来时，大家一致觉得喧嚣的心平静下来。他是那样高贵、圣洁、悲天悯人，让人忍不住地想要去亲近，又害怕太过靠近而亵渎了他。他是存在于所有人想象中的最贴合光明祭司的形象，比来自神宫的宝儿更有气度。

　　许多贵族弯腰向他行礼，并不因为他错失主教之位而怠慢。

　　"约书亚，你今天真漂亮。本来红色应该更衬你的皮肤，但是可惜……"宝儿一脸的遗憾，仿佛在说"都怪我，如果不是我的出现，你就能穿上红色的主教服了"。

　　周允晟似笑非笑地看他一眼，并不跟他搭话。与他这种无耻之人吵架那是"狂热晟"干的事。加冕仪式后再过三天就是约书亚十八岁的生日，举行完受洗仪式他会马上离开加戈尔，免得被卷入主角和其他人造成的是非中。

　　把蠢蠢欲动的"狂热晟"压下去，他走到老主教身边站定。

　　"我的孩子，那个位置是你的。无论别人怎么肖想，该属于你的东西谁也抢不走。"说这话时，老主教一点也没压低嗓音，让宝儿尴尬万分的同时也引起了国王与教皇的不满。

　　"老朋友，我知道约书亚是你养大的孩子，你的心终究向着他。但是宝儿是父神和教皇陛下共同挑选出来的最佳人选，你应该服从父神的旨意。"国王害怕惹怒教皇，抢先开口。

　　"挑选宝儿是教皇陛下的旨意，而不是父神的旨意。养大约书亚的不仅有我，还有父神，如果他在这里，除了约书亚一定不会挑选别人。"主教笃定地道。

"伯德，你老了，封闭的心灵已经无法让你倾听父神的恩旨。看来这个时候让你退位果然是正确的决议。"教皇冷淡地开口，继而用威严的目光扫视大殿内的权贵。

权贵们纷纷低头，不敢多言。

周允晟很感激老主教对自己的爱护，但还是扯了扯他的衣袖，示意他不要再和国王争执。

老主教瞥一眼国王，默默叹息。总有一天他们会知道，萨迦亚帝国放弃约书亚而将主教之位颁给别人是多么愚蠢的举动！

当大家不约而同地选择沉默时，一道冷漠的女性嗓音忽然响起："教皇陛下一来，萨迦亚帝国就变了天，不但主教换了人选，连皇储也莫名死亡。教皇陛下是神的使者，理应带来福祉，怎么走到哪里就为哪里带来灾祸？"

"艾琳娜，你闭嘴！"国王大声怒吼。

站在周允晟右后方的贵妇轻蔑地冷哼一声。她是已故大皇子的妻子。她坚信丈夫的死亡是二皇子勾结教皇筹划的一场谋杀。教廷有许多秘法，控制一头黑暗兽再容易不过。等着吧，等糊涂的老国王死了，萨迦亚帝国早晚会变成教廷的走狗！

教皇恨不得施展一个净化术把这些刺儿头全都烧成灰，但他对外的形象素来是大度、宽容、仁慈的，所以他不能发火，尤其在父神的雕像面前。他面带微笑地挥了挥手，就有一名神职人员捧着两卷文书，走到殿中跪下。将绑文书的红绸解开，他大声吟诵着教皇与国王联合书写的册封旨意，好叫九天之上的父神知晓，念完后将教皇赐下的金色圣水洒在文书上，重新绑起来交给二皇子和宝儿。

两个人并肩走到殿中，跪在雕像前祷告，末了把早上亲手采摘的两束白色月季放在父神脚边以示虔诚。

等他们做完这一切，国王走上前，为两个人戴上冠冕。冠冕的顶端各镶嵌着一块黄豆大小的光明石，当魔物靠近就会闪烁白光示警，若输入光明之力还能化为利器将魔物击杀。这是光明神巡游大陆时留下的最珍贵的宝物，是制作法器的顶级材料，存量少得可怜。

连权势滔天的教皇也只拥有四块，更别提其他人。也因此，当宝儿出示他鸽子蛋大的光明石戒指时，众人才会对他的来历深信不疑。光明神的宠儿谁惹得起？哪怕大陆上最穷凶极恶的强盗，也不敢做出强抢的事。宝儿一路走来顺风顺水，很大程度上托了这枚戒指的福。

国王为两个人加冕完毕，退至一旁恭敬地开口："请教皇陛下为我帝国的新主教披上圣袍。"

一名侍女越众而出，跪在教皇脚边，双手高举着一件崭新的主教圣袍。因为洒了圣水，圣袍隐隐放射出金光，看上去耀眼极了。

宝儿飞快地瞄了一眼，心脏狂跳。

教皇拿起圣袍抖开，一步一步走到宝儿跟前，微笑着开口："我的孩子，你有最虔诚的信仰、最纯净的灵魂、最善良的内心，你的所作所为无愧于光明祭司这个伟大的职业。你体内的光明之力那样雄厚，可见父神对你多有偏爱，他既然挑选你成为光明的使者，那么我也不能违背他的意志。我在这里宣布，你，宝儿·布莱特，从今天开始将成为萨迦亚帝国新一任的主教。站起来我的孩子，让我为你披上圣袍。"

宝儿眼里含着泪水，向父神和教皇各行了一个大礼才站起来。

教皇把红色圣袍披在他的肩头，正欲替他绑好衣带，袍服表层却忽然冒出金色的火焰，将两个人包围。那骇人的高温几乎都快把地板烤化了。

宝儿惊叫起来，躺在地上不停翻滚。教皇却十分冷静，立即施展法术意欲将火焰扑灭，但他很快就发现，这火焰绝不是普通的火焰，竟能把他穿着的镌刻有神谕的教皇袍也烧穿一个个大洞。

能破坏神谕的火焰是什么来历？难道是神火？

教皇心里"咯噔"一声，汗珠止不住地往下落。如果真是神火，那便是父神降下的，什么都不烧，偏偏要焚烧披上圣袍的宝儿，可见他对这位新主教和自己都很不满。现在该怎么办？父神会不会把我们焚烧成灰烬？

教皇第一次体验到命悬一线的感觉。他停止了释放法术，改为跪在雕像前忏悔。好在有一丝神力附体，他只是觉得难受，并未失态。

另一边，哀号着满地打滚的宝儿看上去就凄惨多了。他皮肤光滑不见异样，那是因为火焰并未焚烧他的身体，而是直接焚烧他的灵魂，灵魂中存在多少不忠就要承受多大的痛苦。

现在的宝儿恨不得马上死去，凄厉地哭叫着："救救我，不管谁，快来救救我！若是不能，请一刀杀了我！好疼，太疼了！父神，请您原谅我吧！"他看见过被父神的光焰烧死的仆人，自然知晓自己将要面临的下场。

哪怕到了这个地步，他依旧不敢原原本本地将自己的罪孽说出来。

国王、二皇子、一众权贵全都吓呆了。庄重严肃的加冕仪式眨眼间变成一场灾难，被焚烧的不是普通人，而是教皇和神宠，这点已经足够让他们惊骇，而更令他们难以置信的是教皇那样无所不能的圣者巅峰的高手，竟也拿这些忽然冒出来的火焰没有办法，它究竟是什么来路？

众人看向大殿上面容冰冷的光明神，忽然觉得自己明白了什么，立即跪下来忏悔。无论如何，被焚烧的其中一位是萨迦亚帝国新选出来的主教，萨迦亚的人民也逃不开责任。如果父神迁怒整个帝国，萨迦亚将永远消失在大陆版图上。那太可怕了！

国王吓得脸色惨白，嘴唇哆嗦，跪在地上边行礼边语无伦次地呢喃："光明神在上，请您饶恕信徒的罪过，把灾祸全都降落在信徒的头上，不要为难信徒的臣民。"

周允晟早就拉着主教跪到人最少的角落，冷眼旁观那凄惨的景象。

宝儿已经哀号得嗓子都哑了，教皇却还硬撑着。但他额头上满是汗水，嘴唇咬出鲜血，可见并不好受。

几分钟后，金色火焰终于停止了焚烧，教皇身上的衣袍已尽数化为灰烬，暴露出身体。为了避免出丑，他在第一时间取出空间戒指中的新衣袍换上，然后心脏狠狠跳了一下。

他发现存放于体内的那一丝神力消失了，只剩下并不算雄厚的光明之力。没了神力，他恐怕连老迈的伯德主教都打不过。而每一次爆发黑暗战争，教皇都必须站在大后方，与众多光明祭司一起为三族联军撑开光明结界。

他是光明神在凡间的化身，是大陆生灵的精神领袖。他享有那样崇高的荣誉和地位，根本无法承受失去它的可能。他心神大乱，险些控制不住扭曲的表情，喉头涌上一股鲜血，快溢出齿缝时又默默咽下。

他绝对不能让任何人知道这件事！

宝儿的情况更凄惨。他神魂被煅烧许久，却并没有烧掉污物，而是把他在神宫中沾染的神气烧得一干二净。也就是说他经过五六百年熏染才成就的纯灵体已重新变成被神使选中前的驳杂体质。

他还可以使用光明之力，却不能像之前那样通过冥想补充回来，而是用一点少一点，直至变成彻头彻尾的凡人。

他气息奄奄地躺在地板上，衣袍被烧得精光，他神之宠儿身份唯一的信物——光明石戒指也都烧成了一摊水，他曾引以为傲的东西如今正折磨着他。因他对父神的不忠诚，他在这一刻受到毁灭性的惩罚。

当人体被火焰舔舐时，会手脚痉挛，不自觉地蜷缩起来。眼下，宝儿的姿势非常难看，他像一只煮熟的虾子蜷成一团。

二皇子踉跄着退后，他对父神也怀有不忠之心。如果父神知道他的所作所为，父神能放过他吗？

他膝盖一软，无论如何也站不住了。

权贵们一片哗然，怕搅扰父神又很快安静下来，默默忏悔。当他们以为不会发生更糟糕的事时，教皇和国王联合书写的，册封二皇子为皇储和册封宝儿为主教的文书也开始燃烧，眨眼间就烧得连灰都不剩。

紧接着，二人亲手采摘的放置在父神脚边的白色月季花迅速变黄枯萎，散发出腐烂的恶臭。

这一系列变故让众人全都蒙了，内心又是惶恐又是绝望。父神一向是仁爱的，何曾用如此极端的方法宣泄过怒气？由此可见这二人犯下的罪过将他惹恼到何种地步。

回忆起之前教皇的宣言，什么宝儿是神之宠儿，是他与父神共同挑选出的最合适的主教人选，现在看来却无疑是弥天大谎！挑中宝儿的分明只是教皇而已，没见老主教在仪式开始之前还断言宝儿不是父神的选择吗？

国王也想到这一茬，用求助的目光朝年迈、已脱掉主教圣袍的伯德主教看去。他现在懊悔得恨不得杀了自己！伯德主教曾三番五次来到皇宫，要求他收回册封宝儿的旨意，都被他拒绝了。

他当时害怕得罪教皇，但若是早知道会得罪父神，当时就该把旨意一把撕碎。

"我的孩子，去安抚你的父神吧，让他不要再生气。"老主教指了指雕像。

在异变发生的下一秒，"狂热晟"就因为情绪太激动上线了。他冷眼旁观教皇和宝儿的惨状，心里觉得非常痛快。

父神如果厌弃了宝儿，那是不是表示我还有机会？我能取代宝儿的位置吗？

他眼睛亮晶晶的，立即膝行到父神的雕像前，本打算忏悔一会儿然后做祷告，看见依然放置在父神脚边已经发臭的花朵时，立即伸手去清理。

一缕金光缠住他的指尖用力往上拉，让他不受控制地扑到父神怀中。他挣扎着想要起身，却忽然感觉到一只温暖而又宽大的手掌轻柔地拍抚着自己的脊背。

这是父神？父神在拍抚自己？

他不敢相信这个结论，所以僵硬地趴伏在父神怀中一动不动，连眼睛也舍不得眨。他实在害怕自己稍微一动弹，所感受到的一切就会像泡影一般消失。

他睁得大大的眼睛里蓄满了泪水，却不敢轻易掉落，连颤抖都必须克制住，只能用力咬住大拇指。模样可怜极了。

光明神的分身取代了雕像抱住少年，垂头用宠溺至极的目光凝视他，为他轻柔地擦掉挂在眼角的泪珠。见他惊恐万状地眨眼，并且不由自主地颤抖了一下，便发出愉悦至极的笑声。

他翻动掌心，幻化出紫色月季花编织成的花冠，戴在少年的头顶，把一个蕴含着浓烈神力的金光印记印在少年的眉间，这才消失。

他来了又走，神殿内却无人看见他的真身，但忽然出现在少年头顶的花冠是真实的，让权贵们惊叹的同时也刺痛了教皇和宝儿的眼睛。

他们这才知道，今天所遭受的一切究竟拜谁所赐。但知道了又如何？那人才是父神真正的宠儿，他们若想对他不利，下一次等待他们的就是死亡，真正意义上连灵魂也被销毁的死亡。

"我的孩子，父神原谅他无知的信徒了吗？"老主教见义子只是抱着花环一个劲儿傻笑，别的事全都忘了，不得不提醒。

"父神没说，我想单独对父神忏悔，可以吗？"少年眨着湿漉漉的眼睛说道。

"当然可以。我们都退下吧，父神现在并不想看见我们，包括教皇陛下。"老主教说起话来很不客气。惹怒了父神，教皇的好日子到头了，更何况他出去以后还要解释清楚宝儿的光明石戒指被烧成了一摊水的事。

就算他让别人顶罪，取信了愚蠢的凡人也无法取信全知全能的父神。父神早晚会收回曾经赐予他的一切。

两名侍女用衣袍把宝儿裹起来，扶着他出去。

权贵们并未离开，而是用谴责的目光盯着教皇和国王，让他们给大家一个交代。不是说好了吗？新主教是父神的宠儿，是他派往凡间的使者。这就是所谓的宠儿和使者？你们真的不是在开玩笑？从未有主教把加冕仪式搞成灾难现场。明眼人都看得出来新主教得罪了父神。

教皇面露惭愧之色，直言自己被宝儿欺骗了，会把宝儿关押起来审问清楚，然后借口伤重，回去休息。他现在毕竟是教皇，大家也不敢为难，只得放他离开，然后堵着国王问责。

国王十分诚恳地道歉，正准备宣布撤销宝儿的主教之位，却听"咔嚓"一声脆响，二皇子冠冕上的那颗光明石破碎了，从镶嵌的凹槽里掉落在地，化为齑粉。与此同时，闪烁着璀璨光华的冠冕迅速爬满锈迹，陈旧得仿佛随时都会散架。

众人还处于震惊中无法回神，就听大皇子妃畅快地笑起来："哈哈哈，看见了吗？这就是父神对你们所做的愚蠢决定的裁决。内心邪恶的皇储只能佩戴腐朽的冠冕。"

"不，不是这样的！我什么也没做！"二皇子捧着冠冕大喊。他的手指微一用力，竟把冠冕捏变形，使其看上去就像一顶廉价、滑稽的帽子。

"你敢对天上的父神发誓，你与我丈夫的死毫无关系？"大皇子妃厉声诘问。

二皇子脸色苍白地摇头，在众人了然的目光注视下狼狈逃走。

国王一瞬间老了几十岁，捂着脸，佝偻着背，不知在想些什么。还是德高望重的老主教站出来表示一定会圆满解决这场灾祸，才让惶恐不安的权贵们离开。

"约书亚才是真正的神之宠儿，对吗？"等人都走光了，国王询问道。

"对。"

"您怎么不早点告诉我？"

"我记得告诉过您很多次。但是您选择相信宝儿·布莱特，而非我。"

国王沉默了。

"紫色月季花代表什么，您还记得吗？"老主教拍拍国王的肩膀，步履缓慢地离开。

国王垂眸思索，一瞬间从绝望的谷底攀爬到希望的山巅。紫色月季的花语——高贵而珍惜。如果这是父神真正的心意，那么萨迦亚帝国只要拥有约书亚，就能拥有光明的未来。

太好了，感谢父神的眷顾，也请您原谅我们的愚蠢。

周允晟知道"狂热晟"又要发疯了。

他眼睁睁地看着"狂热晟"膝行到光明神的雕像前，趴伏在他膝上啜泣，诉说着收到紫色月季花冠时是如何幸福快乐，甚至要求光明神把他接到天上去。然后他直起身，捧住光明神的脸，还想继续下一步时，"精分"成两半的灵魂在潜意识中激烈交战。

"理智晟"最终还是赢得了胜利。他把蠢蠢欲动的"狂热晟"压制回潜意识，飞快跑回寝殿，仰躺在床上。

他感觉身心俱疲，内心却还在经历着剧烈的挣扎。

他没想到光明神竟然真的回应了"狂热晟"。他用光焰焚烧宝儿，反而送给约书亚紫色月季做成的花冠，其含义不言而喻。

另一边，教皇命人把宝儿羁押起来，屏退属下后单独回到寝殿。他用法术反复检查自己的身体，终于确定父神已经收回了那丝神力。他原本是一只脚踏入神界的半神，现在却比普通的祭司还要实力低微，一旦黑暗战争爆发，他就会原形毕露，被人从神坛上推下去。

该死的宝儿·布莱特！你根本不是神的宠儿，欺骗了我！你诱使我坠入欲望的深渊，让我失去了父神的庇护。我要让你付出代价！他在心里疯狂地诅咒，想狠狠把房间内的摆件全都打碎，却担心惊动旁人而不得不忍耐。这里毕竟不是他的中央神殿。

对，我得赶紧回到我的宫殿再想办法。他这样想着，立即开始收拾东西。

当他取出权杖和另外几件圣袍时却骇然发现，权杖顶端镶嵌的四颗光明石已经碎了，而圣袍上镌刻的神谕消失得无影无踪，从原本的金光闪烁变成了现在的陈旧破烂。

他猛然间意识到，曾经的父神给予他多少眷顾，现在就会施加多少惩罚。为了争权夺利，他早已把虔诚的信仰丢到一旁。他干了许多坏事，实力却并未被削弱，便以为父神不会时时刻刻盯着人间，也不会什么隐秘都知晓。

但他显然想错了，父神并非不知，而是不愿搭理罢了。如果他的所作所为触及父神的底线，父神就会让他一无所有。

现在他该怎么办？教皇瘫坐在床边，一筹莫展。

宝儿被关押在臭烘烘的地牢里，负责看守他的几名侍卫聚在一起，绘声绘色地描述着他被光焰焚烧裸露出身体的那一幕。

"天哪，这就是传说中的父神的宠儿？我当时眼睛都要瞎了，回来用圣池的水冲洗了好几遍。难怪连仁爱的父神都无法忍受，降下金色的光焰焚烧他。"

"可不是嘛！父神为何不干脆将他烧死？我听说伯德主教曾经极力反对册封他为新主教，是教皇一意孤行才不得不妥协。你们说，他不会是跟教皇狼狈为奸？"

"一定是，否则父神为何只焚烧他二人？"

教皇的亲信听见这些言论立即喝止，并跑去寝殿禀报。为了教皇的声誉，也为了中央教廷的威严，宝儿·布莱特不能留了。

宝儿羞愤欲死，往牢房的角落里躲去，想起在神宫中无忧无虑的生活，一时间百感交集。

"父神，请您原谅我的过错并把我接回去吧，我愿意向您献上我的灵魂。父神，您难道忘了吗？我曾依偎在您脚边歌唱，您还曾微微垂眸用慈爱的目光注视我。现在想来，那才是我一生中最美好的时光。父神，我思念您，您听见了吗？"

他跪在地上双手合十，迫切地想把自己的心声传递到神宫。

九天之上，光明神指着水镜淡淡开口："看见了吗？"

"是卑人失职，请父神降罪。"神使被宝儿·布莱特的行为恶心得反胃。一个逃逸的仆人竟然也敢自称"神之宠儿"，还假冒父神的名义谋取权力和地位。若是以往也还罢了，偏偏现在父神拥有了真正的宠儿，试问父神能饶过他吗？

"把神宫里的神仆全都遣散，临走时把他们体内的神力和光明之力尽数收回，不允许他们在凡间假冒我的名义行事，否则神魂将受神火煅烧而死。"光明神挥袖。

神使讷讷应诺，正准备离开，又听父神补充道："让他们看看宝儿·布莱特的所作所为，以此为戒。"

神使低头领命，随后把从下界选来的神仆召集在一起，颁布了神谕。他用时光回溯之法把宝儿的经历展示给他们看，让他们明白自己为何会承受这样的命运。

神仆们原本都是凡人，来到神宫后不老不死，无忧无虑，又岂会甘心再入凡间经历生老病死之苦？更何况待在父神身边，说不准哪天获得了他的信任，自己就能获赠神格，成为世间最尊贵的存在，现在却什么都没了。

他们跪在地上哭求，一再表示宝儿·布莱特的行为与他们没有关系，求父神和各位大人开恩。但神使们毫不动容，抽出他们体内纯净的光明之力，把原本属于他们的驳杂凡体还原，推入通往凡间的通道中，想来再过不久，凡间就会凭空出现许多"神宠"。

二皇子的册封文书被神火烧成灰烬，冠冕也爬满了锈迹，这昭示着父神并不愿意承认他的皇储之位。国王只有两个嫡子，其余几个孩子都是情妇所生。为了避免内乱，他处心积虑地把几个私生子养成只知道吃喝玩乐的废物。现在一个嫡子死了，一个嫡子被父神厌弃，他根本没办法再挑出一个合格的继承人。

不立皇储，皇权就不稳，现在他该怎么办呢？

与苦恼中的国王相反，大皇子妃却觉得痛快极了。她抱着三个月大的儿子轻轻摇晃，哼唱着催眠的歌曲，等他陷入甜梦就小心翼翼地将他放入摇篮，命几位武皇级别的高手隐藏在寝殿内保护。

她穿上最素净的衣裙，缓缓走入神殿，就见约书亚祭司正坐在圣池边雕刻木偶。

约书亚眼眸低垂，神情温柔，金色的阳光笼罩在他周围，形成耀目的光圈。几只蝴蝶闻见他身上甜蜜的月季花香味，围着他上下翻飞不肯离去。

他那么美，那么圣洁、安静、祥和，即使脾气最暴烈的人，到了他跟前也舍不得大声说话，唯恐惊动了他。这才是父神真正信重的人吧？

她放轻脚步，走到约书亚身边，毕恭毕敬地弯腰行礼。

"艾琳娜王妃，日安。"少年微微一笑，嗓音如泉水般动听。

大皇子妃有些诚惶诚恐，斟酌半天才试探性地说道："后天是您十八岁的生日，也是我的儿子满一百天的日子。"

"哦，安东尼小殿下满一百天了吗？"周允晟很快就意识到了对方的来意，用鼓励的目光看过去。

大皇子妃果然镇定很多，徐徐说道："所以我想请您在受洗过后为安东尼赐福。"按照大陆上约定俗成的规矩，新生儿满一百天后必须找一位德高望重的长辈替他赐福，民间一般是找本地实力最强大、品德最高尚的人，皇族则会请本国的主教。

"可是您知道，我并不是萨迦亚帝国的主教，没有资格为安东尼小殿下赐福。"周允晟坦然相告。如果对方一定要他赐福，那么他也不会吝啬用光明之力为小殿下制造几个神迹。他绝不会让二皇子继承萨迦亚帝国的皇位。

"在我心里，没有人比您更有资格。请您一定要答应我的请求。"大皇子妃双手合十，眼看就要跪下了。

周允晟连忙站起来搀扶她，微笑道："既然是您的愿望，那么好吧，我答应了。愿您与小殿下身体安康。"

"谢谢您。您真是太好了。您的决定对我和安东尼来说是一场救赎，这份恩情我们永远不会忘记！"大皇子妃抹掉眼泪，再三弯腰行礼后悄然退下，走到无人的角落才撩起衣袖。

站在远处等待的侍女来到她身边，看见主人雪白胳膊上的几个焦黑指印，骇然低语："天哪，这是约书亚祭司弄出来的吗？但是他看上去很和善，不像是那种残暴阴险的人。再说他有什么理由伤害您？您曾经得罪过他吗？"

"不，我没有得罪他，但是我得罪了跟他有紧密关系的人。这是神火烧出的印记，父神不乐意让旁人碰触他，所以用这种方式告诫我们离他远点。"大皇子妃摇头苦笑。

侍女吃惊得嘴都合不拢，凝视指印的目光从愤怒变成了崇敬。

大皇子妃放下衣袖，心满意足地笑起来。她这次赌对了。由于生存环境恶劣，大陆上没有哪个帝国会把一个不满一岁的婴儿立为皇储，因为那样风险太大了，更何况国王膝下还有几个私生子在虎视眈眈。

只要安东尼能获得约书亚的青睐，就等于获得了父神的青睐，那么不管安东尼多年幼脆弱，也一定能稳稳地坐在皇储的位置上。从今往后再也没有人敢践踏欺辱他们母子。

三天后，约书亚年满十八岁，举行完受洗仪式就该去大陆上游历。原本宝儿夺走了他的主教之位，这使得神殿将他的受洗仪式降低了规格，并且只邀请了神职人员，并未邀请帝国权贵。

但在宝儿和教皇被神火煅烧的第二天，国王就召开了紧急会议，要求把约书亚的受洗仪式定为大陆最高规格的仪式，全加戈尔的贵族都必须出席。他也曾与老主教商量，要在受洗仪式的当天册封约书亚为新主教，却被老主教拒绝了。

两个册封仪式挨得太近，好似约书亚是专门为宝儿收拾残局的一样。因为宝儿失去了资格才轮到他，这显然是一种侮辱和贬低。约书亚绝不会同意。

所以老主教向国王提出建议，等约书亚游历回来再册封，并且举办一个更为隆重盛大的典礼。

国王稍一思考便答应了。至于教皇的意见？两个人不约而同地选择了忽视。身为教皇，本该是父神在凡间的化身，却被父神降下神火严惩，这样的"殊荣"前所未见。消息传出去，他也就没有资格再待在教皇的宝座上。

举行仪式的当天，除了被软禁的二皇子，全加戈尔的贵族都聚集在神殿的空地上。他们表情庄重严肃，连大声喧哗也不敢。因为他们知道，这位约书亚祭司才是父神真正的宠儿，此刻，父神很有可能在天上看着。

周允晟独自跪在大殿内祈祷，等太阳升到天空的正中，便沿着长长的红毯朝殿外的圣池走去。沿途有人不断向他抛撒纯白的月季花以示祝福，花瓣被微风卷起再纷纷扬扬地飘落，场面看上去美不胜收。

今天周允晟的精神状态很好，理智和盲目狂热的他相安无事，因为这是约书亚最重要的日子，他们都不想毁了它。

等他走到圣池边，仅穿着普通祭司袍的教皇走过去，想要牵起少年的手，带领他踏入池水。这本是教皇在受洗仪式上的职责。

周允晟却摆手拒绝了，睨过来的目光隐含着轻蔑和厌恶，仿佛在说"你没有资格碰我"。教皇心中怒气翻涌，面上却从容微笑。他不想在众目睽睽之下丢脸，强硬地握住少年的手腕，将他拉上圣池的台阶。

于是众人发现，教皇接触约书亚的掌心忽然冒出黑烟，紧接着腾起一股金色的火苗。这次不但灼伤了教皇的灵魂，连皮肉也烤成焦炭，散发出浓烈的恶臭。

教皇终于维持不住道貌岸然的姿态，立即放开少年退到一旁，英俊的脸庞扭曲变形，可见正承受着怎样的痛苦。半分钟后，火苗熄灭了，他腿脚发软站立不住，被几名来自中央神殿的神官扶下去休息。

几人安置好他后匆忙回转，不肯错过约书亚祭司的受洗仪式。周围不断传来的议论声让他们对教皇的权威产生了质疑。

"教皇究竟做了什么让父神如此厌恶？快看啊，他已经被神火烧了两次了。一个接连两次被父神施以严惩的人还有资格坐在教皇的位置上吗？如果所有教廷都在这样一个肮脏的人的统治之下，父神早晚会因为震怒而遗弃我们，像其他几位神明一样。"

"别说了，父神不会那样狠心的。我们还有约书亚祭司，他圣洁、高尚，深得父神信重，只要有他在，父神就不会遗弃我们。"

"你说得没错。刚才教皇硬要去碰约书亚祭司，没准儿就是因此而惹怒了父神。"

似乎意识到自己正在非议神明，那人连忙捂住嘴不敢再言，其余人也都安静下来。

与此同时，周允晟脱掉外袍，仅穿着一件单薄的中衣走进圣池。

那场景美妙至极。

在场的权贵们只看了一眼就感觉到眼球刺痛，紧接着有一道金色的光柱从九天之上投射下来，将圣池笼罩。

然而当光柱终于散去，在场的人却发现，原本普通的池水现在已经变成了闪耀着金色光芒的真正意义上的圣水。

它散发出纯净而又磅礴的光明之力，令沐浴在此间的人觉得温暖舒适，感动得几乎落泪。

他们目瞪口呆地看着约书亚祭司从圣池中站起来，缓缓走下台阶。

他身上的白色中衣消失了，变成华美异常的镌刻着金色神谕的长袍，款式竟然与父神穿着的神袍一模一样，水滴尽数滑落，未曾沾染长袍分毫。

他铂金色的发丝不知被谁编织成粗大的长长辫子垂落在身后，质地比东方的丝绸还要顺滑。他头上佩戴着用细小而璀璨的光明石做成的额饰，一颗硕大的蓝色宝石坠在眉心中间，与他海洋般深邃的蓝色眼眸交相辉映。

他纤细的手腕和脚腕均被套上了精致奢华的镯子，行走间发出清脆悦耳的声响。当他走过时，没有人能忽略他的存在。更令人震惊的是，他手里握着一柄权杖，杖身铭刻着玄奥的符文，顶端镶嵌着九颗硕大的光明石，隐隐辐射出的浩瀚神力让在场所有人都觉得呼吸困难。

父神对少年的重视远远超出了国王和权贵们的想象。看看他身上穿的、头上戴的、手里握的，父神似乎把全天下的宝物都堆积在他身上了。

权贵们诚惶诚恐却又欣喜若狂地跪伏在地，狂热地呼唤着约书亚祭司的名字。虽然约书亚没能被钦点为萨迦亚帝国新一任的主教，光明神却用自己的方式为他加冕。如此殊荣，放眼整片大陆都绝无仅有。

"狂热晟"缩回潜意识里，现在的身体由"理智晟"掌控。他迈着优雅而又从容的步伐踏上红毯，脸上的表情极其平静。他发现从烧伤中缓过劲儿来的教皇正站在不远处盯着自己，面容略微扭曲，眼中流露出对权杖和神袍的贪婪。

周允晟勾唇，讽刺地笑了。

既然被光明神推到风口浪尖上，他只能放弃原本与世无争的打算，与各方人马斗一斗。他可没忘了，宝儿在来到加戈尔之前就已经攀上了黑暗神，而黑暗神与光明神是死对头。两位神明开战，座下的从属也不能幸免。

他现在已经站在光明神的阵营里，而且很有可能被黑暗神打上了"光明神软肋"的标签，接近、试探、绑架，甚至是暗杀，都会接踵而来。

这样一想倒也不错，至少很有挑战性，周允晟一边苦中作乐，一边朝跪在红毯那头的艾琳娜王妃走去。他要为她的孩子赐福。

当他走到红毯尽头，正要去弯腰抱孩子的时候，在微风中盘旋的白色月季花瓣忽然全都变了颜色，铺天盖地的红色浪潮和浓郁的香气简直令人窒息，而未被采摘、生长在花园里的各种名贵鲜花也都违背季节的规律争相开放。五彩缤纷、满目琳琅的美景让众人如痴如醉。

周允晟面上动容，内心呵呵。难怪别人都喜欢抱金大腿。瞧瞧"狂热晟"，金大腿一抱，差点把万人迷主角都杀死了。傻人有傻福，这话还是有些道理的。

他站在原地欣赏了一会儿，给足了光明神面子，这才弯腰去抱安东尼殿下。

小婴儿被包裹在襁褓中，两只小手露在外面，正捏着悬挂在脖子上的宝石链坠把玩，眼睛因为好奇而睁得大大的，头顶只长了一小撮卷曲的毛发，看上去又傻又可爱。周允晟喜欢孩子，几乎一眼就被迷住了。他伸出指尖，想要去拨弄小殿下粉嫩的唇瓣。

"不！"艾琳娜连忙阻止，见祭司大人用疑惑的目光看过来，白着脸解释道，"父神不允许您碰触旁人。凡是被您碰触的人，不管有意无意，都会受到神火的灼烧。安东尼他太小了，承受不了。"

竟然还有这种事？什么时候开始的？他转脸去看老主教和自己的贴身侍女，这几个人平日里最常与他接触。

三个人低头，露出惊惧的表情，可见平时没少受罪。但他们就是受再多罪，因为禁言术也不能向约书亚本人提及，只得尽量离他远点。

光明神如此重视他，这代表"狂热晟"的魅力太大还是太小？但无论如何，命运已经乱套了，周允晟就得让它继续乱下去。他想试探光明神对"狂热晟"的底线，于是摊开掌心说道："原来如此，那么我请求父神宽宥一次，借我的手为安东尼赐下福祉，剥离他经脉中的杂质，赐予他纯净的灵体。无论是武者、法师，还是光明祭司，只要他拥有哪种潜质，就会成为哪一系的强者。他将远离一切灾祸、病痛、苦难、阴谋，成就幸福美满的人生。"

艾琳娜王妃听愣了，其余人等也都不敢相信自己的耳朵。按照惯例，为新生儿赐福的长辈只会祈求神明保佑此子健康平安地长大，绝不敢有僭越，甚至称得上贪婪无礼的要求。

"哦，天哪，不需要如此……"艾琳娜王妃想让祭司大人换一段更为普通的祈愿词。她现在的感觉用"惶恐至极"来形容也不为过。

国王和一众权贵也都惴惴不安，心想约书亚到底是个孩子，稍微得到一些眷顾就忘乎所以。若是不改一改贪婪虚荣的性子，怕是早晚有一天会遭受父神厌弃。

唯独老主教神色平淡地站在原地。

周允晟静静等待片刻后感觉到一只无形的手握住他的手腕，将一股滚烫的热流注入他的指尖，引领着他在安东尼小殿下的额头上画下一个极其复杂的符文。

符文闪烁出璀璨的金光，然后一点一点浸入安东尼的皮肤，最终消失于无形。

这是什么情况？众人有些蒙了。他们从未在别人的赐福仪式上看见过这种异象。父神果真答应了约书亚祭司的请求吗？答应了多少？要是全都答应，安东尼小殿下无疑会成为大陆上最幸福的人。

周允晟默默将符文记下，正欲收回悬在安东尼额头上的指尖，却忽然僵住了。有人在他耳边低语："你的任何请求我都能答应，但前提是你必须拿自己来交换。"

周允晟心里咬牙切齿，面上却分毫不显。他慢慢收回指尖，发现艾琳娜王妃正用期待的目光看着自己，立即笑道："父神很喜欢安东尼小殿下，小殿下一定会幸福的。"

这话太模糊了，父神究竟赐下多少福祉你倒是明说呀！国王和权贵们急得眼睛都直了。艾琳娜王妃也好奇得挠心挠肺，却又不敢多问，只得伸手去接孩子。

恰在这时，只听"咔嚓"一声脆响，被安东尼殿下捏在掌心里的红色宝石链坠竟然裂成了两半。

要知道这种冬天能发热的火属性宝石虽然算不得无坚不摧，可也不是一个小小的婴儿能捏碎的。莫不是父神降怒而造成的吧？

国王和王妃正觉得惶恐，却见约书亚祭司朗笑起来："小殿下一定身具斗气，将来会成为强大的武者。"

"不如用属性石测试一下吧。"老主教微笑着开口。

立即就有侍女拿来一块属性石放在安东尼的掌心里。灰褐色的石头变成透明状，紧接着发出橙色的光芒，那光芒越来越耀眼越来越深，直至变成近乎黑色的暗橙色。

在大陆上，资质好的孩子在一岁就能测试出身体属性。如果是元素法师，会让属性石散发出代表金、木、水、火、土、风、雷等元素相应的黄、绿、蓝、红、褐、青、紫等颜色，色泽越深表示孩子的资质越好。

如果是武者，就会让属性石散发出橙色的光芒，同样也是颜色越深资质越好。

像小殿下这样才三个多月就测出顶级潜质的孩子，在大陆上简直闻所未闻。萨迦亚帝国的权贵们咬着牙根感叹道："这绝对是父神赐福所致！一出生就是暗橙色斗气的拥有者，长大了又该如何？约书亚大人果然深得父神信重！"

国王和艾琳娜王妃欣喜若狂，底下的一众权贵用隐晦而又灼热的目光朝约书亚祭司看去。更有几位亲王，恨不得把自家的孩子重新塞回他们母亲的肚子里，好等他们满了百日也请祭司大人赐福。

毫无疑问，有了约书亚祭司和父神的庇佑，安东尼殿下还未长大，便已经稳稳坐在皇储的位置上了。

"谢谢，太感谢您了祭司大人！从今往后，艾琳娜就是您最忠心的仆人！"艾琳娜王妃抱着儿子跪下，丝毫不觉得这样做有损自己尊贵的身份。约书亚祭司将来一定会踏入神界，她能做神的仆人是无上的荣耀。

周允晟但笑不语，冲感激涕零的国王摆摆手便离开。

"我宣布，安东尼殿下将成为我萨迦亚帝国的皇储，谁也不能替代！"国王亢奋的声音传出去很远，然后便是权贵们或真心或假意的道贺声。

老主教趁机从艾琳娜怀里接过孩子，轻轻摩挲他曾闪耀着金色符文的额头。

站在不远处的教皇用讳莫如深的目光眺望约书亚离去的背影。

他知道，父神一定将曾经赐予他的神力转赠给了约书亚，但是约书亚凭什么得到那样的珍视呢？就凭一副好相貌？自己没了神力，圣袍腐朽，权杖破裂，今后该拿什么在中央教廷立足？

或许自己应该把约书亚的神袍和权杖抢过来，还有他头顶佩戴的、用无数光明石穿成的额饰。有了它们，他还是那个无所不能的教皇。

但是父神一定在天上看着约书亚，所有试图伤害约书亚的人，都会受到父神最严厉的惩罚，从约书亚手里抢夺东西几乎是不可能完成的任务。

不不不，或许有一个人能做到，那人跟宝儿·布莱特还颇有渊源。思及此，他疾步朝地牢走去，刚走到牢门口，就见一名侍卫匆匆跑来，见了他连忙回禀："教皇陛下，宝儿·布莱特被人救走了，而且对方很有可能是一只高阶魔物。您快去看看吧，地牢的铁门被魔气腐蚀出了好大一个洞。"

教皇心道"果然"，立即朝地牢内走去。

周允晟前脚刚踏进寝殿，后脚就收到宝儿成功越狱的消息。他并不觉得惊讶，甚至可以说，这完全在他的预料当中。

宝儿毕竟是这个世界的支柱之一，拥有最浓厚的气运。"狂热晟"抢走一个人只能算是瞎猫碰上死耗子，赶巧了。而且也不知道这耗子能死多久，后面会不会被宝儿再叼回去。

大约是因为离开了加戈尔，离开了神殿的关系，最近几天"狂热晟"都很安静，并不再吵着闹着要争夺身体的掌控权，这让周允晟松了很大一口气。他们准备前往大陆历练。

眼下，周允晟正坐在豪华舒适的马车上，雕刻光明神的雕像。这样做的话，"狂热晟"会更安静，每天只用四个小时进行祈祷，完了摸摸雕像便接着休眠。

教皇与他们一起上路，等穿过精灵族和兽人族的族地就会分道扬镳，返回中央教廷。

周允晟知道这块大陆并不太平，然而亲眼看见的情况比约书亚前世的记忆更惨烈。魔气似乎无处不在，每路过一个小镇，他都会遇见被魔物寄生的人类，他们或明目张胆地杀戮，或暗中闹事令恐惧滋生，把大家原本安静祥和的生活搅扰得翻天覆地。更有被魔气侵蚀而发生变异的植物和魔兽潜伏在暗处伺机而动。土地和湖水变成黑色，草木枯萎、生灵灭绝，景象与周允晟曾经历过的末世那么相似。

再这样下去，情况会变得越来越严重。作为光明神，不应该是仁爱的吗？不应该遍洒光明将黑暗驱逐吗？为何亚度尼斯竟有种冷眼旁观的感觉？莫非他斗不过黑暗神？

每当周允晟这样揣度的时候，"狂热晟"就会跳出来大力维护自己的父神，让他头疼极了，久而久之也就不再多想。

教皇的队伍一直跟在他身后。每当遇见魔物，随同教皇前来的武者和法师就会合力将之灭杀，并不曾见教皇露过面，连光明结界都是他身边的几位祭司帮忙撑起来的。

时间长了，周允晟产生了一个猜测。他知道二皇子的册封文书和宝儿的光明石戒指都被神火烧了，同理，教皇的权杖应该也保不住。光明神连自己命中注定的人都能厌弃，对教皇就更不会容情。光是毁掉他权力的象征还不够，还有可能收回赐予他的力量。

没错，在这里，光明祭司的力量是能随时被收回的，这也是周允晟不敢得罪光明神的原因。光明神用神力操控着这个世界，把所有生灵摆弄成他期望的样子，更甚者，连魔气的蔓延也有可能是他放纵的结果。

这样来看，光明神似乎并不怎么光明。当然，这个念头他只敢在脑海中飞快闪一闪，害怕让"狂热晟"感知了闹起来。

他一路传播福音，驱散魔气，击杀魔物，净化被污染的土地和水源，让约书亚祭司的名讳渐渐广为人知。尤其是萨迦亚帝国的民众，简直将他奉若神明。

　　这天，他们终于离开了帝国的国土，踏上了精灵族和兽人族的地界。这里被魔气侵蚀的状况比任何一处都要严重，一路走来，大片大片的森林被笼罩在黑色的雾气中，俨然另一个黑暗森林。而魔植与黑暗兽的出现也越来越频繁，等级越来越高。

　　由于没有强大的祭司撑起结界，教皇的队伍伤亡惨重，这更印证了周允晟的猜测。但他绝不会好心地去帮助对方，反而选择袖手旁观。若是教皇能死在回教廷的路上再好不过，他可没忘了教皇觊觎光明权杖和神袍时的阴毒眼神。

　　一只皇者级别的黑暗剑齿虎从草丛中一跃而出，朝队伍扑杀过来。它赤红的眼珠里满是对新鲜血肉的渴望，嘴里喷出具有强烈腐蚀性的黑火，只要沾上一颗火星，便无论如何也无法扑灭。衣服、人体、武器，甚至是法器，都会被烧成灰。世间唯有光明之力能够克制这种来自地狱的火焰。

　　中央教廷的祭司一路走来已经把光明之力消耗一空，即便几个人联手，也只勉强撑起薄薄一层光晕，被剑齿虎撞了两下就像水面的涟漪，荡漾几圈后慢慢消失了。

　　反观萨迦亚帝国的队伍，一名少年坐在车辕上，一只脚垂下来，一只脚屈起，正以悠闲的姿态雕刻着手中的木头。他并未手执权杖召唤光明之力，也未曾吟唱任何咒语，却能撑起一个足以与天上的太阳相媲美的璀璨的结界。

　　那剑齿虎明显感觉到了少年的强大，所以总是避着他，丝毫不敢靠近他所在的队伍。当它偶尔被武者或法师击中，撞上少年布下的结界时，那种连兽核都快爆裂的剧痛感让它越发忌惮。

　　也因此，教皇的队伍几乎承受了它所有的愤怒，不过十几分钟，人员就伤亡大半。一位光明祭司顶不住了，大声喊道："约书亚祭司，请你帮帮我们！你别忘了，保护教皇是你的职责。"

周允晟吹掉碎屑，用指尖轻轻抚弄即将成形的雕像的脸庞，漫不经心地开口："你说错了。强者应该保护弱者，我今年才十八岁，职务不过是小小的祭司，如何能与三百岁的教皇陛下相比？你们应该向你们的教皇求助，而非我，毕竟你们是他的部下，而不是我的。"

这话说得几位光明祭司哑口无言。他们互相对视一眼，朝身后的马车看去。

教皇额头上的冷汗都出来了。只有他自己知道，随着时间的推移，哪怕他不曾参与任何一场战斗，体内的光明之力也在慢慢地散出身体。就仿佛有一只看不见的手，正在一点一点抹除他的光明属性，再这样下去，他早晚会变成一个普通人。

没人比他更明白失去光明之力的祭司会遭受怎样的轻视和鄙夷，更何况他还是高高在上的教皇。

一路上，他拼命向父神祈祷，换来的不是父神的恩赐，而是光明之力更快地流失。他这才意识到，他已经被父神彻底厌弃了。

眼下的他别说撑起一个结界，恐怕连凝聚起一粒光点都无法做到。如果让旁人察觉异样，他能想象等待他的会是什么结果。

出去还是不出去，这似乎由不得他选择。教皇紧咬牙关，面容扭曲，对约书亚恨进了骨子里。

但作为这个世界的主角之一，他还是有点运气的，当他正准备去掀开车帘的时候，一个璀璨的光明结界忽然出现在队伍上空，把剑齿虎吐出的黑火熄灭，并压制了它的力量。紧接着，几名身材魁梧的兽人和样貌绝美的精灵凭空出现在结界中。

他们的等级都在皇者中阶左右，联手对付一头皇者巅峰级别的黑暗兽并不觉得吃力。不过几个来回后，就见一支附着着光明之力的箭矢射中黑暗剑齿虎的眉心，将它击杀。

魔气迅速腐蚀了剑齿虎的尸体，只留下一颗黑色的兽核，在阳光的照射下闪烁着不祥的光芒。若让别的魔兽吞服掉，便又会产生另一只黑暗兽。

一名身穿白色祭司袍的精灵从他所站立的大树上翩然跃下，嘴里吟唱出净化咒语，将兽核内的魔气驱散，然后捡起来交给同伴。

他有着一头长及脚踝的金发和一双翠绿色的眼睛，手里拿着一柄权杖，顶端镶嵌着三颗光明石。他就是地位仅次于教皇的精灵一族的大祭司——伯温·德里克。

因为精灵一族不喜与人类接触，所以精灵一族的神殿独立于中央教廷。他们的大祭司不受教廷管束，故而并不曾沿用主教的称呼。但伯温与教皇并非敌人，反而私交甚笃。

他用冷淡的目光瞥了之前见死不救的少年一眼，然后钻入教皇的马车。

"赫尔曼我的老朋友，你还好吗？"他低声询问。

教皇苦笑："与一只高阶魔物战斗时受了伤，恐怕很长时间好不了了。"他边说边扯开衣袍，让伯温查看自己胸前被魔气侵蚀出的一个巨大的黑洞。

这是他安排的后手。他知道是谁救走了宝儿，也知道对方留下的魔气具有多大的腐蚀性，故而收集了牢门上的魔气，用小刀划伤胸口后倒进去。伤口虽然难受，但好歹能帮他遮掩一二，等回到中央教廷，他自然有大量圣水能把魔气清洗干净。

伯温定睛一看，脸色顿时变了："这魔气如此霸道，恐怕是黑暗深渊中的哪只魔王留下的。"

魔王？何止！教皇苦笑。

伯温立即施展几个治愈术，见伤口略有缓和才低语："宝儿在族地。听说你们被一个名叫约书亚的祭司暗害了是吗？他被人送来的时候伤得很重，那样善良美好的人，为何会有人舍得伤害他？你们经历了什么？"

由于宝儿语焉不详，且时时露出惊惧不安的表情，连晚上也不停做着噩梦，故而精灵王和大祭司也不敢多问，只知道他的遭遇与一个名叫约书亚的少年有关。

由于大陆深受魔气侵蚀，精灵族和兽人族原本居住在不同的地界，眼下却不得不挪到同一座森林里。他们知道，唯有守望相助，剩下的三个种族才能活下去。宝儿的事，兽人族同样得知，并心痛不已。

也因此，彼此还未见面，两族就把约书亚列为敌人。

教皇眸色微闪，叹息道："不过是些争权夺利的事罢了。约书亚原本该是萨迦亚帝国的下一任主教，因为宝儿的到来，他失去了机会……"他语焉不详，点到即止，因为知道精灵一族素来心性单纯高傲，最不耐烦听这些鬼祟之事。

伯温眉头紧皱，目露厌恶之色，果然不再多问。

"说起来，对面就是约书亚祭司的车队。你应该见过他了吧？"教皇指了指车外。

"是他？难怪见死不救！这样的人也配当光明祭司？"伯温对少年的印象直接跌入谷底，听见车外几名兽人有意刁难少年，便也不去多管。

"刚才你为什么不出手？你分明还有余力不是吗？"一名身材魁梧的兽人走到周允晟的马车前质问。兽人一族性格耿直，最喜欢路见不平拔刀相助。

周允晟淡淡瞥他一眼，深沉如海的眼眸和比精灵更精致美丽的五官让那兽人微微一愣。

守护在马车旁的一名精灵听见了大祭司与教皇的对话，立即从箭筒内抽出一支附着着光明之力的箭矢，对准少年大喊道："他就是伤害了宝儿的约书亚！"话音未落箭矢已破空而去。

宝儿是精灵族和兽人族的大恩人，这一嗓子喊出来惊动了所有人，他们立即拿起武器攻击。

周允晟勾唇冷笑，竖起食指，用锐利的金色光刃将袭到近前的箭矢劈成两半，不用吟唱咒语就瞬发了一个圣光之箭的群攻术，把众多皇者级别的高手射成了筛子。他并未攻击他们的要害，仅仅穿透了他们的四肢，让他们躺在血泊里无法动弹。

"赫尔曼，你与宝儿已经被父神厌弃了。他收回了你们体内的光明之力对吗？无论你们用多少谎言掩盖，早晚有一天，你们黑暗的内心会暴露在世人眼下。我约书亚不屑与你们这些蠢物同行。再见了，但愿你们能保住性命。"他慢条斯理地说完，重新拿起小刀雕刻。

跟随他的武者和法师们冲躺倒一地的伤者嘲讽地笑了笑，干脆利落地走人。这片森林已经被魔气覆盖了三分之一，到处都是黑暗兽和魔植，这些人哪怕肢体完好也未必走得出去，更何况现在。

"太狂妄了！"伯温再也忍不住，跳下马车，召唤出一把巨大的光剑劈过去。

当巨剑笼罩在车队头顶时，一阵璀璨的金光忽然爆发，将之吞没于无形。大陆最为强大的光明祭司的愤怒一击就这样轻描淡写地被化解了，甚至连一丝声响也未发出。

当马队踢踢踏踏地远去，伯温才从震惊中回过神来。他立即走到同伴身边查看他们的伤口。

圆形的伤口正一股一股地冒血，翻卷的皮肉被光箭烧成焦黑色，其上残留着精纯无比的光明之力。伯温接连施展了好几个治愈术，也未能让这些伤口愈合哪怕半分。

"他怎会拥有如此强大的力量？这不应该啊。"伯温狐疑地朝教皇看去。一个内心黑暗的人是无法得到父神的垂青并拥有光明之力的，约书亚果然像老朋友描述的那般不堪吗？还是说，他方才的言语才是事实？被父神厌弃又是怎么回事？

教皇早就有所准备，艰涩开口："难道你没看见他的容貌吗？没发现他独特的发色与眸色吗？他是父神中意的那一类少年，能动用最精纯的光明之力并不奇怪。"

伯温摇头否定："不，父神绝不会那样肤浅，只因为容貌就纵容一个卑鄙无耻的人。赫尔曼，这种话你今后别再说了。"他心中存疑，却隐而不发。

这时，几名跟随教皇同来的光明祭司忽然开口："教皇陛下、伯温大人，我们决定跟随约书亚祭司前往大陆游历，这就告辞了。"话音落地微一躬身，朝前面的车队追赶过去。

几名知晓内情的武者和法师也当即告辞。他们见过约书亚祭司受洗那天的辉煌盛况。他穿着神袍从金色的池水中缓缓走出，周身萦绕着无数白色光点，宛若天神降世。说一句大不敬的话，他的风采丝毫不输给敬爱的父神。

父神为他撒下漫天的紫色月季，那珍重的程度所有人都能清晰地感受到。一个是实力强大注定成神的祭重视一个是被父神厌弃且满嘴谎言的教皇，他们究竟该选择效忠谁不言而喻。

他们不会把真相告诉这些精灵和兽人。全大陆的人类都知道，精灵和兽人是最固执的种族，一旦相信什么就绝不会更改，除非用事实证明他们是错误的。

从刚才他们的言行来看，越狱后的宝儿很可能躲在他们的族地里。与渎神者勾搭在一起并给予对方保护，他们早晚要为此付出代价，自己所以绝不能跟他们一起走。

教皇眸色阴沉地盯着一行人远去的背影，转回头就见伯温正目光探究地看过来。

他装作疲惫地摆手："走吧，他们已经被约书亚迷惑了。"

伯温收回目光，带领众人沉默地上路。几名伤者被少年强大的实力吓住了，很长时间都无法摆脱那种山岳压顶的惊惧感。

周允晟挑选的向导是人类，向导对精灵之森并不熟悉，绕了许多远路，三四天下来反而落在了伯温等人的后面。但他时时刻刻支撑起结界，杜绝了黑暗兽和魔植的骚扰，一路走来倒也轻松。他并未接受教皇从属的效忠，却也不驱赶他们，而是默默给予庇护。

　　这当然不是冷血的周允晟会做的事，而是"狂热晟"的决定。他温柔善良、敏感脆弱，喜用最美的情怀去描绘这个世界，性格也与理智的那个他完全相反。

　　他偶尔也会从潜意识中钻出来，趴在车窗边，用好奇的目光打量外面的一切，然后握住父神的雕像虔诚地祈祷。

　　这天，他正准备祈祷，却见前方出现浓浓的黑雾，把树木和天空全都遮蔽，其间隐约传出轰响声。

　　黑雾在缓缓移动，不等车队掉头就已经蔓延到近前。

　　众人仔细一看，不免露出惊骇的表情。那哪里是什么黑雾，而是许许多多被魔气侵染的蝴蝶。它们从口器中喷射毒液，每次扇动翅膀，剧毒的粉末就会随之飘落，若是一两只还好对付，碰上铺天盖地的一群，唯有等着被腐蚀成一摊血水。

　　它们飞过哪里，哪里就会变成死亡之地，连实力强大的黑暗兽和魔植也不能幸免。

　　众人立即掉头准备撤退，却听马车内传出一道清越的嗓音："聚拢到我身边，不要走出结界。"

　　一个半球形的金色光膜将车队笼罩，所有撞上光膜的蝴蝶尽数化为尘埃消散，车队沿着前人开辟出的道路缓缓行进，在"轰隆隆"的扇动翅膀的声响中显得那样静谧悠闲。

　　周允晟掀开车帘，与向导坐在一起，手里捧着父神的雕像祈祷。无论遇见多么骇人的怪物，无论外界多么黑暗，因为父神的存在，他便无所畏惧。金色的光膜因为他虔诚的信仰而放射出越发璀璨的光芒，竟隐隐有冲散黑雾的架势。

但蝴蝶是一种趋光的生物，不会因为光膜强大的破坏性而退却，反倒更加密集地围拢过来。一批变成烟尘消失，很快会有另一批补上空缺，久而久之，周允晟的车队成了黑雾的中心，让被困在别处的路人压力大减。

伯温布下的结界被魔蝶撞击得只剩下薄薄一层，眼看就要消失。他体内的光明之力所剩无几，几乎连权杖都无法点亮，额头和脊背遍布豆大的汗珠。

不知从什么时候开始，精灵之森变得越来越危险，似乎正与黑暗森林同化。他遇见过很多危机，却第一次感受到死亡的恐惧。他知道，再过不久，这层结界就会彻底消失，而大家会被魔蝶啃咬吸食，变成一摊血水。

他焦急地打量着周围的环境，发现前面忽然闪烁出一道璀璨的金光，立即大喊："前面有光明祭司，快过去！"

众人立即舍弃马车，朝光源狂奔。

"怎么是你？！"看清光膜内的人，伯温万分惊讶。

周允晟刚做完祷告，用温和的目光看过去。如果是理智的他，必定不会施以援手，但现在的他无法见死不救。他并未说话，略一摆手就将光膜扩大几分，把伯温一行人笼罩住。

温暖、纯净的光明之力在空气中流淌，这是完全有别于外围黑暗环境的另一个世界。伯温甚至能从空气中捕捉到还未消散的一丝虔诚的信仰，隐隐有神界的梵音从虚空中传来，让他每一个毛孔都舒张了。

他用惊疑不定的目光朝对面看去，无法相信眼前这位温柔美丽、能与晨曦相媲美的少年是宝儿和教皇口中那个卑鄙无耻的人。

其他几个曾被少年重伤的族人也都屏气凝神，眉目微敛。结界内的空气太庄严肃穆，就仿佛此处不是荒郊野外，而是一座小型的神殿，让他们不敢造次。

周允晟救了他们，却也不想搭理他们，拿出雕像缓缓镌刻父神华美的面容，湛蓝色的眼睛里充斥着暖融融的敬意。

伯温的心情已经不能用惊讶来形容，而是惊骇。不用借助权杖的加持，也不用吟唱咒语，就能撑起如此巨大而又坚固的结界，并且一心两用，少年的实力远远超出了他的想象。听说他今年才十八岁，刚成年，如此强大的实力究竟从哪儿得来的？

他这样想着也就这样问了，并不期望得到少年的回答，却没料到少年缓缓开口："我每天都浸泡在试炼池里进行修炼。"

这话一出，伯温沉默了，思忖片刻后朝教皇瞥去。教皇面色一变，失口喊道："这绝不可能！"

从八百年前开始，就再没有任何一位光明祭司能进入试炼池。凡是妄图尝试的人，全都被烧成了灰烬。传说之中唯有灵魂最纯净的人才能存活下来。

伯温也曾尝试过，仅伸进去一根手指就剧痛地收回。他知道，他的内心和灵魂并不纯净，之后的很长一段时间里，他都为此感到羞愧不已。

如果少年果真能浸泡在试炼池中而毫发无损，他便绝不可能是教皇和宝儿形容的那种人。自己或许被欺骗了！

他试图给老友一些信任，目光触及地面时再次被深深地震撼。少年的光膜笼罩在哪里，哪里的魔气就尽数消散，草儿重新变得青翠欲滴，花儿争相结出花苞并在少年面前开放，魔蝶"轰隆隆"地扑过来，又悄无声息地化为尘埃，魔气连同剧毒一起被净化。

如此神圣、能让万物复苏的力量绝不是光明之力，而是神力！

想到这里，伯温身体完全僵硬了。

也许，他正与一位半神甚至是神明同行，而他和族人之前还试图伤害对方。光明神在上，快告诉他这不是真的！

6 精灵族地 ▶▶▶▶

一座森林里究竟能繁衍出多少蝴蝶？答案是数以亿计。

一支出门历练的队伍站在高高的山岗上，观看远处由魔蝶席卷而成的风暴。它们盘旋着、飞舞着，"轰隆隆"地扇动着翅膀，把周围的树木腐蚀成灰烬。漫天含有剧毒粉末的烟雾飘散开来，令方圆几十公里都变成了死亡之地。

然而在死亡之地的中心，自始至终都有一个光球存在，它未曾扩大半分，也未曾削减半分，以平缓的速度向前移动。

魔蝶呼啸着朝它卷过去，又呼啸着化为尘埃。它们身上的魔气和剧毒被净化，变成金粉状的光点消失。

当光球越去越远，也把成群的魔蝶引走时，躲藏在高岗上的那支队伍才大松口气。

"快看啊！光明神在上，我简直不敢相信自己的眼睛！"队伍的向导指着下方惊呼。大家挤过去一看，也都目瞪口呆。

只见车队路过的地方留下了一条翠绿色的长廊，那是草木复苏的色彩，饱含着勃勃生机。这情景在几百年前并没有什么出奇的，但是在魔气肆虐的现在，这条贯穿了整片黑暗环境的绿色，看上去就像一个奇迹。

"天哪，那位光明祭司究竟是谁？他太强大了！"众人纷纷猜测。

"我想此人应该是萨迦亚帝国的约书亚祭司。你们听说过吗？

光明神亲自为他举行受洗仪式，当他走出圣池的时候，手里握着一柄绝无仅有的权杖，身上还披着神袍。他是父神在凡间的使者。"见多识广的向导说道。

"快，赶紧追上那支队伍！"队长毫不犹豫地下令，一群人打马奔下山岗，沿着绿色长廊追过去，可也不敢追得太近，因为还有无数魔蝶围绕着金色的结界飞舞。

他们追了一天一夜，结界就支撑了一天一夜，可见这位光明祭司拥有多么深不可测的实力。这更验证了那个听上去极不可信的传说。

伯温的队伍跟随在周允晟的马车两旁，二十多个小时中一直保持着安静。他们默默观察着少年的一举一动，越看越是心惊，狐疑也就越重。

他根本不像宝儿·布莱特述说的那样，是个卑鄙可耻、嫉妒心强的小人。相反，他很安静祥和、温柔可亲，虽然偶尔也很冷漠，却有着比任何人都要虔诚的信仰，每天都要花大量时间进行祈祷。

他支撑起的光明结界坚不可摧，被亿万只魔蝶连续撞击了那么久，竟也不见丝毫损坏。结界覆盖住的地方，草儿发芽了，花儿盛开了，树木苍翠挺拔，在他们身后留下一条看不见尽头的绿色通道。

一股澎湃的生机在空气中蔓延，让亲近自然的精灵和兽人们觉得舒适无比。现在，他们对约书亚祭司根本讨厌不起来，甚至开始对宝儿产生了怀疑。

只要有光，魔蝶就绝不会散去，除非它们全都在光焰中泯灭。它们久久不散，队伍却走累了，不得不找一块平坦的空地稍做休整。

周允晟并不觉得疲惫，相反，支持一个光明结界而已，对他来说易如反掌。他从伯温大祭司和教皇惊讶的表情中可以判断出，他的实力应该远在他们之上，也就是说，现在的约书亚是大陆最强大的祭司，没有之一。

唯独在这个时候，他才会真心感谢"狂热晟"那些愚蠢的举动。要不是他没脸没皮地赖着光明神，他现在绝对无法在大陆上横着走。

他行至一棵树下，还未落座就有一位武者将一个华丽的垫子铺在地上，免得弄脏他洁白的祭司袍。

他微笑道谢，转过脸就见一根粗壮的魔藤从树梢垂落。它蜿蜒蠕动的藤蔓上长着一个个巨大的花苞，花苞开合，露出锋利的牙齿，还有黏稠的黑色毒液从齿缝中流出。它是森林里最常见也最恐怖的魔植，只要出现一根，就预示着周围还有铺天盖地的一片。

伯温大祭司脸色大变。要知道，约书亚一个人支持了几十个小时的结界，要是魔蝶再加上魔藤一起攻击，怕是会出大事。

他和其他几位光明祭司立即拿出权杖，想要往结界里注入光明之力，却见约书亚祭司只是轻描淡写地晃动指头，就把一颗小小的金色火星弹入魔藤巨大的花苞里。

"轰"的一声闷响，火星眨眼间烧成一片火海，把隐藏在树冠中的无数藤蔓烧得连灰都不剩。魔蝶看见耀眼的火光，连忙前仆后继地冲进去。

几分钟后，天空中飘落无数金色粉末，而被神力驱逐了魔气的苍翠树木和青草却未被伤及一丝一毫。它们在金粉中扑簌簌地抖动，欢喜雀跃的心情让精灵们忍不住微笑起来。

匆忙赶到的冒险者小队看见的就是如此美妙绝伦的一幕。他们伸出手想接住漫天金粉，却发现它们化为光点消失在半空中，只留下些微温暖的感觉。

光明、温暖、希望，生活在大陆上的种族已经几百年未曾感受过了。他们激动得想要落泪，却拼命忍住了。

"请问前面是约书亚祭司大人吗？我们是达拿都斯大公国的冒险者小队，想要护送祭司大人穿越精灵之森，不知有没有这个荣幸？"说这句话时，队长脸颊烧红，心虚不已。若换成别的光明祭司，自然需要实力强大的武者或法师的保护，但换成约书亚祭司，他一个人穿越整片大陆想来都不成问题。

他知道别人一定在暗嘲他脸皮厚想占便宜，但他太仰慕约书亚祭司，若能一睹祭司的风采，就是死也无憾。

"请进来吧。在魔气肆虐的大陆，所有生灵都应该守望相助。感谢你们的慷慨与无私。"现在是祷告时间，周允晟脾气特别好。

冒险小队的所有人耳尖都忍不住抖了抖。这声音实在是太好听了，恐怕连精灵王的歌唱也不过如此。因为光膜阻隔了视线，他们看不清约书亚祭司的长相，但光听声音就已经沉醉。

人类尚且如此，更别提"声控""颜控"非常严重的精灵一族。伯温是大祭司，自制力极好，只耳根泛红，汗毛倒竖。几个小辈却晕乎乎的，连路都走不稳，状似随意地坐下，还偏要选离约书亚祭司最近的位置，险些为此打起来。

他们俨然忘了几天前是谁用光箭把他们射成了筛子。

冒险者小队试着去碰结界，发现它微微晃动一下便接纳了他们，温暖的感觉从指尖一直蔓延到心底。他们强忍激动地走进去，看见坐在树下的少年时，只感觉吟游诗人对他的赞美根本及不上他本人的万分之一。

他像一束光，照亮了周围的一切，大家只知道他很美，却找不到任何语言去形容。冒险者小队立即弯腰，用达拿都斯的最高礼仪向他问好，匆匆看一眼后就再也不敢看第二眼。

少年微笑着摆手，便又接着雕刻手里的木偶。

结界内的空气清新极了，有青草的涩味、花儿的香味，还有果子成熟的甜味。一名精灵采摘了几枚野果，用叶片包好后轻轻放在约书亚祭司身边。因为之前差点伤害他，所以他们根本不敢与他说话，哪怕心里都急得长了草。

教皇是大陆上最有权势的人，头像被拓印在所有的神殿内，甚至有平民为了驱逐魔气将他的画像张贴在家里。每隔几年，他就要云游各国传播福音，大陆上很少有人不认识他。

冒险者小队自然很快就认出了他的身份，若是往常早就诚惶诚恐地跪下，现在却只点点头，唤了一声"教皇陛下"，语气暗含轻蔑之意。

教皇与宝儿被光明神惩罚并出丑的事早就在人族中传遍了，也只有龟缩在森林深处的精灵和兽人两族毫不知情。什么神的宠儿、未来最强大的光明祭司，说出去简直笑掉人的大牙。

伯温发现这些人类对待老友的态度很有问题。这些天，他心里的疑虑越来越重。宝儿和赫尔曼一再暗示约书亚为了争夺主教之位用卑鄙的手段迫害他们，但在见识了约书亚的强大后，伯温对这个说法表示极度怀疑。

别说一个主教之位，如果约书亚愿意，教皇之位也有资格去坐。那么，会不会是赫尔曼和宝儿感受到了来自约书亚的威胁并意欲对他不利？约书亚说他们触怒了父神，已经被父神收回了光明之力，这究竟是不是真的？如果是，收留了宝儿和赫尔曼的精灵、兽人两族恐怕会被父神迁怒。

伯温不安极了，把教皇带到一旁为他治疗伤口，并把一个睡眠术掺杂在治愈术中施展在教皇身上。又是几天过去，教皇体内最后一点光明之力都消失得无影无踪，他现在只是一个普通人，所以毫无察觉地睡了过去。

伯温立即握住他的手腕，将一丝光明之力顺着经脉输入，愕然发现这具身体竟无一点光明属性。

这是他的老朋友，曾经多么强大耀眼，没有人比伯温更清楚。能让一个半神一夕之间变成凡人，除了父神谁也做不到。赫尔曼果然被父神厌弃了，那么宝儿呢？

伯温敏感的神经止不住地抽痛了一下。

他放开好友的手腕，和往常一样走到火堆边坐下。约书亚累了，蜷缩在草地上睡得很沉，一位法师正把一张薄毯盖在他身上。但即便陷入梦乡，他依然靠着本能在支撑光明结界。他的强大毋庸置疑。

伯温收回目光，表情复杂。他还记得宝儿·布莱特穿着洁白的圣袍，站在母树下，用纯净的光明之力让母树重新焕发生机的景象。当他收回手，一颗熟透的精灵果掉落在他的手心里裂成两半，一只拇指大的小精灵扇动着翅膀飞出来，亲吻他白皙的脸颊。那是精灵一族近千年来诞生的第一个新生儿。

当时的他那么圣洁可爱、温柔善良，为绝望的精灵族带来了希望。他怎么可能会被父神厌弃呢？他究竟做了什么？伯温很难受，眉头紧紧皱成一团。

达拿都斯大公国的冒险者小队与萨迦亚帝国的小队此时已经混熟了，正一边喝酒一边聊天。

其中一个人好奇地问道："听说光明神亲自为约书亚祭司进行受洗，这事是不是真的？"

"当然是真的，祭司大人走出圣池的时候，身上穿着与光明神一模一样的神袍，漫天飞舞的紫色月季花瓣把太阳都遮住了，那盛况我一辈子都无法忘掉。"萨迦亚帝国的一位法师用追忆的口吻描述。

"我还听说宝儿·布莱特为了当上你们帝国的主教，私下里攀附教皇。教皇便不顾你们老主教的反对，硬把属于约书亚祭司的主教之位抢了过去交给宝儿。他们做的事触怒了父神，父神降下神火差点把他们烧死，这事也是真的吗？"

"事实比你们想象的还要龌龊几百倍。宝儿·布莱特被神火焚烧掉衣物，光明石戒指也都烧成了一摊水，她欺骗了父神，蛊惑了其他人——教皇、二皇子，和兽皇、兽人族的小王子，甚至还有——"说到这里那人停顿片刻，偷偷摸摸地瞥了伯温等人一眼，见他们并未注意，才接着说道，"甚至还有精灵王。父神天上有知，早晚会把他们全都烧死。"

冒险者小队的队员们"咝咝"地直抽气，想象不出那宝儿·布莱特究竟有多大的魅力才能把大陆最顶尖的强者都拢到自己手里。

他们有滋有味地品评了一会儿，感叹道："这样的人怎么有资格取信于父神？难怪父神要降怒。我看，他神宠的身份估计也是编造的。"

"如果是真的，他那样做就等于背叛了父神，活该被烧死。听说他逃走了，你们知道他逃到哪儿去了吗？"

"不知道，但听说救走他的是一只实力强大的魔物，从气息上判断应该是黑暗深渊中的某位魔王。没准儿他现在已经成了黑暗祭司，正匍匐在魔王脚下呢。"萨迦亚帝国的人冷笑着开口。

精灵和兽人一族的耳目特别灵敏，即便这些人极力压低嗓音，伯温等人依然把他们的对话听得一清二楚。他脸色阴沉，心脏颤抖，拼命想否认这些话，但一个个疑点自动跳出来告诉他，那些都是真的。

宝儿是被一只魔王救走的，那么，这些天一直与他形影不离的休伯特公爵究竟是谁？真的是人类吗？精灵王也是宝儿的人，这怎么可能？

伯温捂住脸，觉得自己简直是在自欺欺人。王与宝儿之间非比寻常的关系，所有的精灵都看得出来。他蛊惑了那么多人，且还背叛了父神，灵魂早已肮脏不堪。在人类社会，他代表着污秽和邪恶，是被父神彻底厌弃的存在。

而这样一个人，现在正无忧无虑地生活在精灵和兽人的族地，被王和兽皇捧在手心里，这太恶心了！伯温胃部开始隐隐抽痛。

"呀！"一个精灵尖叫了一声，引得大家全都看过去，连睡得极沉的约书亚祭司都动了动指尖。

那精灵连忙捂住嘴，用担心歉疚的目光盯着祭司大人微微蹙起的眉头。另一个精灵马上走到祭司大人身边，为他吟唱催眠曲。

慢慢地，祭司大人再次陷入沉睡，大家松了一口气的同时目光谴责地看过去。

"被火星燎了一下。"这只精灵很年幼，可怜兮兮的表情倒是很能博取同情。

"再大惊小怪吵着祭司大人，你们就马上离开。"领队的法师压低嗓音警告。赫尔曼现在还是教皇，他们不能对他做些什么，但巴不得这些精灵和兽人将他带走。

那精灵压根舍不得离开约书亚祭司，待在他身边太温暖了，就像被孕育在母树上一样安心。

伯温代替他道歉，等大家移开目光继续聊天才走过去，低声询问："你怎么了？"

"大祭司，您还记得半个月前的精灵之森和现在的精灵之森有什么区别吗？"

半个月前的精灵之森虽然也饱受魔气侵蚀之苦，但情况远没有现在这样严重。当时只要伯温每天四处巡视巡视，施展几个净化术，就能有效地遏制魔气蔓延。但半个月前，在宝儿到来的那一天，整个精灵之森的魔气都沸腾了，并以极快的速度向外扩张，几乎眨眼就吞没了三分之一的森林，到处可见黑色的土地和湖水，那景象仿佛地狱重现。

伯温对此很忧虑，却并未多想。然而眼下小精灵一问，他心中浮现出一个令他倍感恐惧的念头——这场灾难，恐怕正是宝儿·布莱特带来的。他惹怒了父神，精灵和兽人却收留了他并给予庇护，反把父神信重的约书亚祭司当成敌人。全知全能的父神必定迁怒两族，所以魔气开始不受控制。

更令人担忧的是，救走宝儿的是一只魔王。众所周知，一只魔王想要隐藏身份，连全盛时期的教皇都无法将他看透。这只魔王跟随宝儿来到精灵之森，魔气受到召唤肯定也会蜂拥而至。

如果这些猜测都是真的，现在的精灵族和兽人族正处于灭族的危险当中。伯温吓得满头冷汗，那小精灵缩在他身边瑟瑟发抖，眼看快要哭出来了。

"大祭司，我们必须马上回去！"他边揉眼睛边焦急地催促。

"如果真的是魔王，我也对付不了他。我们必须把约书亚祭司带回去。"伯温无力地摆手。

"但是他恐怕已经猜到宝儿在我们的族地，不会去的。他和父神一样，会厌弃我们的。"小精灵哽咽道。

之前攻击约书亚祭司的时候，他们说破了为宝儿·布莱特报仇的目的。如果不知道宝儿的遭遇，他们又为什么会如此激愤？肯定是宝儿在逃走后与他接触过。被人类社会彻底厌弃的宝儿·布莱特除了躲避在精灵之森，根本没有其他的容身之处。傻瓜都猜得出来。

难怪这些人类极力想要摆脱他们。人类肯定已经把精灵族和兽人族定义为"渎神者"了。

小精灵越想越恐惧，抱着大祭司的手臂哭得不能自己。

其他族人默默聚拢在大祭司身边，流露出绝望的表情。两个被父神厌弃的种族如何在黑暗战争中取得胜利？当精灵之森彻底被魔气吞噬，就是他们灭族之时。

"没事的，约书亚祭司那样善良，不会见死不救的。"伯温嘴上笃定，心里却有些怀疑。他可没忘了之前约书亚对教皇的死活袖手旁观的事。他看得出来，约书亚祭司只有在祷告的时候才最亲和，其余时间异常冷酷。

自己还是等到他祷告的时间再去恳求吧。

翌日，周允晟被生物钟唤醒。确定外面没有危险，他竖起一根食指，将金色的结界收回，一缕缕金光像游龙一般缭绕在他周围，然后争先恐后地钻入他的指尖，那景象令伯温、教皇和几位光明祭司大为震惊。

旁人也许不懂，但身为光明祭司，不会有人比他们更了解光明之力是多么难以掌控的一股力量。它一旦释放出来就会消散，绝无可能原封不动地收回。能做到这一点的，恐怕只有父神。

现在的约书亚究竟是什么境界的光明祭司？法圣、半神，抑或已经成神了？

伯温目光电闪，极力压制住了内心的焦躁。现在的约书亚祭司可并不好说话。

果然，当车队休整完毕继续进发的时候，他坐在车辕上头也不抬地开口："危险已经解除，你们可以离开了。"

一群精灵和兽人急忙围过去，用水汪汪的眼睛注视他，仿佛在说：请您可怜可怜我们吧！

周允晟干脆钻进车里，命令道："出发吧。"

向导忙不迭地驾车往前走。

伯温拉住意欲追赶的族人，等一行人走远了才说道："我们悄悄跟上，等约书亚祭司祈祷的时候再去求他。"说完他看向教皇，毫不留情地开口："赫尔曼，你自己回中央教廷吧，我不送你了。"

"为什么？你知道我现在的状况，我带着这点人手根本无法平安地走出精灵之森。"教皇失声大喊。他身边只剩下一名法师、两名武者，且都受了重伤，连自保的能力都没有，遑论保护别人。

"我们有急事要办，不能耽误。赫尔曼，你要为自己的选择付出相应的代价。父神在天上看着，我们所有人都逃不过他的眼睛。"伯温撂下这句话，带着族人迅速消失在丛林中，徒留下气急败坏又恐惧绝望的教皇在原地嘶喊。

教皇呼唤了很久都没见伯温等人回头，只得无奈地放弃。

他面无表情，眸子里却闪烁着阴毒的光芒。坚持留在他身边效忠的三个人都受了重伤，此时正躺在地上休息。他盯着他们，像一条毒蛇盯着猎物，当三个人生出不祥的预感时，他迅速走过去，用锋利的匕首割断了他们的脖子。

鲜红的血液流得到处都是，很快就会引来黑暗兽和魔植。他却一点也不担心，慢条斯理地在地上画了一个法阵，以鲜血为引将法阵开启。

黑色的魔气从阵眼中冒出来，凝聚成一个人形的虚影。渐渐地，虚影变成了实体，露出一张英俊至极也邪恶至极的面孔。

若是伯温等人还在此地，必定会认出对方，他赫然就是将宝儿送到精灵之森的休伯特公爵。

"没想到竟然是中央神殿的教皇在召唤我，这可真是太让人惊讶了！"男人咧开殷红的嘴唇低笑，仿佛觉得此情此景非常有趣。

教皇却并不觉得尴尬抑或丢脸。为了重新得到力量，他愿意付出任何代价。他微微弯腰，恳请道："您好，黑暗神，是卑人在召唤您，请您聆听我的祈愿。"

"我如果满足了你的愿望，你能拿什么来交换？"男人充满兴味地挑眉道。

"我愿意把灵魂献给您，成为您永远的仆人。而且，我能够帮助您取得黑暗战争的胜利！"教皇笃定地道。

"哦？你觉得自己有什么本事能主导两个神明之间的战争？"男人差点笑出声来。没人比他更明白所谓的黑暗战争究竟是什么玩意儿，这不过是某位神王无聊之下的游戏。

教皇斟酌片刻，将自己的计划娓娓道来。

男人的表情从漫不经心到严肃，再到惊讶，直等教皇说完，竟然对他产生了佩服的感觉。不愧是曾经得到神王的一丝神力的凡人，果然有其特别之处。他就知道能让神王花力气捧着的人肯定不是什么好东西。

教皇竟然妄图让黑暗神把他的灵魂注入约书亚体内，把约书亚取而代之，然后他会重新成为神之宠儿，站在大陆的权力巅峰。当光明神将他接到神宫，他会暗中为黑暗神传递消息，必要的时候让他弑神也完全可以。

这个想法太大胆，太狂妄，太恶毒，连男人都觉得叹为观止。他一边大笑一边拍掌："赫尔曼，你是个人才，难怪光明神曾经那样看重你。你不来我的黑暗神殿当祭司真是太可惜了。"

"那么您是答应了吗？您应该有办法遮掩我的灵魂不让光明神识破吧？"教皇目露期待之色。

"把你的灵魂交给我吧，我会带你到约书亚身边。只要我施展一个混淆术，光明神绝对看不出是你抢夺了约书亚的身体。"男人伸出手。

教皇大喜过望，立即跪伏在地，毫不反抗地任由男人将他的灵魂从头顶吸出。他的灵魂是纯黑色的，里面交织着种种肮脏与罪恶的念头和喧嚣的欲望，其邪恶程度与魔物比起来也不遑多让。

男人看了一会儿，啧啧称奇，便将他投入一颗魂珠中。

赫尔曼本以为只要在魂珠里待一段时间就能得到一具完美强大的身体，但他错了，这并非一颗普通的魂珠，而是炼魂珠，被地狱之火不断焚烧的感觉简直痛不欲生，让他凄厉地惨叫起来："放我出去！黑暗神，你言而无信！帮我就等于帮你自己，你难道没有脑子吗？"

"魔物本来就没有信誉这种东西。"男人挠挠后脑勺，无奈地开口，"忘了告诉你，我虽然是黑暗神，但上面还有一位毁灭之神，他的神职比我更高，实力比我更强，我可不敢招惹他。"

男人化为一团黑色的雾气消失，徒留下四具迅速腐烂的尸体。

伯温等人紧紧跟随在车队后面，遇见黑暗兽或魔植就率先跳出来清理，比萨迦亚帝国的护卫队还要尽职。

其间约书亚祭司也会抬头看他们几眼，但那目光太冷漠了，就像在注视几个会移动的物件。伯温每次与他对视，都会压下焦躁告诉自己：再等等，现在还不是开口的时候。

终于，约书亚祭司拿起父神的雕像，开始每天的祷告。他双眼紧闭，面容祥和，冷漠的气质眨眼间被温柔可亲所取代。

伯温立即从树梢上跳下来，站在车辕外等候。向导和几位武者害怕打断祭司大人的祷告，只能对他怒目而视，并不敢与之打斗。

周允晟睁开眼就看见伯温正坐在自己对面，脸上露出祈求的表情。他微微一笑，问道："你怎么又回来了？"

这温柔的表情和语气让伯温倍感安心，他开门见山地说道："我想请您去精灵和兽人的族地做客，并且想让您帮我们看看送宝儿来我们族地的那位休伯特公爵是不是人类。"

"宝儿果然在你们那里。"周允晟思忖片刻后摇头，"父神厌弃的人，我也不想与之接触，所以我不会去的。我记得你是圣者巅峰的光明祭司，不可能连魔物都辨认不出。"一个光照术就能解决这个问题。

"但如果对方是魔王，抑或更高级别的存在，就算再来十个圣者巅峰的光明祭司，恐怕也没有办法辨认。您却与我们不同，我看得出来，您眼里蕴藏着一丝金光，那是神力，任何级别的魔物都逃不过您的眼睛。"伯温苦笑道。

又是几天过去，精灵之森已经被魔气吞噬了三分之二，这样快的速度简直闻所未闻，让他深刻怀疑，潜伏在族地的魔物恐怕不止魔王那样简单。

比魔王更高级别的存在？黑暗神？周允晟暗暗吃惊，但很快又想到宝儿确实与黑暗神有交情，而且对方在凡间的身份好像的确是某个帝国的公爵，便也不觉得稀奇了。

不能去！必须远离宝儿和其他人！理智的那个他在心底提醒。

"狂热晟"心有同感，刚要开口拒绝却听伯温说道："而且这一路过去，唯有我们族地建有一座光明神殿。约书亚祭司很久没在神殿中祷告了吧？"

虽然祷告在什么地方都能进行，但在神殿内进行的祷告更有可能被父神听见。因为一路都宿在马车里和野外，身边随时随地有人保护，"狂热晟"已经许久未曾与父神见面了。

只要想到或许能在神殿里与父神见一面，哪怕前面是刀山火海，他也一定要去。

"好吧，我与你们同去。"他坚定地点头，把潜意识中的"理智晟"气得差点晕倒。

伯温大喜，连忙引导车队匆匆朝族地奔去。

穿过一片迷雾构成的结界，精灵族和兽人族共同的族地近在眼前。曾经梦幻一般的美景已被萧条取代，无法从土地中摄取足够养分的植物俱是蔫蔫的，叶片呈现不健康的黄色，结出的果实再没有之前的甜美滋味。这让食素的精灵一族非常苦恼。

未被魔气感染的魔兽越来越稀少，以肉食为主的兽人一族也忍受着饥饿。虽然还未危及生命，但从精神上看，他们已经快要被打垮了，每一个路过的精灵或兽人，眼里都暗藏着迷茫的情绪。

"大祭司，您回来了。这位是……？"一位背着弓箭的女性精灵走过来。

"这位是约书亚祭司。"伯温语气恭敬地道。

"是萨迦亚帝国的约书亚？"女性精灵面容陡然变得凌厉，取下弓箭拉至满弦，沉声道，"如果真是他，那就是精灵和兽人的敌人！您为什么把他带回来？"救了母树就等于救了整个精灵族，他们欠宝儿的恩情实在太大，自然愿意为他做任何事，包括复仇。

与伯温一路同行的几位精灵和兽人连忙挡在少年身前，口里喊着"不要冲动"。伯温竖起光盾，好声好气地解释。

身体的主控权已经回到"理智晟"手上，他可没有"狂热晟"

的好心，冷笑一声往回走去。

"约书亚祭司，请您务必留下！"伯温急了，一面用光盾阻挡气愤的精灵，一面冲少年的背影大喊。

铂金色头发、蓝色眼睛，比精灵更美丽的容貌，没错，是萨迦亚帝国的约书亚！听见伯温的喊叫声，一名身材魁梧的兽人用仇恨的目光看过来。

他瞬间化为巨大的翼虎，张开血盆大口朝少年扑去。他正是被宝儿救过的兽人族的王子，对宝儿感恩戴德，为了宝儿，别说杀人，连性命都能豁出去。

萨迦亚帝国和达拿都斯大公国的人恼恨异常，立即拿出武器迎战。

眼看一场流血冲突就要发生，一张巨大的、由金色光芒织成的网从天而降，把喊打喊杀的精灵和兽人一个不落地笼罩在内。

理智的周允晟心肝比谁都狠，微一弹指，光网上长出无数尖锐的光刺，扎进这些精灵和兽人的肉里，即便是身体被锤炼成铜墙铁壁的兽人族的武者，也无法抵御光刺的伤害。他们遍体鳞伤，血流如注，看上去凄惨极了。

周允晟犹觉得不够，微动指尖，便要将一枚金色的光焰弹过去。

"请您不要！"伯温吓得面如死灰。他见识过这种光焰的厉害，知道它与焚烧万物的神火比起来没有任何差别。

"谁敢在精灵和兽人的族地残杀我的族人？"一位容貌异常俊美的男人走过来。他身穿淡青色长袍，头戴树枝与花朵做成的王冠，一双翠绿色的眸子充满愤怒和威仪。

他实力非常强大，几乎眨眼间就来到近前，用掌心接住了小小的光焰。但是下一刻，他失去了惯常的优雅与从容，耷拉着手臂露出痛苦的表情。

只见那枚光焰竟然轻易穿透了他的掌心，落在光网中一名精灵身上，让他成了一个满地打滚的火球。他凄厉的惨叫声把树上的鸟儿都惊飞了，也让与他被困在一起的精灵和兽人全都吓得呆滞。

"这是……神火？"精灵王盯着自己被洞穿的掌心呢喃，心里翻搅着惊涛骇浪。神火只有神明才能拥有，约书亚究竟是什么身份？与父神有无关系？

然而不等他深想，被金色光焰焚烧的精灵趴伏在地上不动了，呼吸和心跳全都停止。

"即使你拥有神火，杀死我的族人也要付出代价！"精灵王举起权杖吟唱咒语。

风刃在族地上空形成一个巨大的旋涡，并发出震耳欲聋的呼啸声，被卷入风刃的中心的人，恐怕连渣都不会剩。面对年仅十八岁的少年，精灵王一点也不敢掉以轻心，一来就使用了最强的禁术。

周允晟铂金色的长发在风中飞舞，看上去随时都会被吸入旋涡，他却一点也不紧张，指着渐渐熄灭的光焰说道："看清楚了，那是你的族人吗？"

离尸体最近的兽人发出惊恐的叫声。只见躺在那里的根本不是什么精灵，而是一只被烧焦的魔物。因为死前在号叫，它的嘴张得很大，露出毒蛇一般的舌头和锋利的牙齿，前爪和后爪以诡异的角度扭曲着，锋利的指甲深深抠进自己体内，身后还长着一条细长的尾巴。

"魔物？奥布莱恩什么时候变成了魔物？这不可能！一定是你施展了什么邪恶的法术陷害他！"光网中的一个精灵愤怒地大吼。

然而不等他吼完，尸体表层忽然冒出一股浓浓的魔气，将残骸腐蚀成黑色的汁水渗入土地。尸体的外形可以用法术改变，隐藏在里面的魔气却无论如何作不得假。

被困住的精灵和兽人们忘了疼痛，连滚带爬地远离那块黑色的土地。太可怕了，这些天他们一直与一只魔物同进同出！

精灵王立即收回禁咒，因为心神不稳而吐出一口鲜血。站在一旁为他掠阵的兽皇连忙走过去查看情况。

他们内心的惊讶与恐惧简直无法用语言来形容。

周允晟冷冰冰地嘲讽道："魔物以隐藏在内心的黑暗为食，并借此孕育魔种。内心越黑暗的人，越容易被魔物寄生，这也是为什么人类最受魔物青睐，而精灵之森只有魔植和黑暗兽。但今天我才知道自己错了，精灵的内心也已经被黑暗腐蚀而变得不再纯洁。这可真是让我失望。"

他用轻蔑的目光打量越聚越多的精灵和兽人，看见他们露出屈辱的表情便觉得心情愉悦，竖起食指，施展了一个威力巨大的光照术。

这是一种能辨认出魔物的法术，一次只能用在一个人身上，若要凝聚出把方圆几里都照亮的光团，那相当于制造一枚小型的太阳。在这世上，恐怕只有光明神才能做到。

但少年不但做到了，还表现得轻而易举。他抬手，将璀璨的光球缓缓托上天空，说道："看看你们自己吧，究竟还是不是原来的模样。"

在璀璨金光的照耀下，所有精灵和兽人都无所遁形。而且少年还在他们面前凝聚出一面光镜，让他们不但能看清别人，也能看清自己。

又有两只魔物被发现，想要逃跑却因为圣光的照耀而瘫软在地。还有些精灵和兽人眉心笼罩着一团微微蠕动的魔气，似乎在寻找隐藏在他们大脑内的邪恶念头。一旦让它们找到，就会顺着这丝邪念钻入他们体内，慢慢发展壮大并取而代之。

伯温从未像现在这样恐惧，因为发现竟然连精灵王和兽皇的眉心也都笼罩着魔气。如果心智不够坚定，下一个被寄生的就是他们，而精灵和兽人两族会彻底陷入灾难，这太可怕了！

他迅速扭头查看，发现被魔气沾染的族人大多与宝儿·布莱特走得很近，这代表什么不言而喻。要么宝儿·布莱特本身就是一只魔物，要么送他回来的休伯特公爵是一只魔王，甚至是黑暗神。

宝儿虽然救了母树，但也为两族带来了灭顶之灾，还背弃了父神转投黑暗阵营。再大的恩情也无法抵消他犯下的罪过，必须把他和休伯特找出来击杀！伯温咬牙暗忖。

等大家认清了彼此的真面目，周允晟收回天空中的光球和地上的光网、光焰，带领护卫队转身离开。他可没兴趣卷入这群人的纷争中。

不行，我要去神殿！"狂热晟"听见了父神的召唤，立即把"理智晟"压入潜意识中，夺回了身体。

他冷酷的表情瞬间变成悲天悯人的样子，从空间戒指中取出权杖，施展了一个超大型的净化术。耀眼的金光将族地全部笼罩在内，把附着在精灵、兽人、草木、土地、湖水上的魔气尽数驱逐。

当金光消散，被魔气沾染的精灵和兽人觉得头脑清明了很多，枯黄的树木、小草、花朵重新焕发生机，空气中飘荡着久违的土地的芬芳。这种能使万物澄净的力量毫无疑问是神力！

"感谢父神的恩赐，感谢约书亚祭司的慷慨与仁慈！"心情大起大落之下，伯温喜极而泣。之前对少年喊打喊杀的精灵和兽人们惭愧极了，纷纷拥上来道歉。

少年的实力是那样强大，甚至远远超过了他们的大祭司。别说一个帝国的主教之位，即便是教皇之位，他要是愿意也完全有资格去坐。他根本不需要用什么阴谋诡计。而且他如此仁爱宽宏，根本不像宝儿·布莱特描述的那样。

精灵和兽人虽然不谙世事，但不代表他们是傻瓜。他们渐渐察觉出端倪，开始在人群中寻找宝儿·布莱特和休伯特公爵的身影。

"他们早上跟贝尔出去打猎，现在还没回来。"不知谁高声说道。

"不要惊动他，等他回来。如果可以，请大家装作什么都没发生的样子。"伯温这才惊觉自己把约书亚直接带进族地是多么不妥。

他应该先与王和兽皇商量好再偷偷行事。

思忖间，他朝面色阴沉恍惚的王和兽皇看去，又觉得直接带进来也好。这两个人之前脑子已经被魔气侵蚀，恐怕不会听什么解释便要联手杀死约书亚。

"狂热晟"完成了一位光明祭司该完成的使命，柔声说道："请问你们的神殿在哪里？我要向父神祷告。"

"请您随我来。"伯温丢下族人，躬身引路。

精灵王和兽皇互相搀扶着坐下，相互对视间只觉得惊恐又羞愧。精灵和兽人两族早就知道魔物是如何孕育的，也因此他们极为反感内心黑暗的人类。但他们无论如何也想不到，自己也差点被魔物寄生。

这表示他们的内心已经产生了不可告人的黑暗思想。这黑暗的源头是什么，没人比他们更清楚。

宝儿·布莱特，你不是光明的使者，而是来自深渊的魔鬼，你诱使我们堕落！两个人痛苦万分地想着。

伯温把人送到神殿门口，刚跨上台阶就被一层金光阻隔在外，反复试了多次都没能再前进一步，反而有种山岳压顶的心悸感。怎么回事？谁在神殿周围布了结界？他大吃一惊。

他把微微颤抖的手掌覆盖在结界上，想用光明之力化解，却见约书亚祭司毫无阻碍地走了进去。周允晟在门口站立良久，往前走几步又紧接着后退，似乎是在挣扎。

几分钟后，他叹了口气，徐徐走进去。

"父神，是您吗？"

"不是我还能有谁？到我身边来。"

"我一路上的祈祷您都听见了吗？"

"当然，我每时每刻都看着你、听着你，我的目光未曾从你身上移开过一分一毫……"

因为结界的效力增强，对话的声音逐渐消失了。伯温站在原地，脑海中反复回荡着一个念头——原来父神的声音如此温柔动听！原来父神一直在天上看着他！

嗯？父神一直看着他？一瓢冷水将伯温浇了个透心凉。这表示精灵和兽人收留宝儿和休伯特的事父神已经知道了。精灵和兽人体质更强健，斗气和魔法的天赋更高，连光明祭司也比人类多得多，他们一直是神明最钟爱的种族。

但是现在，这两个种族收留了宝儿和魔王，还把武器对准真正的神使约书亚。伯温捂脸呻吟，几乎已经预见到两族被父神厌弃的未来。他想：自己必须赶紧找王和兽皇商量，看如何才能把那些罪过赎清并取得父神的原谅。父神的威压充斥着整片森林，休伯特和宝儿恐怕不敢回来了。

⑦ 明暗两面 ▸▸▸▸

　　精灵和兽人族修建的神殿虽然不如人族的金碧辉煌，却更为庄严肃穆。原本竖立雕像的地方被宽大的神座所取代，光明神此时正坐在上面，冲缓缓走来的少年伸展双臂。

　　周允晟把滚烫的脸颊埋进他的臂弯里，闷声道："父神，您知道吗，连心灵最纯净的精灵一族都出现了魔物。"

　　"任何一个种族都有可能被魔气侵蚀，没有谁的心灵是绝对干净的。"光明神低语道。

　　"只要内心永远向着光明，就一定能抵御黑暗。""狂热晟"继承了原本的约书亚对光明的向往和虔诚。他可以毫不心虚地说，他的内心是绝对干净的。当然，如果把他和"理智晟"割裂来看的话。

　　光明神目光微闪，说道："约书亚，你要知道，当光明产生的时候，在光线照射不到的地方自然而然就产生了黑暗。光明与黑暗看似是两个极端，事实上却是不可分割的整体。你不能追求绝对的光明，因为那是不存在的东西。即便是你我，也有被黑暗侵蚀的时候。"

　　"这不可能！""狂热晟"激动地反驳，"您是光明神，绝对不会被黑暗侵蚀。而如果是我的话，我宁愿去死。"

　　光明神表情僵硬了一瞬，问道："你宁愿去死也不愿被黑暗沾染吗？我的约书亚，但如果你早就陷在黑暗中不能自拔了呢？"

"但是我现在在光明神的怀抱中不是吗？父神，别再说了，我不喜欢这个话题。""狂热晟"无法接受任何不完美。他的思想总是天真烂漫得过了头。

光明神将手掌覆盖在小信徒的眼睑上，瞳孔放射出冰冷的黑色光芒。他的小圣徒对黑暗如此抵触，真叫他不知该如何是好。

与此同时，族地中的精灵和兽人感觉到了一股沉重的威压在天空中铺开。没有任何魔法属性和斗气的普通精灵和兽人只觉得呼吸有点困难，而等级越高的法师或武者，感觉就越深刻。他们手脚发软，心脏狂跳，面对神殿的方向顶礼膜拜。

精灵王和兽皇跪伏在地上，额头冒出密密麻麻的冷汗。他们第一次直观地感受到父神的强大，他仅凭气势就能让整块大陆颤抖，似乎只需弹指间就能毁天灭地。

"是父神吗？"

"如此强大，一定是的。"

"父神在神殿里，天哪，他降临了我们的族地。"

"可是宝儿·布莱特和魔王也在这里！"

"请父神原谅，请父神不要厌弃精灵和兽人！"

听见族人压抑的哭泣声，两位王者觉得难受极了。是他们为族人带来了这场灾难，唯愿仁慈的父神能给予他们改过的机会。

威压只持续了一刻钟就尽数收敛，在神殿周围布下一个任何种族也无法闯入的结界。跪了一地的精灵和兽人这才站起来，互相搂抱着寻找慰藉。

看见拿着法杖走过来的伯温，精灵王低声问道："父神在我们的神殿里？"

"是的。"伯温斟酌片刻，说道，"约书亚与父神似乎关系很好。"如果是从前，他绝对不会相信。但现在，仅凭听见的只言片语，他便能得出这样看似荒谬的结论。

父神温柔的话语中包含的欣赏是那样浓烈，连他这个旁观者都能清晰地感受到。能被父神看上的人，又怎么可能是卑鄙无耻的小人？毫无疑问，宝儿·布莱特撒了一个弥天大谎，就连他的来历，恐怕也不是自己叙述的那样高贵。

精灵王和兽皇脸色很难看。

沉默片刻，精灵王摘掉头上的王冠，徐徐开口："为了避免给族人带来灾难，我会向父神解释清楚。但愿他只惩罚我一个，而不要迁怒我的族人。"

兽皇低声开口："我与你一起。"

他们迈步朝神殿走去，却见前方忽然闪现一道金光，一个人影从金光中掉出来重重摔在地上。他哀号了两声，慢慢爬起来看向四周。

这是一位身形颀长、面容精致的少年。他有着白色的发丝和湛蓝色的眼睛，纯白的长袍裹住纤细的身体，乍一看竟与约书亚祭司有五六分相似。只是他没有约书亚祭司那种圣洁祥和的气质。

看见迎面走来的精灵王和兽皇，他眨了眨眼，问道："请问这是哪里？"

"你是何人？为何擅闯我们族地？"精灵王用权杖对准他，神情戒备。

"你们是精灵？"他看见精灵王和伯温尖尖的耳朵，露出惊讶的表情。但是他毕竟曾在大陆上生活过，记得精灵是多么排外的种族，连忙解释道："请不要伤害我，我来自神界。"

"你是神使？"伯温立即上前几步，目光在他身上搜寻。少年虽然长得非常美丽，穿着却很简单，也并未散发出光明的气息。他完全是一个手无缚鸡之力的普通人。

"不，我并不是什么神使！"少年牢记自己被放逐的原因，诚惶诚恐地解释道，"我原本是大陆上的凡人，几百年前被神使带往神宫侍奉父神。但是神宫出现了一名叛逃者，他盗取了父神的光明石戒指来到大陆，以父神的名义招摇撞骗谋取权力。因为他的行为严重触到了父神的底线，致使父神对我们所有人都厌弃，剥离了我们体内的光明之力并把我们遣到大陆。我现在只是一个普通人，想回到曾经的家乡摩罗帝国，请几位大人帮帮我。"

少年看见被精灵王捧在手里的王冠，意识到他身份不凡，便主动跪下来伸出手，意思是让他们查看他的体质。他没有法力和斗气，连精灵和兽人的幼崽都无法伤害。

精灵王、兽皇、伯温像三块石头戳在原地。他们想起了宝儿来到精灵之森时说过的话："我是父神派往凡间的使者，代父神巡游他最钟爱的大陆并散播光明。父神非常信重我，经常将我召唤到身边为他唱歌。他常常夸赞我的歌声比精灵还要美妙，但今天听了您的歌声才知道父神是在安慰我，我及不上您的万分之一……哦，我真想永远与您待在一起，但是父神早晚有一天要接我回去。我简直无法想象当那一天到来的时候我的心会多么难受……"

曾经觉得无比虔诚的话，现在回想起来却只觉恶心，精灵王和兽皇对视一眼，都从彼此的瞳孔里看见了悲哀神色。他们曾为了宝儿拼尽全力，但现在再看，一切就像是一场噩梦。

唯独伯温最冷静，握住少年的手输入一丝力量查看，确定无害后将他拉起来，问道："你所说的叛逃者是不是叫作宝儿·布莱特？"

"对，正是他！你们认识？"少年睁圆眼睛，这才仔细去看两位王者的面容，然后捂着嘴惊叫一声，"你们是宝儿的两个追随者。"在离开神界的时候，神使大人曾把宝儿的所作所为展示给大家看。

他不但去看了，而且看得很专注，当然能辨认出宝儿的众多追随者中的两位。

兽皇额角的青筋狠狠一跳，问道："你认识我们？你不是来自神界吗？"

少年用同情的目光回视过去，委婉地提醒："你要知道，父神是全知全能的，没有任何人的行为能逃过他的眼睛。"所以你们骗他的事情在神界早已尽人皆知。

精灵王和兽皇领会了他的意思，之前还能鼓起勇气去向父神请罪，现在却想找一个地洞把自己埋起来。

不能再想，鲜血已经涌到了喉咙口，两位王者默默咽下腥甜的液体，转身离开，脚步凌乱而沉重。

伯温闭目叹息，片刻后才伸手邀请："请你随我来吧，我会让人把你安全送回你的家乡。"

"好的，谢谢。"少年连忙弯腰致谢，非常善解人意地说道，"我绝不会把那些事告诉别人的。"好歹要给两位王者保留颜面。

"不，请你大肆地宣扬出去，最好让我所有的族人都知道他们被欺骗了。"伯温真诚地恳求道。

"呃，如果这是你的意愿的话，我会尽力的。说起来，你也差点成了宝儿的追随者呢。"少年很快辨认出了伯温的俊脸。他记忆力超群，记得这位险些也追随宝儿了，只是被教皇给打断了。

"这点就不必让大家知道了。"伯温万分羞耻地开口，末了恨不得立即给自己施展几个净化术。

少年很快加入萨迦亚帝国和达拿都斯大公国的护卫队。听说他们打算护送约书亚祭司前往大陆游历，兴奋得脸都红了，坚持说要跟他们一起。他非常聪明，神使将宝儿的经历展示给大家看时，他注意到宝儿首次踏入萨迦亚帝国神殿的时候，约书亚祭司身前的月季花尽数开放，还从纯白色变成了火红色。

宝儿自以为那是父神送给他的礼物，但是拜托别开玩笑，父神连他是谁都不知道，怎么可能送他礼物？那一定是送给约书亚祭司的。他站在花丛前的身影只是一晃而过，但比太阳还要耀眼的容貌使他难以移开目光。

他终于知道父神为何钟爱他的发色和瞳色却又视他如无物，因为约书亚祭司才是父神最珍视的人。

他待在约书亚祭司身边才是最安全的，因为父神会照看约书亚。

这样想着，少年极力打好与萨迦亚帝国护卫队的关系。其间不断有精灵或兽人跑来问他宝儿的来历，他毫无保留地说了，看见他们惨白的面色越发对他们产生了同情。

在神宫的时候宝儿的存在感很低，却没想到来了大陆，会把两个种族推往如此危险的境地。

宝儿正与几名精灵和兽人在林中打猎，精灵在树上采摘野果的时候他便在下面接住。休伯特离开了一刻钟，再回来的时候表情很愉悦，仿佛发生了一件很有趣的事。

他是风、火双系法师，且级别达到了圣者初阶，能够凌空飞行。他飞到最高的树枝上为宝儿采摘最甘甜的野果，看见宝儿无忧无虑的笑脸，眸子深处飞快闪过一抹嘲讽之色。

忽然间，一股极其强大的威压在空中铺开，把休伯特和几只精灵掼到地上，好半天爬不起来。

果然有约书亚的地方就有神王。休伯特毫无形象地趴在地上胡思乱想，慢慢等待威压散去。宝儿是普通人，所以只觉得空气忽然间稀薄了，并未有其他感受。

他跑去搀扶休伯特，担心地追问他怎么了。

"我没事。我想我得离开了，你跟他们回去，等外面的风波平息了我会来接你。"他拍拍宝儿的肩膀，艰难地爬起来消失在丛林中。

宝儿忧心忡忡地回到族地，看见被人簇拥的白发蓝眼的少年时，表情僵硬了一瞬。

他正在考虑该如何说服少年不要把自己真实的身份宣扬出去，却见少年一脸气愤地朝他跑过来，拳打脚踢状似疯狂。

"该死的宝儿·布莱特，你把我们害苦了！你这个骗子，卑鄙无耻的小人！你偷走了父神的戒指私自逃往大陆还不算，还利用父神的名义招摇撞骗。你毁坏了神殿的秩序，玷污了父神的名誉，你自己遭到父神厌弃也就罢了，还让父神迁怒于我们，把我们所有人都赶出神界。你怎么有脸做出那些事？你太让我恶心了！"

少年早在神宫时就气得不轻，心想若是在大陆上遇见宝儿，必定要狠狠揍他一顿，现在得偿所愿当然不会留手，一拳比一拳更重。

宝儿现在也是普通人，根本没有还手之力。他身体很痛，但内心的慌乱和恐惧比疼痛更甚。他的视线不断在精灵和兽人中搜寻，发现曾经和善友爱的大家全都用冷漠厌憎的目光盯着自己，就仿佛自己是世上最肮脏的东西。

他不敢再看，抱着脑袋呻吟起来。

兽人王子忍了又忍，终是走过去把少年扯开，将宝儿护着。

"不要害怕，我不会让任何人伤害你。不管你是不是神使，我都一样保护你。"他附在宝儿耳边低语，赤红的眼中放射出仇恨的光芒。如果不是约书亚，宝儿绝不会落到今天这个境地。

伯温走过去，命人拉开兽人王子，将宝儿单独关押在一间树屋中。精灵族当然没有地牢那种邪恶的东西，他们也不会用刑。他们关押起宝儿是想询问休伯特的真实身份和他来到族地的目的。

等问清楚这一切，他们不会杀死他，只会把他放逐到黑暗森林里。作为一个普通人，他进入那里只有死路一条。

与此同时，大陆上的很多国家发现了凭空出现的少年。他们出现的情况与宝儿很相似，却没有一个人敢自称"神使"，而是清楚明白地叙说了自己的来历和被驱逐的原因。消息很快传遍人族，造成了又一次轰动。

曾经以隆重的仪式接见过宝儿的几位国王羞臊得没脸见人，并对他恨之入骨，纷纷决定若宝儿再出现在他们的国境之内，就会被抓起来烧死。其中又以萨迦亚国王最尴尬，要知道他差点让宝儿当了帝国主教，还因此得罪了真正的神之宠儿约书亚。

大陆上最幸运的国王是他，最不幸的国王也是他。

周允晟在神殿里待了三天三夜，与光明神一步也没挪开过神座。直到感觉到外部的结界彻底崩溃，"狂热晟"才疲惫地昏睡过去，由"理智晟"掌控身体。他穿好纯白的祭司袍，脸色阴沉地走出神殿。

此时是深夜，因为神殿周围曾布下结界，精灵和兽人根本不敢靠近，所以四周非常安静，几只萤火虫在树梢飞舞，草丛里传来蟋蟀与蝈蝈的鸣叫声。

周允晟皱着眉思考，忽然站立在台阶上不动了。

"谁？"他感觉到四周被某种强大的结界包裹，这结界充斥着魔气，将他的力量压制住。他想也不想就拿出权杖来了个暴击，用庞大的光明之力把尚未完全成型的结界打碎，然后接连几个空翻跳离原先站立的地方。

转头回望的瞬间，他发现那处已经被魔气腐蚀出一个巨大的深坑。

他靠着直觉躲过了虚空中某个看不见人形的生物的攻击，把权杖收起来，用光明之力凝聚出两把锋利的锥刺，与看不见的敌人展开了近战。

那个人仿佛很惊奇，不时发出"啧啧"声。他知道约书亚的法术很厉害，所以才采取近身搏击的办法，打算将他敲晕后带回去，却没有想到约书亚的战斗技巧也如此娴熟，那凌厉的招式简直毫无破绽。

因为不敢伤害他，这人打得很狼狈，不断传来的"咝咝"声显示他被划出了很多伤口，金色的血液滴落在地上，暴露了他的行迹。

金色的血液？周允晟睁大眼睛，露出惊讶的表情。传说中，唯有神明才拥有金色血液。所以袭击他的不是魔物，而是一位神明？对方究竟是哪位神明？什么目的？

有了这个疑虑，他在行动上稍一迟缓，此时就听背后传来一阵破空声。

那人提醒他"小心"，却还是晚了，一支附着了魔气的箭以强大的来势穿透他的肩膀，将他死死钉在神殿前的柱子上。

周允晟望向箭矢袭来的方向，看见了兽人王子那张带有怨毒之色的脸。

他迅速折断箭尾，向前行走几步从柱子上挣脱，打算把兽人王子杀死，却忽然觉得后颈一痛，晕了过去。

一团黑气弥漫开来，隔绝了兽人王子的视线，当黑气完全散去，神殿前空无一物。兽人王子不死心地在周围转了几圈，确定约书亚是真的消失了才朝关押宝儿的树屋奔去。

他要带宝儿离开，哪怕因此与族人决裂。天下那么大，总有他们的容身之处。

谁也不知道，在黑暗深渊的底部屹立着一座雄伟的宫殿。它的造型与神界的神宫一模一样，颜色却以灰黑为主，远远看去竟似与黑暗融为一体。

黑暗神小心翼翼地抱着一名昏迷的少年走进殿门，向神座上的男人弯腰行礼。

男人正摇晃着一只酒杯，漫不经心的表情在触及少年肩膀上的伤口时变成了凌厉。他捏碎酒杯大步走过去，将少年揽入怀中问道："你弄伤了他？"语气中的杀意令人胆寒。

黑暗神立即跪下解释："并非卑人弄伤了约书亚祭司，而是兽人族的王子弄伤的。"

男人是全知全能的神王，并不容易被欺骗。他解开衣襟将少年裹入宽大的神袍中，摆手道："那你就去吧，发动真正的黑暗战争。大陆上已经没有我在乎的东西。"

"谨遵您的号令。"黑暗神屏气凝神地退下了，回头再看，却发现冷酷的神王正垂首贴着少年的额头，虔诚的表情就仿佛自己才是信徒，少年才是神明。

他为兽人族的王子默哀几秒，转瞬消失在殿门口。

当周允晟醒过来的时候，发现自己躺在华丽的四柱床上，周围挂着纯黑色的纱幔。肩上的伤口已经痊愈，身上的祭司袍换成了一件睡袍，双手双脚被绑在床柱上。

他立即运转法力想挣脱束缚，却徒劳无功。锁住他的链子虽然很细，材质却是最坚硬的秘银，还在其上施加了禁锢法阵。从法阵上散发的强大气息来看，锁住一位神明也是轻而易举的事。

谁会耗费这么大心力抓我？有什么企图？

周允晟放弃挣扎，转而思考这个问题，但很快就发现自己大意了，因为房间里一直存在着第二个人，他却自始至终没发现。若非对方忽然从阴影中走出来，他恐怕还毫无防备。

男人在床边的沙发上坐下，手里握着一只酒杯轻轻摇晃，里面盛放着鲜血一样艳红的液体。男人的长相华美至极，竟与光明神那张俊脸一模一样，除了发色、瞳色变成了双黑，悲天悯人的气质变成了邪恶阴沉。

他就是黑暗的化身，所以隐藏在阴影中时谁也发现不了。他扯开薄唇，问道："想喝酒吗？"

沙哑性感的声音让周允晟失神了片刻。

"亚度尼斯？"他试探性地问道。

男人低笑着摇头，从沙发上站起来，改为躺在少年身侧，修长的手指撩起他的一缕长发缠绕把玩，邪恶肆意的感觉扑面而来，与温柔优雅的光明神迥然不同。

"黑暗神？"周允晟再次试探地问。

男人嗤笑一声，似乎对"黑暗神"三个字不屑一顾。

"你究竟是谁？"周允晟镇定自若地询问。他感觉到男人对自己并无恶意，但肯定是另有所图的。

"我是亚德里恩，毁灭之神。"男人放开那缕头发。

周允晟沉声问道："你跟亚度尼斯是什么关系？"这两个人长得太像了，若没有关系的话，他的名字就倒过来写。光明神说得没错，有光明的地方必定就有黑暗，二者是不可分割的整体。一个掌管光明与生命，一个掌管黑暗与破坏，如果是双生子的话也并不奇怪。

不过这个世界只有光明神和黑暗神，毁灭之神又是从哪里蹦出来的？

亚德里恩轻笑道："我与他的关系，你总有一天会知道。"

"你抓我来想干什么？"这是周允晟最在意的问题。

"你说我想干什么？"亚德里恩将黑暗覆在他身上。

周允晟偏头躲避，暗暗运转力量试图破坏锁链上的法阵。偏在这个时候，"狂热晟"要跑出来捣乱，流着眼泪信誓旦旦地说道："不管你如何折磨我、逼迫我，我都不会沾染黑暗。我的心永远属于父神，属于光明。"

亚德里恩似乎被激怒了，冷笑道："光明神就那样好？可是你知道吗，那并非真正的他，只是一张虚假的面具而已。"

"你胡说！不许你诬蔑父神！""狂热晟"眼里冒出两团仇恨的火焰。

亚德里恩从未被他用如此绝情的目光凝视过，差点就控制不住毁灭性的神力。亚德里恩定定看他半晌，忽然半坐起身，将放置在床头柜上的酒直接往他嘴里灌。

"狂热晟"吓得龟缩回潜意识，让"理智晟"顶上。"理智晟"一边心里爆粗口一边拼命闪躲。

酒很辛辣，入口后有一点微微的甘甜和淡淡的苦涩，还有些许皮革与橡木交织而成的香味，味道堪称绝世。但让周允晟反复回味的并非醇酒，而是男人熟悉的味道。

这是他的挚友，他绝不会认错！

与此同时，负责看守宝儿·布莱特的兽人被兽人王子支开了一小会儿，等他再回来时，树屋里只剩下一捆被割断的绳索。

"不好了，王子带着宝儿逃走了！"他一边跑一边慌张地大喊。

兽皇大发雷霆，立即命人在族地附近搜寻，却发现一个令他们感到绝望的线索。王子在逃走前与黑暗神联手刺杀了约书亚祭司。

神殿前留下了许多打斗的痕迹，其上附着了魔气和王子的斗气，最显眼的是一支插在柱子上被折断的箭，箭头刻有王子的名讳。

金色的血液洒落得到处都是，不用想，这肯定是约书亚祭司的。他虽然成就了神体，但与强大的黑暗神对上却并无胜算，更何况还中了王子的偷袭。

他到底如何了？被黑暗神抓走抑或已经死了？

精灵王和兽皇因为种种猜测而惨白了面色。无论约书亚祭司是死是活，兽人和精灵必定逃不过父神的惩罚。王子为何会做出这种事？他想让精灵和兽人灭绝吗？

萨迦亚帝国的护卫队立即离开族地去寻找约书亚祭司，并发誓要用兽人王子和宝儿的鲜血来偿还这笔仇恨。

他们离开后不久，神殿毫无预兆地垮塌了，扬起漫天尘埃，这场景与其他几位神明离开大陆时的情况一模一样。

伯温意识到了什么，却绝不肯承认，立即让大家重新建造神殿。有无所不能的元素法师和力大无穷的武者在，重建神殿只花了几天时间，但最后一根柱子刚刚竖起便又垮塌了，留下满地碎石。

很显然，因为信赖的人被背叛被伤害，光明神也像其他几位神明一样厌弃了这块大陆。从此以后，精灵和兽人再也得不到他的眷顾和庇佑。

"我有罪！父神，您听见了吗？我愿意用我的生命赎罪，请您不要抛弃我的族人！"兽皇化作原形仰天长啸，所有精灵和兽人全都跪在残破的神殿前痛哭。绝望的气息笼罩在族地上空久久不散。

本就肆虐的魔气以最快的速度将精灵之森吞没。族地中，精灵泉水变成浑浊的黑褐色，母树以肉眼可见的速度枯萎败落，一颗颗尚未成熟的精灵果实从树梢掉下来，化为黑水浸入泥土。

一场空前绝后的灾难来临。

精灵和兽人不得不放弃族地向人类聚居的城市迁移。他们本想留下来与母树共生死，却发现守护在母树身边的精灵接二连三地被魔气感染从而变成邪恶的暗精灵。精灵是纯洁善良的种族，他们宁愿死也不愿意变成邪恶的物种，所以选择了妥协。

他们路过许多城镇，到处可见肆意杀人的魔物。继族地的神殿倒塌后，大陆上一座又一座神殿开始倒塌。当他们终于来到大陆最强帝国巴尔干帝国时，正好目睹了中央教廷那绵延几里的巍峨神殿倒塌的景象。

"轰隆隆"的巨响似雷霆一般敲击在大家的心头。他们仰望灰尘弥漫的天空，露出茫然而又绝望的表情。

"赶走这些精灵和兽人！正是因为兽人王子杀死了约书亚祭司才让父神对我们失望从而抛弃了我们！他们是罪人，赶走他们！"不知谁怀着强烈的恨意嘶吼起来。

人类法师和武者向二族展开了攻击，普通人朝他们挥舞着棍棒，他们不敢反抗，闪躲着逃出城镇，隐藏起真容在大陆上流浪。

因为失去了光明神的庇护，魔气以极快的速度蔓延开来，成群的魔物集结在一起攻打各个帝国，势要将大陆变成炼狱。

一场无比艰辛、历时几百年的战争正式开始了。

适合三族生存的土地越来越少，唯有一个国度是所有生灵都向往的乐园，那就是萨迦亚帝国。当所有神殿都坍塌的时候，唯独加戈尔的神殿完好无损地保存了下来，因为这是约书亚祭司曾经生活过的地方。

他受洗的圣池终年冒出金黄色的圣水，分发给民众能让他们抵御魔气的侵蚀，还能把寄生在体内的魔物杀死，做回原本的自己。

魔物也好似感受到了光明神遗留在大陆上的最后一丝气息，并不敢踏进加戈尔。这让萨迦亚帝国在无数次黑暗战争中屹立不倒，并取代了巴尔干成为最强大的帝国。

萨迦亚帝国的人对精灵和兽人极为仇恨，见到两族人的踪迹便必定要赶尽杀绝。这种情况直到老国王去世，安东尼殿下即位才得到改善。约书亚祭司曾亲自为他赐福，所以他的话在大陆上很有威信。

　　他号召大家团结起来对抗外敌，并且为精灵和兽人敞开国门，欢迎他们前来居住。这项政令挽救了濒临灭绝的精灵族和兽人族。他们对安东尼陛下感激涕零，在战场上总是能看见他们奋勇冲杀在最前线的身影。

　　兽人王子带领宝儿顺利逃出了精灵之森，隐姓埋名地在大陆上流浪。他原本以为杀死约书亚并没有什么大不了的。光明神心性冷酷。约书亚死了，还会有很多"约书亚"补上，父神不会在意的。

　　而且有关父神信重约书亚的传言都是道听途说，天知道其中掺杂了多少夸张的谎言。所以他凭着一股冲动杀死了约书亚，且在奔逃途中从未后悔过。

　　他与宝儿在丛林里躲藏了几个月，等风声过去便乔装打扮进城购买一些补给。两个人还未靠近城门就看见悬挂在墙头上的属于他们的巨幅画像。负责守门的是两名光明祭司，在光照术下任何伪装都无所遁形。

　　不过，他带走了宝儿，要抓也是自己的族人来抓，关人类什么事？兽人王子按捺住慌乱的情绪向路人打听情况。

　　那人是个普通人，对他的无知显得非常惊奇，说道："这么大的事你竟然不知道？看见了吗？就是那畜生杀死了约书亚祭司，致使光明神厌弃了这片大陆。现在魔气蔓延得到处都是，所有神殿都垮塌了，再这样下去根本没有我们的活路。"

　　"神殿垮塌了？"兽人王子心脏狂跳。

　　宝儿见那人露出怀疑的神色，连忙解释道："我们在森林里游荡了好几个月，这才出来，根本不知道外面发生的事。"

　　他们衣衫凌乱，面黄肌瘦，倒很像丛林中流浪的冒险者。那人不再怀疑，继续道："是啊，最先垮塌的是精灵族和兽人族的神殿。神殿毁坏后精灵之森就迅速被魔气吞噬。现在这两个种族的人到处寻找城镇收留他们。呸，都是他们才害得大家落入绝境，他们全死光了才好！"一口唾沫将黄土地砸出了一个坑。

兽人王子无心计较他恶毒的话。现在，他满脑子都是族地被毁的消息。他本以为自己带着宝儿离开没什么大不了的，却原来将两族推入了灭绝的深渊吗？

他现在已经成为罪恶与耻辱的代名词，无论走到哪里都会被人抓住并烧死！最痛恨他的不会是人类，而是他的族人。是他让族人遭受了灭顶的灾难。

族人的笑脸——在他眼前闪过，令他差点掉泪。他立即拉着宝儿离开，走进漆黑的森林深处，然后化作原形仰天嘶吼。

他后悔了，后悔得恨不得杀了自己，但那又如何？他造成的悲剧永远不可能改变。

宝儿很害怕，柔声安慰后，一个劲儿地追问他会不会丢下自己。他摇摇头，从此以后却再也没与宝儿说过话。他们在森林里流浪，过着野人一般的生活。他们本以为早晚有一天会被魔气侵蚀从而失去理智，却在某一天碰见一只魔物，对方大笑着开口："难道你们不知道吗？你们已经被诸神厌弃，别说光明一方没有你们的位置，就算黑暗阵营也耻于与你们为伍。你们是连魔物都看不起的存在。"

他们是连魔物都看不起的存在吗？兽人王子大受打击，当天晚上就抛下宝儿独自离开。宝儿没人保护，整日整夜躲在山洞里不敢动弹，没几天就饿死了，僵冷的尸体连过往的魔兽与黑暗兽都不屑吞食。

图书在版编目（ＣＩＰ）数据

穿梭代码：2 / 风流书呆著 . — 广州：广东旅游
出版社 ,2023.9
  ISBN 978-7-5570-3087-2

  Ⅰ . ①穿… Ⅱ . ①风… Ⅲ . ①幻想小说－中国－当代
Ⅳ . ① I247.5

中国国家版本馆 CIP 数据核字（2023）第 114097 号

穿梭代码：2

CHUAN SUO DAI MA：2

出 版 人：刘志松
总 策 划：曾英姿
责任编辑：陈 　吉
责任校对：李瑞苑
责任技编：冼志良
选题策划：吴小波
特约编辑：唐 　慧
装帧设计：阿 　和
封面画手：北齐后主

广东旅游出版社出版发行
地址：广州市荔湾区沙面北街 71 号首、二层
邮编：510130
电话：020-87347732（总编室）　 020-87348887（销售热线）
投稿邮箱：2026542779@qq.com
印刷 湖南天闻新华印务有限公司
（地址：长沙市望城区星城镇星城大道湖南出版科技园　电话：0731-88387578）
开本：880 毫米 ×1230 毫米　1/32
字数：226 千字
印张：9
版次：2023 年 9 月第 1 版
印次：2023 年 9 月第 1 次印刷
定价：49.80 元

9 787557 030872

ISBN 978-7-5570-3087

定价: 49.80元

上海文艺｜新经典 / 青春文学

每个人的心里都住着一个孩子。

这个孩子思念着一片故土，

思念着一个人。